復魅

臺灣後殖民書寫的
野蠻與文明

Re-enchantment

李時雍

The Discourse of Barbarism and Civilization
in the Postcolonial Writing of Taiwan

人文·學術·思想

推薦序一

驅魅與復魅的多重變奏

王德威

「復魅」（re-enchantment）是當代學術關鍵詞之一。這一關鍵詞的意義建立在與另一關鍵詞「驅魅」（disenchantment）的辯證邏輯上。德國社會學者韋伯（Max Weber）在〈學術作為一種志業〉（一九一八）一文中提及「驅魅」概念：

> 我們這個時代的命運以理性化、知識化、還有世界的驅魅化為特徵。具體而言，最崇高的終極價值從公眾生活中退縮，局限在神祕生活的超越境界或個人關係的相濡以沫中。無怪最偉大的藝術只訴諸親密性而非不朽性。[1]

1 本文為韋伯一九一七年於慕尼黑大學的演講，演講內容於一九一九年出版。Max Weber, "Science as Vocation," "The fate of our times is characterized by rationalization and intellectualization and, above all, by the disenchantment of the world. Precisely the ultimate and most sublime values have retreated from public life either into the transcendental realm of mystic life or into the brotherliness of direct and personal human relations. It is not accidental that our greatest art is intimate and not monumental." Stephen Kalberg ed., *Max Weber: Readings and Commentary on Modernity* (Malden, MA.: Blackwell, 2005), p. 337。

韋伯眼中的「現代」諸神退位，靈光聖寵不再。取而代之的是碎片化的個人存在以及理性、官僚化的社會管理；這一現象隨著後現代來臨更是變本加厲。的確，「人類世」非但沒有產生美麗新世界，反而導致「人」本身的物化、異化。眼前無路想回頭，「復魅」的呼聲於是開始出現於上個世紀末。相對「驅魅」，「復魅」促使我們重新叩問「神聖」的意義，以敬畏之心面對一切未知與不可知。

然而論者已經指出，「驅魅」與「復魅」從來不是二元對立的命題。甚至韋伯提出「驅魅」論時已有語義含混之處。[2]端看「現代」的各種學說，從馬克思的革命幽靈論到德希達（Jacques Derrida）的魂在論（hauntology）；從佛洛依德的心理分析法到法蘭克福學派的文化批判，都不乏對超越想像、魅幻隱喻的挪用甚至召喚。現代性所希望驅除的迷魅其實從來縈繞不去。更進一步，識者質疑「現代性」所標榜的理性，主體，自動化，和全球化等特徵，難道不也可能是一種迷思，一種魅幻？

時至當代，政治神學無所不在，數位幽靈如影隨形，生命政治（biopolitics）竟然暗藏死亡政治（necropolitics）。張愛玲——現代中國迷魅與驅魅美學的女祭司——的話歷久而彌新：我們「周圍的現實發生了一種奇異的感覺，疑心這是個荒唐的，古代的世界，陰暗而明亮的」（〈自己的文章〉）。

在這樣的語境裡，李時雍博士新作《復魅：臺灣後殖民書寫的野蠻與文明》提出他的大哉問：在臺灣當下談「復魅」，意義何在？本書聚焦於十九世紀末以來有關臺灣原住民文字、影像記錄，並以文明與野蠻的二律悖反作為論述主軸。這類課題臺灣本土研究裡雖然屢見不鮮。但置於「驅魅」與「復魅」的辯證下，視野陡然放寬。

一九八〇年代以降，臺灣原住民——作為族裔群體，歷史參與者，以及正義論述焦點——逐漸浮出歷史地表，經過解嚴及政黨政治的催化，成為臺灣本土研究及文化事業的要項，從拓拔斯・塔瑪匹瑪的小說〈拓拔斯・塔瑪匹瑪〉（一九八一）到胡台麗的紀錄片《蘭嶼觀點》（一九九三）；從楊南郡的調查研究報告《太魯閣國家公園合歡越嶺古道調查與整修研究報告》（一九八六）到魏德聖的《賽德克・巴萊》（二〇一一），均可為例。與此同時，後殖民論述在西方興起，學者紛紛借鑑，探討原住民如何「遭遇現代」，受到不同時期統治階層的壓迫與羈縻，直至如何自我異化、「成為」日本人，中國人，臺灣人。撫今追昔之餘，還原住民一個公道成為當務之急，但又談何容易！

後殖民論述中最有力的議題之一是對文明與野蠻的辯證，觸及人種論，經濟文化模式，世界觀等多種層面。殖民勢力挾軍事、經濟力量及領土野心，自命為文明使者，每至一處，即視「土著」為有待馴養教化的野蠻人，以此合理化侵略的正當性。「野蠻」必須被發明，否則不足以證明「文明」之可貴。殊不知此一「野蠻」論述反而成為照妖鏡，曝露自詡文明

2 Jason Josephson Storm, *The Myth of Disenchantment: Magic, Modernity, and the Birth of the Human Sciences* (Chicago: The University of Chicago Press, 2017), chapter 10.

的入侵者才是暴力和野蠻的始作俑者。此外，被殖民者也面臨複雜困境，一方面被剝奪「言說的權力」，一方面應付殖民現代性的誘惑，一方面醞釀或妥協、或嘲仿，或反抗的能量。在這一過程中，文明與野蠻的角力有如螺旋，互為因果，帶來文明的內爆，或野蠻的憂鬱。

李時雍藉由現代臺灣原民史四次事件／現場演繹文明和野蠻的糾結纏鬥關係。一九一四年太魯閣戰役是日本據臺時期規模最大的軍事事件，也是日本殖民勢力「征服野蠻」的轉捩點。戰爭之後，太魯閣族群被迫遷徙，久而久之，浩劫記憶竟至湮沒。一九三〇年末，臺灣中部發生霧社事件，賽德克族勇士「出草」，斬首一百三十餘名殖民者及從屬者，導致日方大規模武力鎮壓。之後部落之間又因日方挑唆發生第二次「出草」，自相殘殺，至此族內元氣大傷。反諷的是，這場浩劫日後被國民黨政權美化為抗日愛國的典範。一九四二年太平洋戰爭爆發，飽受殖民統治的漢人與原住民被徵召為「志願軍」，超過二十萬人遠赴南洋戰場，三萬人有去無回，也有戰後流落南洋，藏匿數十年才得見天日者。無論生死，他們的青春都葬送在皇民聖戰中。何其弔詭的是，志願軍中也包括此前霧社事件中的原住民子弟。一九八八年，蘭嶼達悟族人發起「二二〇驅逐蘭嶼惡靈」運動，抗議政府將蘭嶼作為核廢料貯存地。參與其中的夏曼・藍波安曾在臺灣本島接受完整漢化教育，決定回到部落，重新學習「成為」達悟人。日後他航向大海，終在南太平洋島群中找到心靈的故鄉。

臺灣原住民族歷史千頭萬緒，歷史記憶輾轉於口頭傳承的千絲萬縷中。李時雍選擇的四次事件，不僅著眼其史料意義的豐富性，更有意視其為「核心現場」，由此輻射出不同世代、立場、情境的文明與野蠻論證。太魯閣戰爭一章涉及殖民時代文件、新聞報導，民族學及登山家楊南郡的探勘報告，以迄千禧年後施叔青小說《風前塵埃》（二〇〇八）。霧社事件一章從日本作家大鹿卓的〈野蠻人〉（一九三四）延伸到臺灣作家鍾肇政《馬黑坡風雲》（一九七三）、舞鶴《餘生》（二〇〇〇），導演魏德聖《賽德克・巴萊》。太平洋戰爭帶給臺灣子弟的創傷不僅得見於陳千武的小說詩歌，更有像李光輝（中村輝夫）這樣藏匿叢林三十年後才得以回鄉的「人證」。最後一章論蘭嶼達悟族驅逐惡靈運動及其後續影響，則糅合報導文學、紀錄片、散文、小說、札記於一爐，敘述延伸至當下。

據此，四次事件形成四座空間坐標，彼此呼應援引，卻又各自展現歷史發展縱深。李時雍穿梭不同文本及理論間，經營極具對話性的論述。他筆下的文明與野蠻此消彼長，既可能互為因果，也可能彼此牴牾，百年臺灣歷史的駁雜性也顯現其中。

如上所述，李時雍有意從超越層次深化對文明與野蠻論述，提出「復魅」作為原住民論述與運動何去何從的號召。這是極具思辨性的做法，值得深思。當代學界對「復魅」的定義至少有三類申論。第一類強調重回原初的神祕起源，拒絕與現代文明及殘留的迷魅痕跡有任何瓜葛（二元論）。第二類承認現代性的理性基礎，並尋求理性和迷魅兩者的和解或通融之道（辯證論）。第三類則強調現代性就是「同時」入魅與驅魅的過程，互為表裡（解構論）。[3]准此我們可問，李時雍所要「復」的「魅」屬於哪一類？

本書討論原住民（或原民運動支持者）的「復魅」，首先著重於回返過去，尋回祖靈的嚮往。這一嚮往有返祖招魂的正當性，卻不乏可望而不可及的「原初的激情」（primitive passion）。也因此，多數原住民文學及影視文本所描述的復魅嚮往最終難免化為綿延不絕的憂傷——「我們回不去了」。

李時雍注意到上述第二類的「復魅」實踐。即作家、運動者，及官方政教機構一方面承認復魅訴求，但又同時將其合理（現代）化為想當然耳的政治、文化或環境生態命題或資本。霧社事件的黨國化（祖靈化為英烈千秋）或基本教義化（祖靈成為臺灣主體性終極符號），或蘭嶼驅逐惡靈的反核訴求，都是很好的例子。但辯證過程每每帶來許多間隙，未必能真正照顧「復魅」追求的神聖性前提。

本書論及舞鶴的《餘生》或夏曼・藍波安的《大海之眼》這類文本時，又觸及第三種「復魅」。舞鶴提出「餘生敘事學」，直面記憶的漫漶，我者與他者，文明與野蠻、入魅與驅魅的混淆；夏曼・藍波安則否定任何土地、國族的象徵性，代之以無限波動的海洋視野。臺灣和島上政權不是也不必是達悟祖靈最終的歸宿。尤其當夏曼將南太平洋庫克群島的Rarotonga Island作為尋根終點，直把他鄉作故鄉，在在顯示復魅作為行動的飄忽性。「復」與「魅」定義的鬆動既可能意謂回到神祕的原初，也可能意謂在時間進程中，祖靈惡靈「俱分進化」，難以捉摸。

我認為李時雍的研究折衝在「復魅」的多重定義之間，並不執著於浪漫的「回到過去」想像，而指向「回到未來」，凸顯迷魅往復來回的種種可能。也因此，他的論述引領我們反思「復魅」的當下關聯性。以下兩點可為參考。我們樂見原住民書寫及文化產業在近年的蔚為風潮，但也警醒部分參與者充滿政治正確欲望，將原鄉、原道、原住民、原教旨一以貫之，甚至滋生一種新的迷魅。一方面將原住民化為正本清源的島嶼象徵，另一方面又亟亟還原原住民的絕對本體性。前者將原住民寓言化，[4]後者將原住民始原／絕緣化。兩者誠意十足，卻都忽略原住民在地的、歷史的處境與時俱變。當迷魅搖身一變為不同旗號的神主牌，復魅與褻瀆成為一體兩面。

其次，我們對書寫（包括本文）及其他影音媒介的迷魅性也須有自覺。「媒介」的英文 medium 一語雙關，既可是傳媒，也可是靈媒。在驅魅與復魅的過程裡，如何處理文本傳媒／靈媒的代言位置，及代表／再現的適當性，總是引發詮釋的循環。作家如施叔青、舞鶴能以漢人、漢語作家身分復魅題材麼？楊南郡的地誌學探勘可以釐清太魯閣浩劫的軌跡麼？夏曼・藍波安現身說法式的書寫與行動究竟復原了多少達悟部落的本真性？這些問題成為《復魅》的潛文本，也讓全書有了更為豐富的意涵。李時雍在書末叩問什麼樣的世界圖景能夠安頓世俗與神聖，文明與野蠻的力量，而以個人造訪花蓮松園別館，觸碰歷史前世今生，

3 Joshua Landy, Michael Saler eds., *The Re-Enchantment of the World: Secular Magic in a Rational Age* (Stanford, Calif.: Stanford University Press, 2009), chapter Introduction.

4 Kuei-fen Chiu, "The Production of Indigeneity: Contemporary Indigenous Literature in Taiwan and Trans-cultural Inheritance," *The China Quarterly* 200 (2009): 1071-1087.

以及航向太平洋，從出沒浪花中的鯨豚視角回看臺灣島，作為間接的回答。如此，個人與歷史遭遇，自然與神祕共在；入魅、驅魅與復魅彼此交織。李時雍從自己的體悟完成全書的辯證。

《復魅》以原住民的文明與野蠻之辯作為中心，但論述所及觸及臺灣文化主體、環境與表現形式等諸多議題。取法乎上，自然氣度恢弘。李時雍曾為哈佛大學青年訪問學者，因此與我建立師生之緣。他對臺灣族群與生態研究的專注，對原民運動的關懷，還有對臺灣歷史的專注，令我感同深受。《復魅》脫胎自時雍的博士論文，但考據、議論、行文更見縝密成熟，足以顯現過去幾年精益求精的成果。謹以此序，聊記閱讀所得，並祝福時雍未來更上層樓。

王德威，中央研究院院士，美國國家藝術與科學院院士，美國哈佛大學東亞語言與文明系暨比較文學系 Edward C. Henderson 講座教授。

推薦序二

從祛魅到復魅

——臺灣後殖民書寫研究的新視角

梅家玲

《復魅：臺灣後殖民書寫的野蠻與文明》是由李時雍博士的學位論文改寫而成的學術專著。時雍好學深思，對於新興的文學與文化理論尤其著力甚深。他關注臺灣歷史與文學文本中「野蠻」一詞概念遞變的系譜，以及它在殖民現代性情境下與所謂「文明」呈現的對峙。《復魅》一書所試圖進行的，正是對於臺灣後殖民書寫中，關於野蠻論述與文明批判的深度思辨。

「文明」與「野蠻」的對立與相互辯證，向來是人類學、歷史學中備受關注的論題，但在臺灣文學研究的領域中，迄今還沒有被充分探討。《復魅》著力於此，特別是聚焦於與原住民相關的歷史與文學書寫，所展現的用心及成果，相當值得重視。眾所周知，由於政治因素使然，「臺灣文學」的學科建制、知識生產與學術研究，一直遲至一九八〇年代以降，才逐步開展。其間，「原住民文學」始終是最為特殊的部分。它的特殊，一方面是由於早在其他民族移居臺灣之前，原民便已棲居於臺灣的山林海洋，自成天地。後之來者，將如何看待並將其納入自身的文明與歷史，本身便是複雜而且高度政治化的論題。另一方面，原民素無文字，歷史與文化全憑口耳相傳；自從荷蘭人入主臺灣之後，歷來的治理者，卻每每挾其「文明」的眼光與因之而成的各式話語形構，將其形塑為「野蠻」及亟需施以教化的對象。其間所內蘊的文明暴力，實多有值得深思之處。而這一現象，同樣自八〇年代開始逐漸翻轉。不少接受良好漢文知識教育的原民青年開始以漢語文字述史為文，為自己的部族發聲；另有若干非原民的文史工作者，也參與了相關書寫與影像紀錄活動。尤其新世紀以來，各式原民文本源源而出，所關注的面向各異，從銘記部族神話歷史到再現口傳文學，從批判帝國殖民與現代文明暴力，到對於自然生態的關懷與重省，精采紛陳，不一而足。如何就其進行多方面的觀照與深入研究，自當有其必要。

時雍敏銳地觀察到此一論題在現今臺灣研究中的重要性，以及其中有待開發的動能。他的問題意識，顯然是從班雅明（Walter Benjamin）〈歷史哲學論綱〉中的名言開始：「沒有一座文明的豐碑不同時也是一份野蠻暴力的實錄。」取「復魅」為書名，則是試圖與馬克斯・韋伯（Max Weber）的「祛魅」之說對話：「我們的時代，是一個理性化、理智化、尤其將世界之迷魅加以祛除的時代。」理性與祛魅，正是文明啟蒙論述的重要核心，它隨著帝國殖民而進入「野蠻」世界，意圖教之化之，然而統治者為達到教化與馴服的目的，所憑藉的，卻每每是各種形式的暴力手段。無論是武力的征戰鎮壓、語言的汙名化，抑是對於自然資源的掠奪、破壞與整治，無不是假文明之名而行暴力之實。《復魅》就此層層剖析，為能以少總多，該書以太魯閣戰爭、霧社事件、日人徵募原住民高砂義勇遠征南洋，以及蘭嶼達悟人「驅除惡靈」等幾個關鍵歷史事件為輻輳點，考掘二十世紀臺灣於不同文化形式相遇時的競逐與話語權力的交鋒。研究取材以文學書寫為主，但也兼括歷史檔案、民族誌、紀錄片等不同形式文本的表述。所援引的論述框架，則包括了傅柯（Michel Foucault）關於「話語」（Discourse）與「知識型（épistémè）」的論述，史碧娃克（Gayatri C. Spivak）的名言：「從屬階級能發言嗎？」，阿岡本（Giorgio Agamben）的「裸命」概念，以及人類學者詹姆斯・克里弗德（James Clifford）視傳統為不同時點及轉化源頭的思維等。其所研探的文本屬性互有差參，理論的生成脈絡互異，如何兼容並蓄，實為一大考驗。時雍著力於此，全書論述從追索「野蠻」一詞之生成及如何成為「文明」的對立面開始，進而論析現代的內在性，是如何以一種與野蠻相互銘刻的狀態而形塑出文明的野蠻性。以此為綱領，再依據各「輻輳點」不同的特質，採取相應的理論框架進行探討，以期各章論述能在共同的主軸下各自生發，並且相輔相成，此一用心，無疑是值得肯定的。

在此，「魅」的多義性以及從「祛魅」到「復魅」所開啟的多方面思辨，應是本書最重要的核心。「魅」是什麼？是蒙昧無知？自然原始？還是晦暗神祕？為什麼祛魅之後需要復魅？經由考掘不同文化形式遭遇涉及的知識、話語政治與權力關係，以及「魅」之所以作為一種反思與批判的視角，《復魅》試圖揭示的是：相對於「祛魅」總也挾帶著現代性的文明暴力，「復魅」卻是要反思現代理性，它並不意指讓世界重新復返於原初的迷魅之境，而是要讓「魅」成為「除魅之魅」的一股辯證力量，「由此認識世界的非線性、混沌與不確定性」。也因此，全書最後以「新野蠻主義」作結，亦是提醒論者：所謂文化的「傳統」，其實是來自於歷史的實踐，它連結了不同的時間性，由此，「一種統一的史觀將會讓位於互相糾纏的歷史實踐」。此一視角，為一九九〇年代以來的後殖民書寫研究開啟了不同於既往的觀照面向，而我以為，這正是本書重要的學術貢獻。

當然，此一研究成果並非一蹴而就，而是歷經了十分漫長的構思與撰寫歷程。作為時雍的指導教授，我深知他一路行來的甘苦。雖然在論文撰寫之初，他即獲得科技部「一〇七年度獎勵人文與社會科學領域博士候選人撰寫博士論文」獎助，完成之後，亦先後榮獲來自於臺灣文學館、臺灣中文學會，以及國立臺灣圖書館的學位論文研究獎勵的肯定，然而改寫為學術專書的過程中，他仍然不斷精益求精，做了不少修訂。他原本在文學創作方面早有所成，並曾任報刊與文學雜誌主編，成績亮眼。但為了潛心於專書改寫，毅然辭去其他事務。這一份對於學術研究的熱忱及努力，令人感動。《復魅》是時雍的第一部學術專著，期待它的出版，能為學界帶來相關研究的參考；也期盼時雍未來能在此基礎之上持續精進，更上層樓。

二〇二三年三月十二日，於臺大中文系第一一研究室

梅家玲，國立臺灣大學中國文學系特聘教授。

目次

緒論

野蠻與文明

一、「蕃異」野蠻

一八七一年歲暮，一艘自那霸港進貢過後的船隻，在歸返宮古島的航程中，突遇暴風，十一月間漂流至恆春半島東南端的八瑤灣，竟而改變了臺灣在東亞殖民主義下的命運。其上搭載的六十九名乘客，除去登陸時溺斃三人，上岸六十六員中、五十四人遭致排灣族高士佛社與牡丹社人殺害。這起琉球宮古島民的船難悲劇，史稱「八瑤灣事件」、又有稱「琉球漂民被殺事件」。

據倖存者之詞，眾人登岸先遇兩漢人借引路行搶，一行人脫離後遂往指引的反向西行，誤入謠傳有「大耳人」的高士佛社；宮古島人雖受到糧食款待，卻因心生恐懼，趁族人出獵時出逃，觸犯原住民慣習而遭追殺。最終，僅餘十二人於漢人村落掩護下活命。

這起事故牽動著三年後、一八七四年「牡丹社事件」、或日本稱之「台灣出兵」的說辭。在法裔美籍外交官李仙得（Charles W. Le Gendre, 1830-1899）以「台灣番地不隸屬於清」[1]的倡議下，日本於一八七四年五月，標舉「問罪之師」之名出兵，最終招降牡丹、高士佛等社。而日清交涉的過程，清廷始終採取消極的「番民皆化外」立場覆之。

歷史學者周婉窈曾通過《風港營所雜記》、《處蕃提要》[2]，尤其《李仙得台灣紀行》（*Notes of Travel in Formosa*, 1875）等史料，以及晚近高士佛社後裔的相關傳述，探討琉球人船難、迄牡丹社事件的意義。除外交上，以出兵臺灣之名占奪曾同時藩屬日本國，與明、清的琉球王國宗主權地位，亦不無顯露日本占據、管轄琅嶠（恆春舊稱）一帶「無主番地」的野心。對周婉窈而言，引發疑問在於外交辭令外，種族間的衝突事件中，屬原住民的「內部觀點」為何？「為何台灣原住民要殺害琉球人？」[3]以琉球人角度視之，先後歷經漢人劫掠、又聽聞「獵首族」傳說、心生畏懼而出逃；但來自部落耆老的說法則是：外來船員們闖入傳統領域，且逾越部族規範，才引起排灣馘首發生。

細究八瑤灣事件，實則呈現琅嶠一帶含括原住民各社、漢人、客家人、平埔族、「混血種」等複雜族群關係，及異族接觸時，種種源自語言隔閡與文化的誤譯。周婉窈尤其關注像李仙得的外交官角色，為維護外國商船安全和利益，不僅多次進出部落、與琅嶠下十八社總頭目卓杞篤交涉，進而與臺灣原住民簽訂下第一份書面條約；又在遊說清國駐防未果，轉以

---

* 為呈現歷史文獻與作品文本原貌，本書所使用「番地」、「蕃人」、「蕃社」等語彙，並非對原住民不敬，敬請讀者諒察。

1 周婉窈，〈從琉球人船難受害到牡丹社事件——「新」材料與多元詮釋的可能〉，《台灣風物》六五卷二期（二〇一五年六月），頁二二。有關「番地無主論」的觀察與倡議生成，可參考李仙得（Charles W. Le Gendre）著，黃怡譯，《南台灣踏查手記——李仙得台灣紀行》（*Foreign Adventurers and the Aborigines of Southern Taiwan, 1867-1874*）（臺北：前衛，二〇一二）。

2 關於《風港營所雜記》、《處蕃提要》對牡丹社事件的詳細記載與參考價值，可參考王學新〈《風港營所雜記》之史料價值與解說〉，《臺灣文獻季刊》五四卷三期（二〇〇三年九月），頁三七九－四〇六，網路連結：https://www.th.gov.tw/new_site/05publish/03publishquery/02journal/01download.php?COLLECNUM=401054313，二〇二一年十二月七日最後瀏覽。

3 周婉窈，〈從琉球人船難受害到牡丹社事件〉，頁四四。另一方面，可進一步參考平野久美子近年同樣關注琉球難民遺族觀點，探訪兩地訪談踏查的非虛構書寫《牡丹社事件　靈魂的去向》，黃耀進譯（臺北：游擊文化，二〇二一）。

「無主番地」鼓吹日本出兵，最末導致牡丹社事件。周婉窈從《李仙得台灣紀行》考察中指出的原住民指稱，亦顯現十九世紀末的帝國視線如何看待與翻譯異族：「在李仙得的書中，他交叉用**『aborigines』和『savages』來指稱原住民，後者中譯本作『野蠻人』**；平埔則記為『Peppo』，或『Peppo-whan』、『Pe-po-hoan』等類似的拼音。李仙得也注意到原住民當中有阿美族，他稱他們為『Amia』或『Amias』，認為他們處於農奴或奴隸狀態。」[4]

牡丹社事件後一方面改變清國改以「開山撫番」、較積極治理昔日所謂國之「化外」，對日本而言，取得琉球之後、雖一時放棄占領臺灣番地的計畫，但終究在一八九五年，展開了對臺灣殖民。牡丹社事件期間，多次來臺調查的樺山資紀與水野遵——分別留有《台灣紀事》、《台灣征蕃記》——業成日後日治首任臺灣總督和民政長官，周婉窈說：「這不能不說是牡丹社事件的繼續演義。」[5]至於另一位曾參與「台灣出兵」的陸軍中佐，便是後來推動五年理蕃計畫、發動太魯閣戰爭的「理蕃總督」佐久間左馬太。

遲至近十年，始有卑南族大巴六九部落的小說家巴代，寫作歷史小說《暗礁》（二〇一五），刻畫這場導致日本日後殖民擴張的「八瑤灣事件」。他鋪排兩交錯敘事線，呈現遇險的宮古島船手心思，更突顯在地觀看、觀察「海上來的人」的高士佛青年；雙軸線觀點，彼此參照、卻猶存難彌合迻譯的間隙。爾後，巴代再以《浪濤》（二〇一七）續寫了牧丹社之役。

將臺灣帶入近代殖民主義傾軋的船難事件，既顯示人類學所稱族群接觸地帶（contact

zone）上語言、慣習的隔閡或混雜，呈現以國家觀點將「番地」視之「化外」、「無主」的闕如狀態——此意識形態可追溯至美洲的「印第安政策」，而日治臺灣一九〇三年以持地六三郎立基的理蕃論，即舉「野蠻之地為無主地」、「文明人有權開發野蠻地」[6]，合理化「文明人」對「野蠻人」的討伐。此外，有賴李仙得遺留的著述，證成文化「翻譯」即「蕃異」[7]的帝國視線投注。更重要的是，藉高士佛社後裔的傳述、周婉窈的研究，以至巴代小說，遲至的族群內部觀點，更說明殖民關係下，邊緣從屬階層發言的道阻且長。

帝國殖民主義相對峙、或據以反證文明自身的野蠻（barbarism）論述，與其所關聯的詞語，如「savagery」、或李仙得代稱原住民的「savages」，實則不如它指涉的意涵，來得那麼初始古老；甚至與作為其對立概念的文明（civilization），於今日的詞意，都是相當晚世才確立的事。雷蒙・威廉斯（Raymond Williams）《關鍵詞》（*Keywords*）的「文明」詞條談到這樣的問題：他指出文明從原先作為一種過程、轉而帶有「確立的狀態」之意，同時突顯和野蠻對比，是直到十七、十八世紀的轉變；這樣的轉折，威廉斯闡釋，對應著啟蒙主義的時代

4 周婉窈，〈從琉球人船難受害到牡丹社事件〉，頁七一。粗體為筆者所加，本章以下同。
5 同前注，頁七九。
6 參考藤井志津枝，《理蕃：日本治理台灣的計策》（臺北：文英堂，一九九七），頁二八〇－八一。
7 借用楊翠、陳芷凡等學者的詞語，參看如楊翠《少數說話：台灣原住民女性文學的多重視域》後記〈一個原住民女性文學「蕃異者／翻譯者」的研究心路〉一文（臺北：玉山社，二〇一八），頁二六八－七四。

精神[8]。那亦是隨地理大發現而遠征探險的時代，是歐洲帝國主義與殖民主義開始擴張的時代，也是人類學（anthropology）、人文主義（humanism）等詞彙應運而生之時。

威廉斯在另一個段落，標誌出十八世紀時，啟蒙思想家對人類發展開始具有不同階段的概念，延續至十九世紀德國人類學家克萊姆（G. F. Klemm），將人類歷史區分為蠻荒、馴化到自由，其後美國人類學者路易斯・摩爾根（Lewis Morgan）一八七一年著作《古代社會——人類從蠻荒經野蠻到文明之研究》，則為人類發展階段，標記下代表性的定義（「Anthropology」詞條[9]）。

漢字的語境裡，原亦有「蠻、夷、戎、狄」的用語，據沈國威〈「野蠻」考源〉[10]的詞源研究，這些作為指稱中國周邊民族所屬地理的詞語，稍晚到了十九世紀卻擴大了未開化之意，另常見於「野番」、「蠻野」等。然而「野蠻」的用詞，最早來自於十九世紀初來華傳教士著述中「barbarian」、「savage」新詞之翻譯，隨之帶進了西方文明與野蠻階段的含義。沈國威進一步指出，更重要的影響則源自日本，「野蠻」首見於啟蒙思想家福澤諭吉（一八三五－一九〇一）的《西洋事情外編》（一八六八），在接續《文明論之概略》（一八七五）等著作中更進一步闡述文明進化觀點，「我們可以說福澤諭吉在思索文明開化這一歷史性問題時，邂逅了『野蠻』。」[11]若望向二十世紀之交的中國，康有為、譚嗣同、嚴復等知識分子，亦即藉由西方到日本間詞語及歷史觀念的轉譯，思考著晚清野蠻暴力與文明化等問題。

臺灣早期即曾有「島夷」（汪大淵，《島夷志略》（一三四九））、「夷州」、「東番」（陳第，〈東番記〉（一六〇三））之名，或如荷蘭人地圖勾畫稱之「殺人溪或叛逆者之溪」（今將軍溪，《福爾摩沙島與澎湖群島圖》（一七二六）），這樣的賦名，挾帶著外來者的視野，同時成為一種「蕃異」、一種「發明」。

一如「野蠻」一詞迻譯遞變的歷史，明鄭以降，隨歷代移民與殖民者的發現與表述，不同稱呼，也從地理的標示（中國以東謂之夷）逐漸帶有了開化與否的意指。從古詩詠物寫道的「蠻方味」、「野性偏宜野」（沈光文，一六一二－一六八八），文獻記載下疊嶂深山間的「野番」（郁永河，一六四五－？，一六九七年抵臺），臺灣初始被外來者視為野蠻性格的背後，需留意的，實際上不無與轉進近現代的世界史結構，尤其地理的遷移、伴隨文明之間的遭逢、戰爭衝突與重層的被殖民經驗，有著深刻關聯。

野蠻並不如它所意指的古老，甚至與文明一詞，同屬於現代的語境底下，藉以辨識、劃分，規訓治理或排除的法則。福澤諭吉「文野」次序位階的觀念，及因應明治維新之後所提出的脫亞論（一八八五）主張，視鄰國為未開化的惡友，力主日本應脫離亞洲、轉向西方

8 Raymond Williams. *Keywords: A Vocabulary of Culture and Society* (New York: Oxford University Press, 1985), pp. 57-60.
9 同前注，頁三八－四〇。
10 沈國威，〈「野蠻」考源〉，《東亞觀念史集刊》三期（二〇一二年十二月），頁三八三－四〇三。
11 同前注，頁三九五。

現代文明學習，繼而成為日本對外侵掠、發動「文明與野蠻之戰」的重要思想依據。牧丹社事件後二十年，一八九五年，臺灣割讓，日本殖民者將現代化的治理模式帶進這塊「瘴癘之地」的同時，也帶進了伊能嘉矩等人的人類學調查研究，足跡遍及全島，藉此作為官方在政治、經濟、教育等殖民統治的知識基礎。

是這些背後轉介著西方社會進化論的文明觀，力圖使自身、將周邊鄰國脫離「野蠻」的覆蓋；卻是同樣一種文明觀，導向現代性的極限狀態，在殖民與戰爭中，悖論地展現了文明自身「太過野蠻的」[12]陰影。

本書以「復魅：臺灣後殖民書寫的野蠻與文明」為題，第一層意義，不僅試圖詰問殖民現代性語境下所指稱的「野蠻」，從詞語到概念，如何生成、區辨、書寫，確立他者乃至主體，並長久被視之為「文明」的對立面，而遭受到壓抑、征服、排除的歷史過程，尤其當文明一詞，在歷經啟蒙思想而內蘊了理知、人的主體性、進步等意涵，迎向科學、拒斥非理性，某種問題上使得原先藉以指涉社會秩序結構的詞語，有了今日與現代性發展進程的內在聯繫，且成為尺度和標準；更重要是，聆聽從屬階層（subaltern）於其中的發聲。與此關聯的另一個層次，則是現代的內在性，作為一種與野蠻相互銘刻的狀態，尤其藉由暴力、藉以民族主義、戰爭的美學等意識形態之名，具現它自身懸而未止的臨界線，亦即文明的「野蠻性」問題。

如同班雅明（Walter Benjamin）在〈歷史哲學論綱〉（Theses on the Philosophy of History）

談論歷史及其銘刻的段落時，所謂「沒有一座文明的豐碑不同時也是一份野蠻暴力（barbarism）的實錄」[13]，為我們指出了文明與野蠻暴力的毗鄰與辯證性。確然，一般提到「野蠻」所連結上人類、自然發展的原始狀態，實則已內含與現代性遭逢的衝突視角，這是第一層的暴力；但更艱鉅的，則是指出文明所寫下那份野蠻暴力的記載，以班雅明的話，如何留傳於一個主人、至另一個主人。

小說家施叔青的「台灣三部曲」作為代表性的後殖民文本，第二部《風前塵埃》（二〇〇八）以花東為場景，詳述了日本治臺第五任總督佐久間左馬太所發動以武力征服的理蕃計畫、尤其「太魯閣之役」（一九一四年五月至八月），佐久間左馬太承襲福澤諭吉的文明開化論，小說家為其代言了一句：「**野菜必須被馴服。**」[14]同時橫亙在小說的盡頭是另一場大東亞戰爭前夕；女主角追索、揣度著彼時母親也曾穿上織有戰爭紋飾的和服，彷彿回到崇拜「戰爭是美麗的」時代。

戰爭，正是政治美學化最極端的展現，這句施叔青援引寫下、出自義大利未來主義詩人

12 借用日本作家津島佑子取材霧社事件的《太過野蠻的》（二〇〇八）小說名。

13 Walter Benjamin. "Theses on the Philosophy of History," *Illuminations: Essays and Reflections*. Ed. Hannah Arendt. Trans. Harry Zohn (New York: Schocken Books, 1969), pp. 256. 譯文參考張旭東、王斑譯，《啟迪：本雅明文選》（香港：牛津大學出版社，二〇一二），頁三二八。

14 施叔青，《風前塵埃》（臺北：時報文化，二〇〇八），頁三三一。

馬利奈蒂（Filippo Tommaso Marinetti）歌頌的話語「戰爭是美麗的」，亦即班雅明一九三五年流亡以後，目睹即將襲捲歐陸的法西斯主義，透過反思機械複製的時代，指出生產技術的高速度發展，致使如今技術與自然用途分離，而人捲入生產模式的配置之中，與人自身疏離。法西斯主義者正是以戰爭動員技術資源，在毀滅中獲得美感的經驗：「而今天人們為了自己而表演，自己已變得很疏離陌生，陌生到可以經歷自身的毀滅，竟以自身的毀滅作為一等的美感享樂。這就是法西斯主義政治運作的美學化。」[15]

臺灣歷經複雜的「發現」與「再現」歷程，文明的記錄，一再建立於對「野蠻他者」的治理與馴服之上。另一方面，文明內含的野蠻暴力，卻無時無刻不假現代之名，透過盤據島上的殖民主義擴張與戰爭發動，掠奪他者的生存領地，這是班雅明提示的歷史哲學：我們必須重新省思線性的歷史進化觀念，質疑原初與進步、傳統與現代的二元對立。

進而，野蠻、蕃、野性等詞語，隨一九八〇年代以降，臺灣原住民運動與文學、後殖民思潮，生態殖民主義及相關論述積累，蔚然成風，重被帶入臺灣人文研究的視域，不管是對汙名化認同（stigmatized identity）的反思，如謝世忠著述《認同的汙名：臺灣原住民的族群變遷》、瓦歷斯・諾幹的《番人之眼》，或藉以批判現代性所盤據規訓的生命空間，如作家吳明益回返蝶道與水邊的徒步，追尋所謂內在的「野性保留區」[16]，或如蘭嶼達悟族作家夏曼・藍波安，多次自陳是「野性海洋」的學生，欲實踐「野蠻美學」。與臺灣的相遇，歷史以來，即是與野蠻相遇，總已伴隨著殖民現代性而逐漸複雜化；當「野」的生猛流變，經由他者的視線，而發現、而凝結成帶有汙名貶義的「野蠻」，彷彿可經規訓、調查、劃分與排除，代表的既是生存空間現代化所喪失的領域，亦是歷經重層殖民歷史所被壓抑排除的文化性格及生活傳統。

第三個層次，因此則是藉由原住民性（indigeneity）、生態批評（ecocriticism）等對於「野蠻」與「文明」的辯證重思，進而提出另類史觀的諸種詮釋，不僅指出被現代所「發現」的野蠻，亦即野蠻內植的現代性問題，以及現代之中內含的野蠻暴力，更重要的是，如夏曼・藍波安所言，何謂一種立足於「野蠻美學」的思考位置；或許，可借用李維史陀（Claude Lévi-Strauss）野蠻的思維（la pensée sauvage）一詞想像之[17]。

本書欲由此考掘不同文化形式相遇時的競逐與話語權力，並關注當代臺灣文學創作者的批判與再現工程。聚焦幾個特殊的歷史事件場域：太魯閣、霧社、南洋及蘭嶼。一九一四年，時任臺灣總督的佐久間左馬太欲完成「五年理蕃計畫」而發動太魯閣戰爭，一九三〇至

---

15 Walter Benjamin. "The Work of Art in the Age of Mechanical Reproduction," *Illuminations: Essays and Reflections*. Ed. Hannah Arendt. Trans. Harry Zohn (New York: Schocken Books, 1969), pp. 242. 譯文參考許綺玲譯，《迎向靈光消逝的年代》（臺北：臺灣攝影工作室，一九九八），頁一〇二。

16 吳明益，《蝶道》（臺北：二魚文化，二〇〇三），頁二七六－八二。

17 李維史陀透過文化人類學的調查研究，曾指出具體與抽象，並不分據在原始與現代的兩端，而是平行發展的思維形式；雖呈現其結構主義的分析架構，然而他對不同思維形式的提出，提供我們一個深具啟發性的思考起點。李維史陀著，李幼燕譯，《野性的思維》（*La Pensée sauvage*）（臺北：聯經，一九八九），頁一八－二三。

一九三一年，賽德克族群起抵抗的霧社事件，引致殖民政府的大規模屠殺、將餘生遺族遷村川中島。一九四二至一九四五年太平洋戰爭期間，日本以皇民化運動，動員原住民高砂義勇隊投入南洋叢林戰場，其中不乏川中島社後嗣。蘭嶼則在經歷二十世紀的重層殖民史中，一再淪為被犧牲的「化外之地」。這幾個空間，具現了臺灣歷史過程中，不同文化主體相遇時複雜的閾限地帶（liminal space）[18]。更重要的是，透過文學的書寫，引領我們重新思考野蠻與文明如何被表述、如何相互銘刻，成為班雅明所批判現代性的核心問題。

二、殖民現代性的陰影

殖民接觸具現著「文化翻譯／蕃異」與帝國意識形態的問題，思考所謂「文明」與「野蠻」，在注視歷史暴力的同時，首先更需指出它作為話語政治——圍繞於外交辭令、歷史檔案、輿圖、攝影、學術調查以至文學表述——的符號性與網絡關係。

原作為指稱外邦、指示地理以東的「夷」，如臺灣舊稱「島夷」，在十九世紀晚期東、西方帝國接觸與衝突下，被覆蓋以「蠻夷」、「野蠻」語意的陰影，成為學者劉禾所指具代表性的衍指符號（the super-sign）。

在《帝國的話語政治：從近代中西衝突看現代世界秩序的形成》（*The Clash of Empires: The Invention of China in Modern World Making*）一書中，劉禾將十九世紀依隨軍事通訊的符碼技術進展所導致的符號學轉向，視為帝國之間競奪話語同現代主權地位的主體特徵。透過分析「夷」的迻譯，與中、英國一八五八年簽署《天津條約》的爭端，英國抗議條約中所用漢字「夷」帶有「野蠻人」（barbarian）之意，執意禁制中方以此稱呼外邦人。表面上，牽涉至翻譯的問題，實則掩蓋著跨語際交流間占據主權者、與淪其臣屬的權力傾軋關係。劉禾藉「夷」在國際官方文件中初登場、旋被禁止的外交衝突，舉出這曾帶有傳統方位域外意指的漢字，如何被後來的英文單詞弔詭地糾正；並以衍指符號之概念、即所謂「異質文化之間產生的意義鏈」[19]、「甲方語言的概念，在被翻譯成乙方語言的過程中獲得的表述的方式」[20]，論陳「夷」由此衍變為漢字、羅馬拼音、英文等繫連、綑綁於一衍指符號「夷／i／barbarian」之誕生，更獲取了合法性地位。

「夷」在異質文化轉譯的意義鏈上，劉禾闡述，成為了「barbarian」的能指（signifier），然而作為英文單詞中、另為能指的「barbarian」，卻不受任何審查與禁制，而擁有至高的權威。

18 閾限（liminality），原是人類學者用以解釋儀式行為的中介狀態，主體將脫離既有的社會文化結構，進入另種結構，以形塑新的身分、時空感受與認知的之間；印度裔後殖民學者霍米・巴巴（Homi Bhabha）在其《文化的定位》（*The Location of Culture*）中，藉有如階梯（stairwell）般的閾限空間，闡釋主體在繫連於差異身分如自我和他者、上與下、黑或白等畛域間可能開啟的文化混雜性（Homi K. Bhabha. *The Location of Culture* [New York: Routledge, 1994], pp. 3-4）。

19 劉禾（Lydia He Liu）著，楊立華等譯，《帝國的話語政治：從近代中西衝突看現代世界秩序的形成》（*The Clash of Empires: The Invention of China in Modern World Making*）（北京：生活・讀書・新知三聯書店，二〇〇九），頁一三。

20 同前注，頁四五。

劉禾由複合的衍指符號「夷／i／barbarian」，重新理解過往所謂的文明衝突論述，對西方而言，捍衛文明、即內含對「barbarian」的區辨，「在當時的英國人眼裡，西方以外的社會一律被劃為野蠻的或半文明的狀況，漢字『夷』則來路不明，它的到來似乎混淆了本來很清楚的文明和野蠻的分野」[21]，在另一「夷」字引致爭端的事例中，劉禾更進一步呈現出帝國殖民視角的悖論之處：

> 英文的「barbarian」早就長期以來成為歐洲殖民擴張的話語了（英國人喜歡將其屬地方的子民稱做「barbarian」）。然而，由於特定的翻譯行為，這個英文詞與漢字「夷」竟不期而遇，發生衝撞，使得英語中針對殖民地他者的「barbarian」話語突然陷入困境；也就是說，**英國人的「barbarian」論述突然在別人的語言（中文）裡發現了被扭曲的自畫像**。[22]

劉禾提醒，文明不存衝突、衝突乃在於帝國間的接觸；叩問野蠻，如《帝國的話語政治》所示，攸關與帝國接觸間表述野蠻的話語政治（discourse，又譯「論述」）、關於話語的形構（discursive formation）。

野蠻與文明歷來彷若對立的概念，事實卻更形複雜。以色列社會學家艾森斯塔特（Shmuel Eisenstadt）晚期致力於建立全球化體系下的多元現代性理論，其〈野蠻主義與現代性〉（Barbarism and Modernity）一文曾提出重要的認知，野蠻主義，即現代性的陰影：「野蠻主義不是前現代的遺跡和『黑暗時代』的殘餘，而是現代性的內在品質，體現了**現代性的陰暗面**。」[23]他說道，人類根源於生存的焦慮遂創建了不同的制度疆界，並與權力的施行繫連一起；而現代性的衝突，便在於極權化的實踐與多元主義的信仰之間的矛盾。繼而，排除異己、發動戰爭、暴力、恐怖，或將他者妖魔化，種種野蠻行為，都並非一種古老的傳統，反而是現代性方案對形似古老傳統的重構。

如同班雅明那句，文明的豐碑，同時也是野蠻暴力的實錄，文明內植的暴力透過區辨、銘刻、征服所謂之野蠻，構成歷史諸多相遇的悲劇；前行研究者藉由回到傅柯（Michel Foucault）論述分析的層次[24]，考掘關於話語形構、知識生產的歷史條件和權力關係，以呈現野蠻的系譜。

王德威在論述現代性與其怪獸性（monstrosity）的《歷史與怪獸：歷史，暴力，敘事》[25]中，沿歷史與再現歷史的思路，即以中國傳說的「檮杌」為喻，如何從怪獸形象、轉而指

21 同前注，頁四三－四四。

22 同前注，頁六二－六三。

23 艾森斯塔特（Shmuel Eisenstadt）著，劉鋒譯，〈野蠻主義與現代性〉（Barbarism and Modernity），《二十一世紀》六六期（二〇〇一年八月），頁四。

24 米歇・傅柯（Michel Foucault）著，王德威譯，《知識的考掘》（*L'Archéologie du savoir*）（臺北：麥田，一九九三）。

陳「歷史」本身的衍變歷程，思考文明何以在紀惡懲惡的負面書寫形式中，反成彰顯暴力的弔軌，「當小說以『檮杌』為名，無形托出了一種文明內蘊的矛盾。」[26]王德威由此重探如舞鶴霧社事件書寫的創傷敘事，與國族主義、乃至部落主體千絲萬縷的關係；代以賽德克的目光，重新質問文明與野蠻的論辯。檮杌，某種意義上，代換為野蠻的另幅面具，但更形複雜的是，相對談論歷史與暴力的銘刻，文明與野蠻的分野之於臺灣史，又總是交織著外部視線、尤其帝國的凝視。

自古地圖的繪製，諸如法國神父杜赫德（Jean-Baptiste Du Halde）繪於一七三五年的福建省輿圖，空缺的島嶼東部，不僅呈顯蠻荒，也帶有清朝政治管轄邊界的意涵；或從最早期的攝影，一八七一年英人約翰・湯姆森（John Thomson）所拍攝的南臺灣自然、原住民群像等六十三張濕版攝影；或人類學民族誌記錄、文人的風土書寫，臺灣歷經重層的再現，而文明，即建立於他者對野蠻的知識建構，與馴服治理。

對此，研究者在史學與文學的面向上多有觸及。回顧文獻，亦不難發覺相關野蠻所指涉，被區分為幾個層次的問題：（一）從原初之意，特別是對於日治時期人類學調查、博物館展示等研究；（二）伴隨著文明化論述及國族意識形態的「文明與野蠻」，如針對福澤諭吉文明開化論、或殖民地理蕃政策的批判反思，如藤井志津枝的研究《理蕃：日本治理台灣的計策》[27]、松田京子《帝國的思考：日本帝國對臺灣原住民的知識支配》[28]等；及至（三）指涉現代性之極端的暴力陰影，特別具現在戰爭與後戰爭（Post-war）[29]等論述；（四）

另則為晚近生態批評中重返的野性的思維。研究的歷史時期，則概括聚焦於荷蘭統治階段（一六二四－一六六二）、日治階段（一八九五－一九四五）、戰後階段（一九四五－）。以下依據歷史分期與其中的重要論題分述代表性研究。

康培德在《殖民想像與地方流變：荷蘭東印度公司與臺灣原住民》[30]先論及〈「文明」與「野蠻」──荷蘭東印度公司對臺灣原住民的認知與地理印象〉，沿十七世紀一六二四至一六六二年，荷蘭東印度公司的殖民治理，對野蠻的認識始自道聽塗說的刻板印象，敘述者主觀描述、結合歐洲讀者對遊歷獵奇的興趣、報導人的轉述等逐步地形成；進而有了文明階序化區別，如衣不蔽體者、歸順與否、接納基督教者、熟諳歐洲語言者，進入貨幣交易的經濟體系中者。康培德分別討論了瑯嶠人、哆囉滿人、淡水雞籠一帶住民、噶瑪蘭人；更重要是指出，荷蘭殖民者從區辨，到形成文明性與地理空間化的差異認知，以熱蘭遮城為中心擴及的城鄉差距，反向地又影響殖民地政策的施行。

25 王德威，《歷史與怪獸：歷史，暴力，敘事》（臺北：麥田，二〇一一）。
26 同前注，頁一〇。
27 藤井志津枝，《理蕃：日本治理台灣的計策》（臺北：文英堂，一九九七）。
28 松田京子著，周俊宇譯，《帝國的思考：日本帝國對臺灣原住民的知識支配》（新北市：衛城，二〇一九）。
29 參考梅家玲〈後戰爭（Post-war）〉，收入史書美、梅家玲、廖朝陽、陳東升主編，《台灣理論關鍵詞》（臺北：聯經，二〇一九），頁一五七－六五。
30 康培德，《殖民想像與地方流變：荷蘭東印度公司與臺灣原住民》（臺北：聯經，二〇一六）。

相對於荷蘭時期以基督信仰為教化，日本統治下的臺灣，則呈顯關於野蠻與殖民現代性，含括了學科知識、攝影術、印刷資本主義、博物館展示等，愈盤根錯節的關係。

其中，伊能嘉矩（一八六七－一九二五）及其所進行以比較民族誌、與田野調查為方法的人類學研究、書寫，可作為代表性的例子。根據陳偉智《伊能嘉矩：臺灣歷史民族誌的展開》[31]研究，在日本治臺初期，一八九五年十一月，伊能嘉矩即隨軍赴抵臺灣，隨及於十二月與田代安定成立臺灣人類學會，以此作為與東京人類學會為核心的知識網絡的延伸。陳偉智論及一八九五至一九〇〇年階段，伊能嘉矩置身於日臺兩地重層的知識脈絡中，在臺灣總督府為中心的蕃情調查及東京人類學會之間，陸續以復命書、「臺灣通信」等形式，將殖民地研究資料，發表於日臺兩地官方檔案、學術刊物、報紙媒體。除受雇總督府時的文獻研究，一八九六年十月，伊能嘉矩前往宜蘭平埔蕃、一八九七年五月並展開全島原住民調查工作（五月二十三日至十二月一日），形成初步的臺灣族群分類。他重新檢視清代以降既存的「生蕃」、「熟蕃」之稱，置疑其所依據歸化與否的區別，乃是一種政治、而非人種學上的知識。進而於一九〇〇年出版的《臺灣蕃人事情》中，歸納並修正此前提出的族群分類體系。

在科學性的宣稱下，陳偉智特別指出伊能嘉矩的知識基礎，實則延續了十九世紀進化主義人類學方法，存在從「人的人類」到「國的人類」的階序發展，與潛藏的政治意識形態；亦即，承繼自明治維新以降，日本引進西方國家近代化的發展策略與思想氛圍，「**進化主義的文明發展論**，隨即成為明治時期日本社會思想的主流。人類學的引進，也就是在這種脈絡中展開的。」[32]陳偉智省視伊能嘉矩的研究遺產，不無在殖民的歷史條件外，提出了另種合理化論述：

> 伊能的人類學研究業績，不但以進化主義知識論的方法與文化理論進行臺灣原住民的研究，更在民族誌中實踐著「日本文化」的自我證明，並且論說著對蕃人教化的正當性。〔……〕日本在臺灣的統治與教化，將帶給臺灣內部各族群從**「人的人類」轉變成「國的人類」**的政治的與文化的近代性。在殖民地的情境下，伊能的歷史民族誌知識建構，也變成了一種殖民論述。[33]

人類學研究，結合展覽會、博物館學、圖像、文字等媒介，進入公共的知識空間及視野。論者如李政亮[34]、楊瑞松[35]同樣透過一九〇三年日本勸業博覽會「學術人類館事件」，

31 陳偉智，《伊能嘉矩：臺灣歷史民族誌的展開》（臺北：國立臺灣大學出版中心，二〇一四）。
32 同前注，頁一六五。
33 同前注，頁一六七。
34 李政亮，〈帝國、殖民與展示——以一九〇三年日本勸業博覽會「學術人類館事件」為例〉，《博物館學季刊》二〇卷二期（二〇〇六年四月），頁三一－四六。
35 楊瑞松，〈近代中國國族意識中的「野蠻情結」——以一九〇三年日本大阪人類館事件為核心的探討〉，《新史學》二一卷二期（二〇一〇年六月），頁一〇七－六三。

追問博物館作為現代展示所蘊含的殖民意識形態，以及楊瑞松分析被殖民者、乃至當時中國國族意識中的野蠻情結（barbarian complex）。博覽會中，由坪井正五郎（一八六三－一九一三）構想、規畫有學術人類館，原本預計展示中國、韓國、琉球、臺灣等地人種。後經中、韓嚴厲抗議而撤除。唯時值殖民地的臺灣、琉球兩地原住民仍參與展出。除展示中呈現進化主義的文明、野蠻對立，楊瑞松在中國的抗議事件中，觀察出中國同處進化主義論述中的鄙夷拒斥，實則恐懼於陷身野蠻落後境遇的矛盾情結。恰如同一八五八年的英國在他者的話語政治中，赫然發現了自身。

從民族誌到博覽會，圍繞野蠻的論述，與其所銘刻的知識空間與權力關係，係當時影響著日本、臺灣、中國，以至亞洲的進化主義文明發展論。值得一提，世紀之交日本知識界以福澤諭吉為代表，中國則有嚴復翻譯《天演論》（一八九八）、梁啟超區別野蠻、半開化、文明三階段（一八九九）、斯賓塞（Herbert Spencer）的譯介等，物競天擇、適者生存，合於國家救亡圖存的近代化工程，同時成為殖民擴張的合法性基礎[36]。

文學，之為話語形構的重要組成，不論對殖民地風土的描繪、日蕃衝突的書寫記錄、或是異國情調的想像，同樣體現這一道帝國銳利的凝視。

朱惠足的《帝國下的權力與親密：殖民地台灣小說中的種族關係》[37]，藉由日人分別取材原住民抗日的薩拉矛事件（一九二〇）與霧社事件（一九三〇）等四個文本：佐藤春夫〈霧社〉（一九二五）、山部歌津子《蕃人來薩》（一九三一）、大鹿卓〈野蠻人〉

（一九三五）、中村地平〈霧之蕃社〉（一九三九），呈現野蠻與文明的複雜辯證，尤其是文明內在的野蠻性，及日人在西方視線下的近代化中，既貶抑野蠻的他者，以建立文明認同的創傷情結，又或對原初主義之迷戀；朱惠足並以「黃種人帝國」，標誌出後進的日本帝國在翻譯西方時如何操作同一與差異的特殊性。而對於原初、蠻荒或南方的想像，也呈顯在邱雅芳《帝國浮夢：日治時期日人作家的南方想像》[38]對於中村地平《臺灣小說集》等閱讀。

大鹿卓（一八九八－一九五九）無疑是一個饒富歧義的例子，早年小學曾移居臺灣，寫作小說後，多有臺灣山地為場景的作品，〈野蠻人〉即是以一九二〇年「薩拉茅番事件」為背景，敘述日本人主角內在的「野蠻性」，隨鎮壓任務、慾望原住民女子的過程被喚醒。高嘉勵在《書寫熱帶島嶼：帝國、旅行與想像》[39]中，同樣以大鹿卓的殖民文本，展開對臺灣熱帶山林「野蠻性」的討論，並分析文中涉及的「獵首」、「蕃女」等多重喻義，更重要的是，透過殖民地山林，逼現出帝國所力主線性文明觀念的問題。

日治時期原住民的反抗事件，諸如薩拉矛事件、太魯閣理蕃戰爭、霧社事件，持續帶出

36 相關研究請參考劉紀蕙，《心之拓樸：一八九五事件後的倫理重構》（臺北：行人文化實驗室，二〇一一），尤其第二章〈心力說的基督教化與政治經濟學：梁啟超的新民說與倫理生命治理〉。
37 朱惠足，《帝國下的權力與親密：殖民地台灣小說中的種族關係》（臺北：麥田，二〇一七）。
38 邱雅芳，《帝國浮夢：日治時期日人作家的南方想像》（臺北：聯經，二〇一七）。
39 高嘉勵，《書寫熱帶島嶼：帝國、旅行與想像》（臺中：晨星，二〇一六）。

了國族主義認同外，更複雜地關於文明與野蠻、種族關係、文化慣習、熱帶島嶼、傳統領域等議題；荊子馨在《成為「日本人」：殖民地台灣與認同政治》[40]中將〈野蠻人〉視為「後霧社時期」處理日人與原住民關係的作品。荊子馨指出，在日本帝國主義萌芽期，「發現蕃人」曾是日本人認知自我「文明」的建構，卻同時成為發現自我內在野蠻性的矛盾歷程；霧社悲劇後的政策和話語政治，從理蕃轉向同化，並在戰爭時期體現為皇民化運動，終致出現原住民從曾經的「反叛者」，投身「志願兵」以服膺「同一性」的歷史弔詭[41]。

這些歷史，在戰後歷經一九九〇年代的後殖民理論、爭議、文本翻譯以至書寫實踐，如今我們已熟諳誠如薩依德（Edward W. Said）批判東方主義（Orientalism）意圖指陳出，在西方帝國視野下東方知識建構的虛構性[42]；小說家遂如舞鶴、施叔青、夏曼・藍波安、瓦歷斯・諾幹、拓拔斯・塔瑪匹瑪、巴代、朱和之，藉由後殖民文本、或援用自我另類民族誌（autoethnography）[43]等書寫形式，重新對話於文明和野蠻的概念疆界；他們直指現代性的野蠻暴力，並嘗試反轉野蠻以之為批判視角，提出人類生存的另種方案。

本書研究除了將野蠻論述的形構，置於文學與歷史文本的關注核心，更將太魯閣、霧社、南洋、蘭嶼，作為思考輻輳的節點，因此，關於地理空間的文獻和論著，如楊南郡的山岳古道踏查、陳泳曆的《通往桃源的路：戰後太魯閣書寫研究》[44]、鄭安晞《日治時期蕃地隘勇線的推進與變遷（一八九五－一九二〇）》[45]、周婉窈〈試論戰後台灣關於霧社事件的詮釋〉[46]、陳宗暉《流轉孤島：戰後蘭嶼書寫的遞演》[47]、田騏嘉《日治時期國家對蘭嶼土地的控制及影響》[48]，以及相關作家作品的論述觀點，亦將是重要的思考基礎。同樣著重的，則是關涉殖民關係衝突最深的原住民研究，如謝世忠《認同的汙名：臺灣原住民的族群變遷》[49]、魏貽君《戰後台灣原住民族文學形成的探察》[50]、陳芷凡《跨界交會與文化「番」譯：海洋視域下台灣原住民記述研究（一八五八－一九一二）》[51]等。

兼具創作及論述者身分之中，夏曼・藍波安的回返和書寫，可代表戰後一代的原住民掙

---

40 荊子馨（Leo T. S. Ching）著，鄭力軒譯，《成為「日本人」：殖民地台灣與認同政治》（*Becoming "Japanese": Colonial Taiwan and the Politics of Identity Formation*）（臺北：麥田，二〇〇六）。

41 同前注，頁一八三－一三二。

42 愛德華・薩依德（Edward W. Said）著，王志弘等譯，《東方主義》（*Orientalism*）（新北市：立緒，一九九九）。

43 自我另類民族誌的譯詞，參考劉亮雅的討論，《遲來的後殖民：再論解嚴以來台灣小說》（臺北：國立臺灣大學出版中心，二〇一四），頁一〇〇－一〇二。

44 陳泳曆，《通往桃源的路：戰後太魯閣書寫研究》（花蓮：國立東華大學華文文學系碩士論文，二〇一二）。

45 鄭安晞，《日治時期蕃地隘勇線的推進與變遷（一八九五－一九二〇）》（臺北：國立政治大學民族學系博士論文，二〇一一）。

46 周婉窈，〈試論戰後台灣關於霧社事件的詮釋〉，《台灣風物》六〇卷三期（二〇一〇年九月），頁一一－五七。

47 陳宗暉，《流轉孤島：戰後蘭嶼書寫的遞演》（花蓮：國立東華大學中國語文學系碩士論文，二〇〇九）。

48 田騏嘉，《日治時期國家對蘭嶼土地的控制及影響》（臺北：國立臺灣師範大學臺灣史研究所碩士論文，二〇一六）。

49 謝世忠，《認同的汙名：臺灣原住民的族群變遷》（臺北：自立晚報社，一九八七）。

50 魏貽君，《戰後台灣原住民族文學形成的探察》（新北市：印刻，二〇一三）。

51 陳芷凡，《跨界交會與文化「番」譯：海洋視域下台灣原住民記述研究（一八五八－一九一二）》（臺北：國立政治大學中國文學系博士論文，二〇一一）。

扎的思想與移動軌跡。一九八九年他毅然決定從漂泊多年的臺北復返蘭嶼，重新學習達悟海洋的知識，自《八代灣的神話》（一九九二）展開文學生涯，他以漢字表記達悟語音也成為一種文化翻譯；多次稱自己寫作是「野蠻文學」、或相對主流的「海流文學」。文明與野蠻的矛盾，構成夏曼生命經驗的肌理與書寫的核心。在小說《安洛米恩之死》，他如此寫下：「願野蠻與落伍與我長在。」[52]

這或即是「野蠻」作為思想動能的解放層次。在當前文明覆蓋於陰影、並透顯其自身的黑暗面之時，置身他者與置身邊緣，回歸「夷」的本源之意，帝國的邊陲，回顧並省視野蠻論述的形構，銘記不再於文明的豐碑，而在蠻夷的山林，在流變不居的海流。

三、話語政治與考掘學

舞鶴的《餘生》，留下了小說家上世紀末一九九七、九八年駐留清流部落、昔日的川中島社，查訪七十年前霧社事件的記錄。其書寫，存在深刻的反身性思索，面對殖民史上曾經的暴行，敘事者走訪的最初即自省：「沒有『歷史的歷史』，真實只存在『當代的歷史』」[53]；作者在後記中並直陳，將多重的敘事線，歷史真相的探究、個人尋索，與遺族生命史混融於一，「不是為了小說藝術上的『時間』，而是其三者的內涵都在『餘生』的同時性之內。」[54]《餘生》將歷史創傷（trauma）的後遺性含括於書寫的當代立場，成為王德威所論「餘生的敘事學」[55]，帶給文學重構歷史敘事時、一個方法學上的提示。

白睿文（Michael Berry）在關注歷史創傷敘事的論著《痛史：現代華語文學與電影的歷史創傷》（*A History of Pain: Trauma in Modern Chinese Literature and Film*）中，亦從舞鶴霧社書寫著眼的「當代史」立場，標誌出小說家刻意「以不連貫的時間敘述，持續強調與過去的聯結，以及過去投射到未來的悲劇力量」[56]，由此對事件重新評估、展現餘生者及歷史的殘片，以對歷史詮釋、文學敘事乃至殖民主義解構。特別的是，白睿文將霧社視之為二十世紀書寫歷史暴力其中一個「想像的時空型」。他借用巴赫汀（Mikhail Bakhtin）描繪文學中時間與空間關係的時空型（Chronotope）一詞，將歷史敘事從過去線性的焦點，移往對時空交錯重層場域的關注；進而得以留意諸如「遲來的回應」，或想像層面上「預想的創傷」（anticipatory trauma），甚或想像創傷（imaginary trauma）等問題。對白睿文而言，更著重於各事件時空，如何構成巴赫汀所論語言論述「向心」（centripetal）與「離心」（centrifugal）、集權和分權的場域[57]。

52 夏曼・藍波安，《安洛米恩之死》（新北市：印刻，二〇一五），頁二三九。
53 舞鶴，《餘生》（臺北：麥田，二〇〇〇），頁五二。
54 同前注，頁二五一。
55 同前注，頁二六。
56 白睿文（Michael Berry）著，李美豔、陳湘陽、潘華琴、孔令謙譯，《痛史：現代華語文學與電影的歷史創傷》（*A History of Pain: Trauma in Modern Chinese Literature and Film*）（臺北：麥田，二〇一六），頁一〇二。
57 同前注，特別參見導言〈歷史災難的想像與虛構〉一章，頁一五－三八。

值得再思考的，舞鶴復出文壇的一九九〇年代，正值臺灣歷經民主化解嚴、後殖民思潮翻譯引入的階段[58]。他小說中面對殖民暴力的批判，對既存歷史觀的離心敘事、抵中心的思考，挖掘臺灣本土經驗等，皆呈現後殖民書寫的重要特徵。另一方面，從《思索阿邦・卡露斯》的好茶部落、來到《餘生》清流，也顯現八〇年代中臺灣原住民復振運動的延續。他的書寫因此既位處後殖民文學的語境，也銜接如論者劉亮雅所指出、原住民文化復振歸返部落的「原鄉追尋」之意[59]。

《復魅：臺灣後殖民書寫的野蠻與文明》面對「野蠻」一詞概念遞變的系譜，尤其置之殖民主義下文明化論述形成的對峙。回溯的事件時空，主要涵蓋臺灣捲入日本殖民主義擴張、乃至受現代治理的進程；人類學、植物學、博物學、現代文學，隨帝國目光引入，對野蠻南方的調查、展示及再現，既服膺於官方意識形態，更奠定殖民治理的知識基礎。而歷史的弔詭即存乎於此，這些日治時期建立的「自然史的資料庫」（吳明益語），成為後殖民臺灣的研究者、寫作者，得以回返、重構在地知識，珍稀而重要的資源。然而曾經從屬的階層，如今如何對話於殖民遺產、與帝國的話語政治？本書在面對日治以降，逐步被確立的文明、野蠻二元對立上，擬通過文學者們的反覆重探，重新爭議於「野蠻」所賦予我們的當代問題意識。

思考的路徑，參考王德威「餘生的敘事學」揭示的共時性問題，到白睿文的「想像的時空型」，而將太魯閣、霧社與川中島、南洋、蘭嶼視為歷史時空的環節；曾經發生於此的事件，既呈現臺灣不同時期遞衍又若循環的「野蠻」與「文明」重要論題，圍繞的敘事，更呈顯現實至文本層次間，可見與排除不可見，或種種後戰爭、後記憶（postmemory）的遺緒。此外並沿著話語政治、後殖民書寫所開啟的思考空間，晚近對以理性為名的祛魅（disenchantment）工程展開的批判思考、亦即本書標誌的復魅（re-enchantment）書寫傾向，以至原住民研究帶出的另類史觀等徘徊思之。

話語（discourse）來自傅柯的核心概念。傅柯在《詞與物：人文科學考古學》（*Les mots et les choses, 1966*）開宗明義藉由一則波赫士杜撰的百科全書為例，指出侵越思想可能性的，實是數列、或所謂圖表（tableau）作為範疇、將或無規律之事物並置起來的形式，並成為思想得以作用其上的存在物；亦即透過詞與物的秩序、建立起的人文科學知識。這種隱蔽而支配的秩序網絡，構成我們認識的基礎，所謂一個時代的知識型（épistémè），其中關涉同一性的歷史、異的歷史。傅柯長期關注諸如瘋狂史、刑罰、規訓（discipline）等，正是將異質性，透過禁閉與排除的分類法則，聯繫起的話語、知識、權力與秩序問題[60]。而話語形構（discursive formation），即是存於各種制度的陳述類型、由此產生認知體系，與相關的真理

58 關於一九九〇年代後殖民思潮的譯介、爭議與作品概況，可參考劉亮雅，〈後現代與後殖民——論解嚴以來的台灣小說〉，《後現代與後殖民：解嚴以來台灣小說專論》（臺北：麥田，二〇〇六），頁三三—一一二。

59 劉亮雅，〈辯證復振的可能——舞鶴《餘生》中的歷史記憶、女人與原鄉追尋〉，《後現代與後殖民》，頁一九七—二二九。

秩序。

然而傅柯所建立的考掘學，在面向時代性的話語，正是為指出：「對於本身是以先後順序方式出陳的話語，考掘學並不想將其視為同時發生；它也不想凍結時間，或者用一靜止不動的關聯性來取代事物的流動。考掘學所要叫停的是那個視先後順序為絕對的主題：該主題以為有一根本的、不能分化的順序，且話語得向這一順序稱臣。」[61]分析話語的統一性，則是為了描寫差異，「考掘學比思想史更喜歡談論話語不連貫、間隙、鴻溝等全新的『實效』形式，以及突發的話語再分配的情形。」[62]

在荷蘭時期的熱蘭遮城，可察見等差的地理空間化想像，在伊能嘉矩的研究著述中，得見臺灣歷史民族誌的知識形構，在勸業博覽會上但見令人難以思考的人種展示；野蠻和文明，首先涉及的，是一種分門別類的秩序建構、話語形構，傅柯的論述分析與考掘學，因此提供我們考源「野蠻」一詞的意涵衍異時，一個重要基礎。他曾指出的域外（dehors，又譯「外邊」），則更進一步提供我們重探概念疆界的思想動力[63]：野蠻能否重新想像為來自「域外」之力。

本書沿著傅柯的話語概念，關注圍繞於野蠻的表述、尤其文學再現，具體討論的文本多集中在戰後，同時含括部分殖民地時期的作品。一則試圖在討論各歷史事件環節時，梳理相關書寫的系譜；而文本坐落的座標，本身即呈現出回應的時間性問題，遲延或即時，分屬差異的國族敘事、與各自內含的歷史隱抑或激情。論述中，更重要是思考當代書寫如何回應殖民敘事及遺緒。另一方面，參照形構知識空間的各式話語類型，論及文本在主要的小說外，也含括報導、散文與詩，這些跨文類的書寫，共同形構出歷史事件的認識基礎；部分事件亦涉及影像如電影和紀錄片，有些作為文學敘事的延伸，有些呈現出殖民影像與從屬者歷史的對峙，有些思考觀看在地的問題。正是這些陳述與書寫交織的網絡，構成文明與野蠻的辯證。

回望馬克斯・韋伯（Max Weber）於一九一七年的演說，面向西方理性主義曾經指出藉理知、藉技術性的計算可支配萬物、對世界的除魅：「我們的時代，是一個理性化、理知化、尤其**將世界之迷魅加以祛除的時代**」[64]，可代表主導十九、二十世紀人類的文明觀念，迄下半葉，遭致愈多的質疑和反省；當代思想家如Barry Smart在批判現代性啟蒙方案時，即提出「讓世界再入魅」（re-enchantment of the world）[65]的說法；同樣的觀點亦可見於社會學家

60 米歇爾・福柯（Michel Foucault）著，莫偉民譯，《詞與物：人文科學考古學》（*Les mots et les choses: une archéologie des sciences humaines*）（上海：上海三聯書店，二〇〇一）。特別前言一章。

61 米歇・傅柯（Michel Foucault），《知識的考掘》，頁三〇三。

62 同前注，頁三〇四－三〇五。

63 米歇爾・傅柯（Michel Foucault）著，洪維信譯，《外邊思維》（*La pensée du dehors*）（臺北：行人，二〇〇三）。

64 韋伯（Max Weber）著，羅久蓉譯，〈學術作為一個志業〉（Wissenschaft als Beruf），收入錢永祥編譯，《學術與政治：韋伯選集（I）》（臺北：遠流，一九九一），頁一六六。

65 轉引自駱益新，《論韋伯與盧曼從除魅到復魅的辯證》（臺北：國立政治大學社會學系碩士論文，二〇〇〇），頁一二。

Peter L. Berger等人。復魅作為反思現代理性，並不意指著將世界重新帶往神祕化，反而是除去「除魅之魅」的一股辯證力量，由此重新認識世界的非線性、混沌與不確定性[66]。

復返迷魅。以此考掘不同文化形式遭遇時所涉及的知識、話語政治，和權力關係；從而帶進後殖民的批判視角，重新檢視帝國接觸史的敘事。於此同時史碧娃克（Gayatri C. Spivak）的著名提問「從屬階級能發言嗎？」（Can the Subaltern Speak?）將一路牽引著我們對歷史與文學文本的空白之域，或所謂話語間隙的注視。而義大利思想家喬治・阿岡本（Giorgio Agamben）進而反轉傅柯生命權力與治理性的問題意識，將視線移向例外，指出例外狀態，即主權者藉由法的懸置，如戰爭、戒嚴、集中營等，正是當代治理的典範，他指稱被政治棄置的裸命（bare life），帶我們更切近地思考殖民地、戰時，以至戒嚴時期，被排除的生命狀態與延續的體制性問題。當原住民被視之為「非人」時，裸命的敘事，又如何可能？

本書緒論即先回溯「野蠻」詞義的衍異，從中文語境裡的蠻、夷等，原作為地理的指稱，歷經帝國接觸與新詞迻譯後，逐漸確立與「文明」相對立的從屬含義，並導致文化翻譯時的話語政治問題。其中含括的進化主義文明發展論意識形態，成為帝國擴張時的理論依據。重新詰問殖民現代性下的野蠻論述，因此不僅為指出區分、規訓與排除的法則，更在於追蹤從屬者的生命歷程，及發聲可能；同時批判文明內蘊的野蠻性問題。藉由考掘學的思路，深入不同接觸地帶上的事件並視之為歷史環節，以展開思考文學敘事對歷史與野蠻論述的重構。

第一章〈從屬者的戰爭：一九一四．太魯閣〉以一九一四年佐久間左馬太總督所發動「太魯閣戰爭」為焦點。這場討伐，某種意義總結了日本治臺前期的理蕃政策。針對殖民地輿圖上最後的空白之域，官方不僅動員逾萬軍警部隊鎮壓，還含括事前所派遣武裝探險隊，進行對蕃地、蕃社的現代測繪調查；討伐時的新聞報導、事後出版有寫真帖、復命書，呈現「文明征服野蠻」的政治宣傳。太魯閣在納入治理後則歷經觀光或戰時軍事的空間想像。相較下，相關的歷史記憶遲至一九八〇年代才隨著古道與山岳探勘重新浮現，楊南郡的踏查書寫，牽引著其後的王威智、何英傑。泰雅詩人瓦歷斯．諾幹則在重探族群歷史的線索中，質疑官方歷史敘事，並重構來自原住民的內部觀點。施叔青以後殖民、新歷史主義小說寫作太魯閣戰爭為背景的《風前塵埃》，思考文明與野蠻的對峙、戰爭的美學化，與接觸地帶上複雜的身分認同問題，後繼則有朱和之《樂土》等。延遲的回應，顯示史碧娃克從屬者研究中所疑問發言的艱難。

第二章〈裸命和餘生：一九三一．川中島〉由一九三一年保護蕃收容所的屠殺，史稱第二次霧社事件，與倖存者繼之移徙川中島社，重探前一年霧社事件的複雜遺緒。事件引起的困惑與大量書寫回應，來自霧社作為模範番社，在歷經多年文明教化，卻重又選擇傳統的

66 同前注，頁一三一一四。

出草儀式反抗，其真相，領導者莫那・魯道心理、花岡兄弟激烈的自盡，成為敘事占據的空缺，從日殖民論述到戰後國族主義敘事。鍾肇政從小說《馬黑坡風雲》到《川中島》，正是將目光從事件人物本身移向倖存族人。舞鶴《餘生》，則以突顯二次事件，重新疑問一次事件的當代意義，文明與野蠻的辯證性。而使事件浮現大眾視野的魏德聖《賽德克・巴萊》，一則回響著一九九〇年代以降來自民間研究者邱若龍、鄧相揚的著述，也引致原住民內部觀點如郭明正、比令・亞布的記錄。

第三章〈接觸地帶・一九四二・南洋〉聚焦南洋島嶼和一九四二年起徵募的原住民高砂義勇軍。曾經的「反抗者」，十年間成為帝國的「志願兵」，顯現的也正是殖民者因應戰爭動員，將「蕃人」改稱「高砂」的皇民化意識形態。八〇年代的兩部小說，鍾肇政延續「高山組曲」第二部《戰火》，與陳千武自傳性小說《獵女犯》，分別刻畫出摩羅泰島與帝汶島的戰爭經驗，或顯現戰地的閾限空間裡鬆動的國族等級界線；但另一方面，帝國軍人將帶給現地原住民、底層女性另一層暴力。吳明益《單車失竊記》則在書寫戰爭時期的滇緬叢林時，以生態殖民主義的視角，呈現出最底層的動植物生命。最後並以朱迪斯・巴特勒（Judith Butler）所論的可哀悼性，思考敘事之於生命存有的意義。

第四章〈驅逐惡靈・一九八八・蘭嶼〉透過夏曼・藍波安的書寫，展開對蘭嶼的思考。這座位處臺灣東南外海的小島，世居以海洋為生的達悟族。如同諸多太平洋島嶼，與帝國相遇之後被「發現」、被殖民的歷史，蘭嶼在十九世紀末被併入清帝國版圖，歷經日本帝國統治，二戰後，成為中華民國政府管轄下的一地。重層的殖民，軍事、獄政、教育、資本的進駐，漫長改變島上的傳統文化景觀。一九八八年，蘭嶼人發起第一場反核廢料貯存場的抗爭「二二〇驅逐蘭嶼惡靈」；夏曼・藍波安參與其中，並在隔年返回祖島。一九九〇年代出版的《八代灣的神話》、《冷海情深》、《黑色的翅膀》便是復返部落生活，聆聽耆老口述神話，重習傳統文化的痕跡。從反核事件為起點，以關曉榮、拓拔斯・塔瑪匹瑪、胡台麗的記錄，論蘭嶼長期「被犧牲」排除的地位；並閱讀夏曼・藍波安的書寫與航海，如何反思帝國殖民於南島族群的傷害。更重要是指出蘭嶼作為「世界的島嶼」，如何提供我們重新思考包括臺灣在內的地理政治、歷史記憶，與文明相遇的課題。

〈結語〉一章，則將回到班雅明的歷史哲學思考，從他對於進步史觀的批判，加入人類學者詹姆斯・克里弗德（James Clifford）在原住民研究中所提出的另類史觀，重思臺灣文學復返的迷魅。最終，以聽尋諸歷史。

第一章

從屬者的戰爭・一九一四・太魯閣

太魯閣之役作為日治一九一〇年代「五年理蕃計畫」的一戰，不僅動員的武裝探險與軍警部隊屬最大規模，戰前從事蕃地偵察與地圖繪製工作，一九一四年五月由佐久間左馬太總督親率，自霧社、花蓮港分道夾擊內外太魯閣；同時，也標誌著日本領臺前期與原住民領域的衝突戰，如新城、威里、七腳川事件以至太魯閣的小結，原住民「化外之民」的存在，盡納入帝國版圖的治理內，曾被視為「在我國領土上橫行的野獸」（安井勝次語），進入了文明開化與同化的階段。

這場理蕃之役，隨戰爭報導、復命書與隨軍攝影出版的寫真帖，呈現出殖民官方欲宣傳「文明征服野蠻」的觀點；理蕃總督佐久間因戰而傷導致隔年病歿的消息，同樣成為政治宣傳、神格化的特殊符徵。除此之外，差異的、屬從屬者的敘事，唯隱微傳遞於原住民的口傳中。

後殖民理論學者史碧娃克曾提出的著名提問：「從屬階級能發言嗎？」引領我們關注再現從屬階層主體的困難性。臺灣「後山」的太魯閣歷經不同時期的空間象徵與漫長戒嚴狀態，連帶其中的人文歷史陷於消音。一九八〇年代，隨山岳古道踏查及書寫如楊南郡、原住民文學如瓦歷斯・諾幹，以至約二〇〇〇年的後殖民小說施叔青、朱和之等路徑復返而展開。其中，施叔青「台灣三部曲」的《風前塵埃》，擇以花蓮吉野移民村與灣生後裔為敘事焦點，重返蕃地界線上複雜的種族關係，辯證殖民戰爭標舉的「文明性」與「野蠻性」；又因其表現的臺日觀點充滿曖昧，而將這段太魯閣戰爭的歷史，帶至文學爭議與論述的視域中心。

相對統治者的文字，這些文學的書寫既呈現白睿文所謂「遲來的回應」[1]，歷史的創傷，歷經政治的壓抑，爾後有如心理機制般復返；另一方面也明顯可見戰爭並未曾於一九一四年終止，所謂「從屬者的戰爭」，既是面對「文明」相對峙抵抗的「野蠻」、文字相對口傳，亦總是敘事的戰爭。

一、最後的殖民地戰爭

一九一四年的「太魯閣戰爭」，是日本治臺期間所發動最大規模、也是最後的「殖民地戰爭」。

擘畫者佐久間左馬太（一八四四－一九一五），長州藩人，日本著名軍事將領，年輕時曾於一八七四年的牧丹社事件[2]，以陸軍中佐身分參與出兵征臺，與原住民有過實際作戰經

1　白睿文在探討現代華語文學的歷史創傷主題時，將歷史災難後，有如心理壓抑症狀的延遲書寫描述為「遲來的回應」。相對於此，則有如文革傷痕文學、天安門事件等幾乎即時地回應，以及另一種體現在香港回歸前夕的「預想的創傷」（anticipatory trauma）。參《痛史》，頁二一。

2　一八七一年十二月，一艘琉球國宮古島的朝貢船隻，遇難漂流至臺灣東南角八瑤灣，船員們因擅闖高士佛社領地而慘遭出草。事發後日方展開與清廷的交涉，並於一八七四年藉「番地無主論」出兵臺灣，攻打牡丹社、高士佛等社。清廷於戰敗後轉而積極開發後山，施以「開山撫番」政策；琉球則淪為日本屬地。可參看本書緒論第一節的討論。

驗；一九〇六年，接任第五任臺灣總督，是時平地漢人的武裝抗日已大致被鎮壓平定，他一改前期殖民政府對原住民採取的綏撫態度，轉而將治理重心，積極延伸至蕃地：擴增理蕃機關、推動「隘勇線前進」政策，在邊界，派駐警察和隘勇，設置地雷、火器及電網，限制物品交換，以圍堵山林。

太魯閣環山面海，東鄰西太平洋、以西綿延著中央山脈，界域內，多有海拔三千公尺以上的崇山峻嶺，立霧溪等流域橫亙其中，湍急處將地勢下切成峽谷和絕壁。太魯閣族（Truku）原居於今南投縣仁愛鄉一帶，過去是為賽德克亞族群一支[3]，約莫十七、十八世紀，受限生存空間的日益縮減，陸續向東遷移，翻越能高山、合歡山，來到木瓜溪與立霧溪沿岸耕地。

後山，因藏有豐饒的礦產林木資源，一直以來，即為日商及殖民政府掏金覬覦的所在，多次藉故征伐，卻礙於險峻的地形、並屢遭太魯閣族頑抗，而始終無功而返。重大的衝突始自一八九六年的「新城事件」，族人為報復駐紮日軍侵犯部族女性，起而攻擊新城分遣隊監視哨，殺害十三名軍人。一九〇六年另一起「威里事件」，則起因於樟腦開採的糾紛。一九〇八年底至一九〇九年初，勞役問題引發「七腳川事件」，南勢阿美族人遭致日方強勢鎮壓，終被迫集團移住，喪失的居地，成為日後的吉野移民村。

七腳川事件後，佐久間的理蕃事業由恩威並施的「甘諾政策」（使之甘心承諾），轉向威壓的軍事討伐階段[4]，一九一〇年，並擬定「五年理蕃計畫」；而太魯閣戰爭作為「五年理蕃計畫」的軍事實踐，便是一連串長期衝突的總和。

一九一四年五月，佐久間左馬太親自擔任討伐軍司令官，率軍隊自霧社出發，經合歡山、奇萊北峰，向東推進，民政長官內田嘉吉則任討伐警察隊總指揮，率領警察隊自花蓮港登陸，復沿塔次基里溪（即立霧〔Takkiri〕日文漢字音譯）、三棧溪、木瓜溪，分三路向西進攻。總共動員軍警人伕逾一萬一千多人，夾道包圍內、外太魯閣，相對於太魯閣族九十餘社，人口僅約八千九百多，且多數為婦孺等非作戰人力，日軍以絕對懸殊的兵員，三個月間，占領蕃社、焚毀家屋、迫使部族歸順，歸順者包括多年領導抵抗的總頭目哈鹿閣・納威（Haruq Nawi），又其中族人傷亡者難以計算[5]。戰事至八月間已近尾聲，各部隊陸續解隊，舉行凱旋儀式。

佐久間左馬太雖取得戰爭勝利，卻未完成原定橫斷至花蓮港的路程；六月二十六日，在

3 太魯閣族已於二〇〇四年正名為臺灣原住民族的一個民族。

4 佐久間前期的理蕃政策，在於拓展山地隘勇線之際，對北蕃採「甘諾政策」、南蕃以撫育為主。「甘諾政策」訂於一九〇七年：「擴張北部地區之隘勇線時，儘力對原住民懇諭政府之意，使其了解承諾，除有不得已事情外，絕不加以討伐」（《理蕃誌稿》卷一，〈蕃地經營ノ方針才定ム〉，轉引自吳秉聰）。實則以威脅利誘手段，侵占原住民土地。後遭原漢聯合反抗而失敗。請參考吳秉聰，〈佐久間左馬太總督之前期理蕃〉，《北市教大社教學報》六期（二〇〇七年十二月），頁七五—一一八。

5 關於討伐的行動計畫、分隊、路線、人數等資料，參考自柴辻誠太郎，《太魯閣蕃討伐寫真帖》（臺北：臺灣日日新報社，一九一五；另參考黃育智中譯版本（臺北：南港山文史工作室，二〇一六）。太魯閣族傷亡人數並無官方記載。

西拉歐卡夫尼（セラオカフニ）一帶的崎嶇山徑上，遭致突襲，失足墜落二、三十公尺餘的坡底，昏迷多時。《臺灣日日新報》遲至六月三十日才發布〈佐久間總督負傷〉一訊：「佐久間總督。二十六日午前九時視察戰線。過『沙老科利』社東北斷崖。岩石崩壞墜跌。頭部顱頂及後腦均受傷裂。……」[6]可見對其遇襲一事，報端幾無著墨。而據後續報導，他先留在西拉歐卡夫尼司令部療養，恢復良好，八月十九日「凱旋」返回臺北。五年理蕃計畫完成後，佐久間於次年四月三十日卸任在位十年的總督一職，回到故鄉仙臺。一九一五年八月，《臺灣日日新報》傳來仙臺消息〈佐久間伯薨〉：「前任臺灣總督佐久間左馬太伯。自掛冠歸去。靜養於仙臺故鄉。不圖四日午上。突起腦溢血病。頓陷危篤。是夜遂薨於私邸」[7]。此時，距太魯閣戰爭結束不過一年。

但在太魯閣族人的口傳中卻另有說法，佐久間實則在墜崖當時身亡；只是作為負有「理蕃總督」名號的司令官，於征伐原住民戰役最烈之際遇襲，其死訊被官方刻意地隱瞞了。

以理蕃聞名的「總督之死」，標誌了多層意涵。日本殖民地史學者近藤正己將殖民政府對漢人及原住民的討伐，俱視為「戰爭」的一種，而非僅治安問題；他指出，相較戰爭一貫所指，係發生於主權國家之間，「殖民地戰爭」的概念，使臺灣實質上仍處於「準戰時」的狀態，並影響著總督府的軍隊配置、軍事行動、內治與面對外部的關係。而太魯閣戰爭結束後，一九一九年，總督府官制修改，臺灣軍司令官回歸隸屬於天皇，「從制度上來看，臺灣總督不再有軍隊統率權，也可以視為殖民地戰爭的終結。」[8]佐久間所代表的理蕃戰爭階段，轉進接下來的文明同化時期，開鑿道路，深入山林，曾布設軍事的隘勇線，轉換為警備駐在所、蕃童教育所、蕃產交易所、現代醫療衛生所，制度延續，及至一九三〇年爆發了霧社事件[9]。

其次，為發動太魯閣戰爭，除事前的蕃情調查與地形測繪、開鑿道路、軍事部署外，透過媒體如《臺灣日日新報》的密集報導，亦達到政治宣傳之效[10]，戰爭準備期的三月七日起至四月三十日，報上一連登載了四十六篇「太魯閣蕃」專欄文章，詳介清領以降的太魯閣情狀，及新城、威里、七腳川等事件的爭端始末；征伐期間，則有署名北埔警察隊總司令部的宮本生，陸續寫下「太魯閣の討伐」報導；七至八月隨戰事尾聲，另有署名益子生的作者，寫下二十篇「太魯閣人り」。藉由對「獰猛的太魯閣蕃」或蕃地「蒙昧未開」的描繪，反覆強化殖民地戰爭的文明化論述。值得留意的是，與此同時，身為古典漢文人兼現代記者的李逸濤（一八七六－一九二一）正於《臺灣日日新報》寫作新聞小說〈蠻花記〉（一九一四），

6　傷訊首見於一九一四年六月三十日《臺灣日日新報》二版，譯文根據七月一日第五版漢文欄位。

7　《臺灣日日新報》，一九一五年八月七日，第五版。

8　近藤正己，〈「殖民地戰爭」與在臺日本軍隊〉，《歷史臺灣》一一期（二〇一六年五月），頁二八。

9　關於太魯閣戰爭前後日本治理的分期概述，請參考戴寶村，〈太魯閣戰爭百年回顧〉，《臺灣學通訊》八二期（二〇一四年七月），頁九－一一。

10　徐如林、楊南郡，《合歡越嶺道：太魯閣戰爭與天險之路》（臺北：農委會林務局，二〇一六），頁一〇八－一〇九。

小說背景坐落的牡丹社，隱指曾經發生在彼部落的衝突事件，迂迴流露對當下戰爭中殖民性、現代性與文明衝突的複雜寓意[11]。

戰爭結束未久，旋即有從軍攝影記者的寫真帖《大正三年太魯閣蕃討伐軍隊記念》（一九一四）、《太魯閣蕃討伐寫真帖》（一九一五），記者楢崎冬花（楢崎太郎）編纂的《太魯閣蕃討伐誌》（一九一四），以及若干官方文書如《理蕃誌稿》第三編（一九二一）等的出版[12]，為事件記錄定調。

這些以文字、影像所呈現官方版本文明征服野蠻的觀點，與對戰爭選擇性的銘記或抹消，在「總督之死」的懸疑中，恰成為事件後，一個敘事得以介入、思索的空缺。可見諸原住民的口傳之詞，爾後，更將在文學及歷史敘事的層次上再現，亦即另一場如同社會學者汪宏倫所指出，記憶與敘事的戰爭，猶未終止、於焉展開：「戰爭的記憶，很容易就變成記憶的戰爭。在此意義下，戰爭從未結束，只是從軍事場域進入到符號象徵的場域。」[13]

然而除卻殖民者的文字，這場戰爭伴隨而來的歷史創傷和集體記憶，在倖存族人於事件後被迫集團移住、與納入國家體制更全面嚴厲地「教化」下，面臨長期的失所和失語。傅琪貽曾提問在缺乏文字的記錄下，重建屬原住民抵抗史及其史觀的困難[14]。鴻義章在重新思考「太魯閣事件」的研究中，即將一八九五至一九一四年間屢屢發生的日原遭遇戰，如新城、威里、七腳川至太魯閣，視為一系列殖民者政權行使，與原住民生活領域傾軋衝突的延續事件，以此在本質上迥異於漢人否定日本政權的「抗日」；而太魯閣討伐戰的特殊性，如同近藤正己之所論，鴻義章亦指陳在於它帶有的戰爭性質：「當時東台灣的北勢蕃太魯閣蕃尚處於『類國家』的存在，並未受日本統治，而國家與國家之間的遭遇戰謂之『戰爭』。」[15]

這場日治時期最大規模的殖民地戰爭，事後卻未獲致如一九三〇年霧社事件那般寫作者關注的條件；抑或是說，太魯閣，自日治中期延續至戰後很長時間，總先以山岳自然或觀光空間的形貌再現。相對統治者的歷史，從屬階層的生命歷程既不曾被追蹤，其失音、且缺少如史碧娃克所指出供知識分子再現的客體。遲至一九八〇年代，隨著越嶺古道的探勘，如楊南郡的踏查和書寫，才令歷史的遺跡，逐一自荒煙蔓草間重現。其後遂有何英傑以古道登山為題材，首部描寫太魯閣戰爭的長篇歷史小說《後山地圖》（二〇〇六）。

此外，一九九〇年代以降，泰雅族作家瓦歷斯・諾幹在回溯、書寫族群記憶時，陸續

11〈蠻花記〉採傳統章回形式，自一九一四年二月十三日連載至一九一五年八月七日，相關討論請參考黃美娥，〈當「舊小說」遇上「官報紙」——以《臺灣日日新報》李逸濤新聞小說〈蠻花記〉為分析場域〉，《台灣文學學報》二〇期（二〇一二年六月），頁一－四五。感謝黃美娥教授提示，並提供李逸濤論文資料。

12 史料簡介請參考：蔡蕙頻，〈館藏太魯閣戰役舊籍介紹〉，《臺灣學通訊》八二期（二〇一四年七月），頁一四－一五。

13 汪宏倫，〈把戰爭帶回來！——重省戰爭、政治與現代社會的關聯〉，收入汪宏倫主編，《戰爭與社會：理論、歷史、主體經驗》（臺北：聯經，二〇一四），頁七。

14 傅琪貽，〈太魯閣抗日事件，如何重建？〉，「二〇一五第八屆台日原住民族研究論壇：太魯閣族抗日戰爭史學術研討會」宣讀論文（花蓮：國立政治大學原住民族研究中心主辦，二〇一五年十月三十至三十一日）。

15 鴻義章，〈東台灣太魯閣事件及太魯閣蕃討伐戰役初探〉，「二〇一五第八屆台日原住民族研究論壇：太魯閣族抗日戰爭史學術研討會」宣讀論文（花蓮：國立政治大學原住民族研究中心主辦，二〇一五年十月三十至三十一日）。

寫下詩文和小說，以原住民觀點，填補、並重新介入了殖民歷史敘事。兩千年後，施叔青則在寫作「台灣三部曲」時，選擇以太魯閣戰爭作為《風前塵埃》背景，聚焦文明與野蠻的衝突、戰爭與其美學化的危險、殖民地認同等層疊之界線；《風前塵埃》並因其曖昧幽微的敘事形式，成為一個深具問題性的文本，連帶使相關的戰爭記憶論辯聚焦於文學舞臺。後繼則有朱和之的歷史小說《樂土》（二〇一六）、高俊宏《橫斷記：臺灣山林戰爭、帝國與影像》（二〇一七）等。於此，創作者或不約而同，回到佐久間墜跌而致的懸空中，展開差異的敘事[16]。

二、以啟山林

直至進入大正年間（一九一二），殖民地臺灣東半部的太魯閣，憑恃其險阻地勢，及蟠踞部族頑強的抵禦，在版圖上，「依然是呈現混沌狀態」[17]。

總督府技師野呂寧（一八六七－一九三二）自討伐戰前幾年，便銜命組織探險隊，數度前往勘查，他以科學方法所繪製的地形圖，與詳實記載行進路線的復命書，成為日後理解山界與蕃情知識的重要文獻。其中包括記錄了一九一三年三月，臺灣登山史上最大規模山難的〈合歡山、奇萊主山探險復命書〉，在誤判氣象，強行攀登駐紮合歡山頂後，大隊遭遇惡寒暴風雨徹夜侵襲，多人擅自逃離，行動宣告失敗而撤退，二百八十六名隊員，最終失蹤與死亡者多達八十九人。同年九月底，在佐久間親率下，探險隊經霧社登上合歡山，野呂寧其後復登奇萊北峰，才完成內太魯閣地形測繪和部落群分布的調查任務。

臺灣登山家暨古道研究者楊南郡（一九三一－二〇一六）在譯注日治前期探險家著述文獻的《台灣百年花火》書中，將這段時期形容為「學術研究的黑暗時代」[18]，他如此疑問：「赫赫有名的奇萊北峰、奇萊主山和能高主山，是什麼時候、在什麼情況之下被印上人類腳痕的呢？」[19]一九一三至一九一四年間的探險測量，初次揭開了太魯閣樣貌、傳統獵徑，或部落占據之地；然而，這些奠基臺灣山岳知識的調查，楊南郡也指出，都是所謂的「強硬探險」，以武裝警察組成，搜索隊具有軍事偵察與路線研判的特殊目的；總督府警視的兩篇〈探險復命書〉（一九一三）記下佐久間率隊下，首登奇萊北峰與能高主山，進行測繪、

16 事實上，統治者的死亡，在戰爭報導中被衍伸至象徵性意涵，佐久間總督之前，早至北白川宮能久親王於領臺戰爭中罹病身亡（一八九五）可見一斑；他不僅被賦予國葬，隨後更被神格化為奉祀的信仰。可參考松田京子，《帝國的思考》第一章〈戰爭報導中的臺灣〉，頁四三－五四。藉此，「以高貴身段平定『野蠻』之民的故事，其存在意義超越了北白川宮能久親王的從軍與『死亡』的個人層次」（頁五二）。類同地，除官方敘事外，北白川宮能久親王之死亦流傳著諸多差異版本。

17 野呂寧語：「太魯閣蕃據險蟠踞之地，東有海洋，西有中央山脈的峻嶺連綿，所以通往未經探查的內太魯閣蕃出入口地形，依然是呈現混沌狀態」（〈合歡山、奇萊主山探險復命書〉〔一九一三〕，收入楊南郡譯注，《台灣百年花火：清末日初台灣探險踏查實錄》〔臺北：玉山社，二〇〇二〕，頁二五一）。

18 楊南郡譯注，《台灣百年花火》，頁四。此書收入清末至日治初期踏查臺灣的重要文獻，如水野遵、森丑之助、田代安定、伊能嘉矩等著作，關於太魯閣戰爭則包括：野呂寧〈合歡山、奇萊主山探險復命書〉、〈南湖大山方面探險復命書〉、總督府警視山本新太郎〈探險復命書〉、江口良三郎〈探險復命書〉。

19 同前注，頁二九〇。

並觀測到立霧溪上游內太魯閣部落群的最早檔案，野呂寧的〈南湖大山方面探險復命書〉（一九一四）則為調查太魯閣北方的蕃地情狀，提供同月底將發動的太魯閣討伐戰依據。

復命書忠實呈現殖民地官員面對蕃界的心態，探勘時，組織「蕃人隊」作為路線前導，策略性「操縱」與離間敵對部落，譬如僱用服從官方且與太魯閣蕃相扞格的南澳蕃，進行南湖大山的勘查；但同時，野呂寧描述到南澳蕃唯恐所居地被偵察，對探險隊多所防備：「地形的觀測調查，總是會於將來某一個時日，引來官方討伐隊，所以他們反而很嚴密地監視我們探險隊的行動。」[20]此外亦記下路途中所遭遇太魯閣人的攻擊。楊南郡更藉由譯注，指出當時理蕃機關行文慣用的「操縱」、「制壓」等詞語，如何反映殖民者看待蕃人的目光，在威壓與懷柔手段之間，「好比是人在操縱機器」[21]，人或非人、種族的優劣、文明的等差問題，同樣也反映在觀測後，招待南澳蕃至「文明」臺北觀光作為攏絡一事[22]。

日治時期對臺灣的調查，按楊南郡觀點，主要區分成兩個階段：以一九二八年四月一日「臺北帝國大學」創立為界，此前為「學術探險調查時代」，殖民初始，研究者以探險的精神，走向地圖上未曾被涉足，大片的混沌、空白之域，一如野呂寧等；而臺北帝大創立則標誌著研究進入學術性、系統性的「學術開創時代」，舉凡人類學、語言學、考古學、植物學、動物學、地理學等領域，都奠定臺灣學術知識的基礎[23]。

一九九〇年代起，楊南郡著手迻譯這兩階段的典籍[24]，尤其輔以前言或譯注，針對前行文獻進行闡釋、補充，甚而修正的工作。他的譯注，除呈現自身多年的踏查經驗，更突顯出某種面對殖民文本的根本矛盾：這些銘刻著殖民者視線的圖像與文字，成為日後理解、回返歷史的稀有路徑，然而知識的生產，又總源自傅柯所論的權力運作；於此，我們究竟如何看待，並以此識得殖民情境下的從屬者（subaltern）歷史？一如楊南郡總在迻譯的過程間，不僅疑問著文書所記原住民言行的真實情境，質問如野呂寧等技術官僚地理探險的成果，總無法脫離武力鎮壓？更時時醒覺地提示讀者：「高山探險與偵察曾為無數生靈被犧牲的征伐戰鋪路，站在民族情感上，應該譴責，但是從台灣高山開拓史上來看，復命書反映真實的故事，翻看舊日的文獻檔案可知，高山探險與族群狀態的探查同時被進行的事例並不多〔……〕探險復命書是重要檔案，真實地為歷史作證。」[25]

20 野呂寧，〈南湖大山方面探險復命書〉，收入楊南郡譯注《台灣百年花火》，頁二六七。

21 同前注，頁二七三。

22 日本自領臺之初的一八九七年起，即以「內地」文明觀光，作為教化、綏撫臺灣原住民政策之一，從城市、軍備，到農耕的考察；松田京子在分析日帝國對臺灣原住民治理的研究中，特別關注了其中差異的觀視經驗，並追問：「臺灣原住民想看到什麼？」參見《帝國的思考》第二章〈作為臺灣原住民教化政策的「內地」觀光〉，頁五九－九八。

23 楊南郡譯注，《臺灣百年曙光：學術開創時代調查實錄》（臺北：南天，二〇〇五），頁××。

24 針對「學術探險調查時代」，楊南郡譯注有鳥居龍藏《探險臺灣》（一九九六）、伊能嘉矩《平埔族調查旅行》（一九九六）、《臺灣踏查日記》（一九九六）、森丑之助《生蕃行腳》（二〇〇〇）、譯文集《臺灣百年花火》等；「學術開創時代」譯注有鹿野忠雄《山・雲與蕃人》（二〇〇〇）、《東南亞細亞民族學先史學研究》（二〇一六）、譯文集《臺灣百年曙光》（二〇〇五）、臺北帝國大學土俗人種學研究室《臺灣原住民族系統所屬之研究》（二〇一一）、馬淵東一《臺灣原住民族移動與分布》（二〇一四）等。

25 楊南郡，《台灣百年花火》（二〇一四），頁二九二。

楊南郡出生於日殖民時期的臺南州新豐郡，本身為西拉雅族新港社後裔。戰時曾被徵召為少年工（一九四四－一九四五），遠赴神奈川高座海軍兵工廠，從事零式戰鬥機製造。一九四六年返回臺灣，開始學習中文[26]。對照他的生平，既縮影著「跨越語言的一代」（借林亨泰語）所共同經歷，其對山岳的追尋，實也反映戰後臺灣在戒嚴與冷戰架構下，與山林不同階段的親疏關係。臺大外文系畢業後，一九六〇年起，楊南郡任臺南美國空軍基地調查員期間，在美軍大兵愛好登山健行的氛圍下，接觸到自然環境保護主義者約翰・繆爾（John Muir）創立的山巒俱樂部（Sierra Club），及其同名月刊，並初涉登山，至一九七六年成為最先完成臺灣百岳攀登的少數幾人之一。

一九六、七〇年代的太魯閣，雖已因東西橫貫公路的開鑿通車（一九六〇），從戰後初期「入山管制」的封山禁地，漸成民眾遊歷觀光的空間；但另一方面，仍延續如研究者金尚德所論，戰爭體制下「規訓的文化地景」內涵[27]。以合歡山為例，一九三五年為「始政四十周年紀念」修築的「合歡越嶺道」，從觀光覽勝之道、至戰時成了日本青年身心鍊成動員的空間，一九五二年成立的「中國青年反共救國團」，同樣以合歡山舉辦帶有身體鍛鍊和戰鬥導向的自強活動，尤其一九六五年起的中橫健行隊，廣受大專院校生熱烈參與；在規訓空間之外，金尚德進一步論及，國民黨政府沿用太魯閣戰爭期間，諸如「合歡山無線電信所」所在，設置「合歡山轉播站」，架設長程廣播天線，發送反共心戰的宣傳電波，「由於山頂空間的戰略考量與軍事化利用，終於將合歡山山頂，禁錮成了一座無法親近的戒嚴空間。」[28]

以楊南郡為代表的登山活動，歷經長時沉寂，一九七〇年代初始，在「中央山脈大縱走」（一九七一）及「百岳俱樂部」（一九七二）成立等推波助瀾下興盛一時。楊南郡登山所採取「連峰縱走」的路線形式，為人們在規訓的空間裡拓展對山岳從「線」到屬於「面」的區域性認識；此外，並效仿歐洲或日本的學術探險家，踐履「登山學術化」的理念，亦即「藉著登山，從橫面空間性的認識到縱向時間性的瞭解」[29]，自水文、地形，深入人文歷史的探勘。

一九八五年，他與同為登山者的妻子徐如林[30]接受內政部營建署委託，調查位處太魯閣國家公園境內的合歡越嶺道；踏查工作持續至隔年七月，主要針對「錐麓大斷崖古道」段和「立霧溪掘鑿曲流古道」段，前往十多趟，後完成《合歡越嶺古道調查與整修研究報告》[31]。

26 關於楊南郡的生平事蹟，可參考徐如林所撰寫傳記《連峰縱走：楊南郡的傳奇一生》（臺中：晨星，二〇一七）。
27 金尚德，〈空間與權力——「合歡山」的文化地景解析〉，「楊南郡先生及其同世代台灣原住民研究與台灣登山史國際研討會」宣讀論文（花蓮：國立東華大學原住民民族學院，二〇一〇年十一月六至七日），頁一一。
28 同前注，頁一六。
29 楊南郡、徐如林，《尋訪月亮的腳印》（臺中：晨星，二〇一六），頁三八。
30 楊南郡與徐如林因登山結識。徐如林曾為臺大登山社一員，亦為自然文學寫作者，著有散文集《孤鷹行》（一九九三）。夫妻兩人共同調查並合著多部著作，包括：《與子偕行》（一九九三）、《尋訪月亮的腳印》（一九九六）、《能高越嶺道》（二〇一一）、《浸水營古道》（二〇一四）、《合歡越嶺道》（二〇一六）等。
31 楊南郡，《合歡越嶺古道調查與整修研究報告》（花蓮：太魯閣國家公園委託調查，一九八六）。

此後多年，楊南郡陸續調查了清代的「開山撫番道路」與日治的「理蕃道路」、「登山步道系統」，諸如八通關古道、浸水營古道、能高越嶺道等。

調查報告外，楊南郡的寫作亦效法鳥居龍藏（一八七〇－一九五三）、伊能嘉矩（一八六七－一九二五）等學術先驅[32]，依隨山岳經驗而起，並以散文和報導文學為主。一九九〇年代的幾部著作《與子偕行》（一九九三）、《尋訪月亮的腳印》（一九九六）、《臺灣百年前的足跡》（一九九六）記下了這段期間起始的勘查，與山岳樣貌：「第一次大規模試走合歡古道，可惜天雨如注，加上古道久未有人走過，榛莽叢生，坍方處處，只走到卡拉寶與西拉歐卡間之溪谷，就半途折回了。回程悵望煙雨茫茫的立霧溪谷，古道正在雲深不知處，失望之情，不言可喻。」[33]

埋藏於茫茫深處的，不僅古道和溪谷，更是為人所遺忘、消抹的歷史記憶。西起自霧社、經合歡埡口東下太魯閣，曾為討伐太魯閣族而闢築的合歡越嶺道，在戰後政局交接的紊亂時期，經人為多所破壞，沿途建物如佐久間神社、塔比多駐在所等建材檜木，遭致掏金客竊為柴火[34]。中橫公路取道開鑿後，更僅餘下巴達岡至錐麓段與畢綠至塔比多段；與此同時，標誌舊日殖民權威的佐久間神社，在築路時被拆除，一九六一年，塔比多改名為天祥，神社原址新立起另種威權象徵的文天祥石像。

對楊南郡而言，《太魯閣蕃討伐誌》（一九一四）所記載征伐殺戮的殘酷，與事件後日人健行於山岳，對自然的禮讚敘寫，同時形成他對古道的最初印象。在〈合歡古道〉一文中，他寫道從文獻研讀至探勘的多年過程，並詳實記錄初次調查的路線：調查隊從碧綠出發，經卡拉寶、抵達西拉歐卡、巴多諾夫、古白楊、西奇良等部落，復沿瓦黑爾溪攀行至天祥。在地形與路況描述外，楊南郡尤其關注歷史的遺址遺跡，從殘存的地基與大竈，林相如柳杉、臺灣杉，判別古道上據點，或位處部落內昔日駐在所、衛生所、宿舍等位置；他記下通過魯翁溪吊橋之後的支稜小徑，埋有當年日原戰爭的陣亡者石碑；述及瓦黑爾溪前一座建於大正十年（一九二一）的鶯橋，被蔓草覆蓋，「我們把附近的雜草砍除，讓整個橋柱露出來，再挖去文字上的苔蘚，現出美麗的古寫『鶯橋』兩字」[35]。

其時的山岳，業已遍布盜獵者的痕跡：「對野生動物來說，這一條路無疑是『死亡之路』，從西拉歐卡開始，一路上我們不曉得破壞了多少吊子，包括上百個捕捉走禽小獸的小型吊子，以及數十個用六股鐵線布置的大吊子……」[36]沿途但見赤楊純林遭濫墾濫伐，臺電施工道路坍方阻擋了去路。

在兼有山徑路線紀實如〈合歡古道〉等篇章外，楊南郡更進而有意識地援用報導文學

32 楊南郡，〈闊別文學四十年〉，《尋訪月亮的腳印》，頁二四三－五三。
33 楊南郡，〈合歡古道〉，收入楊南郡、徐如林，《與子偕行》（臺中：晨星，二〇一六），頁三三二。
34 關於產金道路的興築與曠廢，可參考徐如林、楊南郡，《合歡越嶺道》，頁二三二－三九。
35 楊南郡，〈合歡古道〉，《與子偕行》，頁四一。
36 同前注，頁四〇。

體裁，寫下山岳經驗所遭遇的原住民、及其部落遺存的歷史文化，尤著重日治時期關鍵的事件，如太魯閣戰爭、大分事件（一九一五）、霧社事件（一九三〇）等，同時書寫前行學術探險者的足跡。於此，沿文獻實地踏查，以訪談或採集的神話、傳說、口述歷史，楊南郡重新省思曾為殖民者銘刻下的文字記載。

其中，棲居山岳如泰雅族（Atayal）與居於平地的平埔族，在楊南郡的尋跡和敘述裡，呈現兩種遭逢外來殖民者文明、殊途同歸的歷史命運。日治時期最重大的日原衝突諸如太魯閣戰爭、霧社事件，席捲其中，盡是泰雅人的身影。〈山・雲・泰雅人〉[37]述及這樣一個廣布於「森林密布的蠻荒地帶」、「一直遠離文明的洗禮」的古老族群。有關南島語族擴散的研究已顯示，泰雅是約莫六千年前、最早進入臺灣島的族群之一，分布在中海拔山坡地，以遊獵、農耕為生活形態。而中海拔的山地終年涼爽，既是遠離平地高溫潮濕、易滋生瘧疾傳染病的環境，且高山溪流鄰近的原始林，正是遊獵的範圍；「入山是自己的選擇」，楊南郡以此疑問：過去所謂山岳族群是「與平地人作生存競爭失敗的結果」實乃帶有漢人優越性的觀點。

泰雅對文化傳統的敬謹承繼，則呈現在遷居後保有舊社舊名的慣習上，研究者因而得以透過不同年代的地形圖，考察部落遷移的痕跡；但，相對日治時期殖民政府採取人類學者鳥居龍藏「保存固有土名」的學術立場，楊南郡慨嘆：戰後執政者以漢人思維，換以新地名如仁愛、信義、復興，嚴重影響了歷史承續，與族群的認同記憶：「由於地名的改變，加上地形圖的嚴密管制，使一般人，甚至學術研究者不熟悉地圖判讀，以致對山地很陌生而裹足不前，把占台灣島總面積四分之三的廣大山地及原住民文化忽略了……」[38]

楊南郡曾自述，成長過程自然而然帶有漢人認同，直到深入臺灣平埔族研究後，才由家族日常習慣，諸如以黑布纏頭、蹲踞而坐之姿，推論自身應帶有臺南平原的西拉雅血統[39]。他持續關注因居於平地，遭致漢化、日本化更劇的平埔族群，如〈斯卡羅遺事〉[40]寫下調查清代古道時，於文獻中反覆見到的潘文杰（斯卡羅語：Jagarushi Guri Bunkiet）及族人。潘文杰生於咸豐四年（一八五四）恆春豬勝東社，父親是漢人，母親是曾與李仙得交涉的大頭目卓杞篤妹妹；家族族人原屬臺東卑南族，後移居南下，經長時間排灣化、獨立而成了斯卡羅族。年輕時的潘文杰曾協助調停牡丹社事件有功，後繼承大股頭（各社間的大頭目之稱），在清領與日治初期，都扮演政府與部落間斡旋的角色。

明治三十七年（一九〇四），斯卡羅族因收編入平地行政區，迅速喪失自身語言和習俗，潘文杰的頭目身分亦失去統轄權威，於隔年抑鬱病逝；楊南郡拜訪其後裔，多次前往豬勝東社荒廢的遺址，並如此敘述平埔族的宿命：「由於斯卡羅族在清代『漢化』最早，台灣

37 〈山・雲・泰雅人〉，《尋訪月亮的腳印》，頁一六〇－九八。
38 同前注，頁一七八。
39 〈為什麼是凱達格蘭？〉，《尋訪月亮的腳印》，頁二一三－一四。
40 〈斯卡羅遺事〉一篇曾獲一九九二年第十五屆《中國時報》文學獎報導文學類首獎。收入《與子偕行》，頁一三〇－五一。

改隸後受日本『撫育』也最早，光復後又在不當的山地政策下，直接造成部落文化的喪失，也就是世世代代的文化傳承遽然中斷，甚至族群的歷史，也茫然無知。」[41]

經年積累的山岳踏查與文獻比讀，成為楊南郡思索文明衝突，與日後譯注日治典籍的參照，學者甚重視他一九九〇年代後譯作中「注釋」的研究意義[42]。魏貽君的〈後殖民的譯者現身介入：楊南郡的文化翻譯、歷史闡釋及對位敘事〉[43]將這些與原文等量齊觀的隨頁譯注或序言，視為是譯者的積極介入與現身，於此非但呈現後殖民情境下，譯作者如何嘗試面對昔日帝國凝視中，被他者化、異域化的本土歷史，而翻譯的過程，更涉及此刻的文化身分形塑。魏貽君將楊南郡定義為「後殖民的譯者」、聚焦其「後殖民的臺灣人（平埔族）」的書寫位置，楊南郡生命的複雜性，正在於出生殖民地並深受日語教育養成，同時兼有臺灣本島人、西拉雅後裔等「三重文化身分」：「正是楊南郡個人生命史的隱幽因素，影響了、作用於他以『介入的』（intervention）、『對位的』（contrapuntal），乃至於『侵入的』（intrusion）敘事視域，對於日本殖民時期的文獻典籍進行閱讀、理解、翻譯，以及詮釋性的、批判性的注解……」[44]

魏貽君援引薩依德（Edward Said）東方主義研究中，思考帝國主義與對其抵抗的後殖民歷程所提出的對位式閱讀（contrapuntal reading），說明楊南郡譯作的意義，不再是單純貼服於帝國文本的再翻譯，也不僅是對殖民遺緒採取二元對立的批判立場，而是藉由對位式的譯注工作，時而帶入個人生命記憶，為語言、文化身分，以至歷史「層疊混紡軌跡」編撰目錄；殖民文本的「原初所有權」因之有了介入、翻轉的空間，歷史中未能現身者，在楊南郡的注解中，獲得了敘事的位置：

通過了對殖民時期文獻典籍的閱讀、翻譯及注解，其實也讓不同族裔的臺灣人在進入各自的歷史記憶的同時，進行著對於自我文化身分構成圖景的再閱讀、再詮釋的思考工程，進而搜尋著超越曾被殖民權力凝視、強制分類「成為他者」指認位置的能動性。[45]

對於楊南郡來說，他較常以對位式的閱讀、現身敘事，進行殖民文獻典籍的譯注，揭示了那曾具體作用於不同族裔臺灣人的權力凝視、文化支配的龐大且複雜的集體形構機制，並以後殖民的平埔族裔文化身分，闡釋了殖民典籍的文本意理是可以被介入、干預

41 同前注，頁一四八。

42 如日本學者笠原政治發表的〈楊南郡老師與日本統治時期的學者群像〉、宮岡真央子〈時代相隔的兩位學術探險家——森丑之助與楊南郡老師〉皆指出楊南郡「譯注」的特殊意義；兩篇都出自「楊南郡先生及其同世代台灣原住民研究與台灣登山史國際研討會」宣讀論文（花蓮：國立東華大學原住民民族學院，二〇一〇年十一月六至七日）。

43 魏貽君，〈後殖民的譯者現身介入——楊南郡的文化翻譯、歷史闡釋及對位敘事〉，《中正漢學研究》二五期（二〇一五年六月），頁二〇七－三一。

44 同前注，頁二一四。

45 同前注，頁二二〇。

及修正的。[46]

在一篇檢視不同時期殖民者對待臺灣山林的〈三百年夢魘——台灣大自然的退縮歷程〉[47]文章中，楊南郡分別述及十七世紀荷蘭占領臺灣期間，濫捕梅花鹿作為出口貿易的經濟資源，清領以至日治為製樟腦採樟，濫伐濫墾，引致與山林原住民持續不斷的衝突爭戰，在在致使物種絕跡、山林退縮，楊南郡因之寫道：「如果說台灣大自然的退縮，是因為後人承襲了先祖的『拓墾精神』，那麼我真希望三百年前的先民們『未啟山林』！」[48]更希冀藉原住民生活智慧的「敬畏大地、順應自然」，取代臺灣史深含拓荒意識的「篳路藍縷，以啟山林」[49]。

歷史是重複的。然而後殖民譯作者親身走入歷史現場，報導或譯注的「重啟山林」之姿，為我們描摹了典籍文本中，在地知識與詮釋的空白之域。合歡越嶺道是楊南郡第一條探索的古道，二〇一六年出版《合歡越嶺道：太魯閣戰爭與天險之路》，恰成其最後一部著作。在書中，收入了一幀他與原住民老先生Poli Lahen的合照。Poli Lahen誕生於太魯閣戰爭期間父母逃逸的山徑間。楊南郡透過Poli Lahen父親的眼睛，描寫他親睹佐久間遭槍襲墜落的一幕，「四天後，當這一家人滿面風霜的來到沙卡亨社時，驚駭的發現：原先預期，那個充滿人氣的部落，已經被焚燒成為一片廢墟。」[50]

長期埋身在廢墟與榛莽的前人，藉由楊南郡一生的探勘與文字，掙扎現身，銘記下自己的名字。

三、「他們只是落後，我們卻是野蠻。」

遲至近一世紀後，太魯閣戰爭，才首次在一部名為《後山地圖》（二〇〇六）的作品中，以長篇歷史小說的形式登場。

在此之前，太魯閣險峻而渺遠的景致，曾在戰後初訪乍到的人們心底，投下「蠻荒」或「仙境」的想像。中橫公路開鑿通車的一九六〇年代，沿公路遊歷覽勝的詩文遊記，記下其時所瀰漫「征服自然」的拓荒氣息；及至登山者遠離道路、始另闢蹊徑。八〇年代中，國家公園的籌建，進而反映此一時期，山岳知識的積累、環境意識的凝聚，與自然書寫引入等因素匯聚下，整體山岳思維的轉變，愈著重從自然到人文的環境，並延續至其後太魯閣族的自覺運動[51]。這其中，又以楊南郡承繼前行學術探險者之姿，展開的山岳和古道踏查，於史蹟考掘、文獻迻譯，及報導寫作等面向上，深刻影響下世代寫作者如何英傑、王威智等跟隨。

46 同前注，頁二二六。
47 此篇文章寫於一九九五年、設址北臺灣平埔族遺址的核四廠興建之際，收入《尋訪月亮的腳印》，頁一一〇－三四。
48 同前注，頁一一二。
49 同前注，頁一三二。
50 徐如林、楊南郡，《合歡越嶺道》，頁一六一。
51 參考陳泳曆，《通往桃源的路》。論文中詳細彙整、分析了戰後太魯閣書寫的作品，並依階段特質，分期為一九五〇年代「拓荒」，六、七〇年代「覽勝」，七、八〇年代「尋山」，八〇年代以降「深掘」等階段。

出生花蓮的王威智（一九七〇－）曾在散文〈回音〉[52]中，藉步行太魯閣綠水至合流一段，回溯這昔日為合歡越嶺道的殘跡所承載的傷痛歷史。自源頭的新城在一八九六年爆發原日衝突，以至佐久間完成太魯閣討伐後，這條路在不同時期，先後扮演了軍事道路、警備道路、健行道路之用。王威智書寫、對照文獻中的探勘和現實，引起他尤其深思的，是楊南郡踏查報告中，曾譯出關於錐麓峭壁上闢路工程的記載，當年日方強徵部落原住民，綑以鐵索，由崖頂懸垂而下，鑿洞以埋設炸藥，「多年之後，我也走上古道。〔……〕不過，此刻我思索所及，令我久久無以平靜的是武力至上，強迫原住民懸空闢路，目的卻在於反過來施予徹底控制的日本軍閥。」[53]

以〈回音〉名之，王威智細描環境的聲音、並以此為喻，從地貌的奔水如低音，溪流和公路、古道蜿蜒平行「是一闋重奏」，寫到偵察的日本兵深入陌異的山林，因恐懼，「在樹林間碰出了不少雜音」，心跳急速，乍見被馘去的頭顱，「咒詛的母音倉皇脫口」。最終，他列陳自史前擊石為器、迄鑿刀搥打崖壁的雜沓音響：「諸般曾出現太魯閣的音聲，喜悅的，苦痛的，此刻一一如同『布洛灣』的原始語義『回音』，纖纏一如自然與人為致之的溪水和道路，久遠、幽微地迴盪於峽谷之間。」[54]初始以山谷環境為名的「布洛灣」原語意即「回音」，在作者的思索和詮釋下，亦成了歷史的殘響。

聆聽「回音」，是走返和理解歷史記憶的重要隱喻。一九八〇年代中期，楊南郡初次勘查合歡越嶺的身影，引領王威智走進餘留的山徑殘道，至近年續有《凡人的山嶺》（二〇一九）、《越嶺紀》（二〇二一）等作出版。同樣多年後，何英傑（一九六七—）則寫下以太魯閣戰爭為題材的歷史小說《後山地圖》。

何英傑學生時期即為臺大登山社的一員，曾主編《丹大札記》[55]，結合報導、攝影、史料彙編等，記錄社員們於一九八八年起，歷經三年餘，調查丹大溪流域、濁水溪上游，及周邊地勢水文，與人文活動的足跡。《後山地圖》[56]可視為登山者書寫的延伸，從自身登山經驗所遇之山脈、原住民和歷史為起點，返回「臺灣史上還有爭議的一個謎，就是日本第五任總督佐久間的死因」[57]，展開了小說對於戰爭與文明的思考。

然而《後山地圖》的故事初登場，便呈現歷史的遺落和空缺。作者未直書太魯閣戰爭，反將敘事時空，設定在接近現實的一九八八年，如同《丹大札記》中的年輕身姿，幾個大學生組成的登山隊，欲按古籍，尋找清朝修築的古道，在山中雜貨店，偶遇識得舊路的原住民

52〈回音〉曾獲一九九九年第一屆花蓮文學獎，後收入《我的不肖老父》（新北市：東村，二〇一二），頁六三—七七。
53 同前注，頁七三。
54 同前注，頁七七。
55 何英傑主編，《丹大札記》（臺北：臺大登山社，一九九一）。其時，臺大登山社的指導老師正是楊南郡，此書可見其主張「登山學術化」的具體影響。《丹大札記》於二〇二一年由印刻出版三十週年新版。
56 何英傑，《後山地圖》（臺北縣：遠景，二〇〇六）。小說曾獲二〇〇八年巫永福文學獎。作者曾改編為同名電影劇本，獲行政院新聞局九十五年度優良電影劇本，並另行出版《後山地圖》（劇本）（臺北：秀威，二〇一二）。
57「何英傑談《後山地圖》」，網址：https://youtu.be/9zYYgDgK5c，二〇一九年三月十四日最後瀏覽。

阿婆。老媼即曾經的少女依娜。小說由此在依娜的追憶中，回到昭和六年、西元一九三一年太魯閣山林的某部落；透過部落裡若干典型人物，少女依娜、青年達哈，日籍教師井上等人之間的交往、愛戀與矛盾，漸次揭露被族中上一代刻意隱匿壓抑、一九一四年原日爭戰的歷史記憶。

他們的愛戀和傾軋，帶有國族寓言（national allegory）[58]的涵義。青梅竹馬的伊娜和達哈是原住民族接受日語教育的新一代，相對伊娜不排斥日本文化，達哈因年幼目睹父親死於日本征伐戰，日後又違逆巡查受嚴懲，對日人處處採敵對態度，自稱「不良蕃丁」。井上則是懷抱研究和教育熱情的知識青年，自願前來殖民地的山中部落小學任教，實際上，內心不無欲逃避一九三〇年代後，日本瀰漫襲捲入的主戰氛圍。

彼時的山地，業已納入殖民政府穩定的治理範圍，被抑制的不滿主要源自於築路工程強迫的勞役，零星的衝突，便發生在以日籍巡查岩佐為代表的權力者與達哈等人之間。然而小說無疑更著墨於異文化的理解，在部落傳統生活一次次遭遇現代教育、醫療、警察治理，以至戰爭記憶的矛盾與化解間，井上得到達哈的友誼，伊娜也在協助井上調查部落的慣習中，浮現對井上、及其所代表的日本文化的隱微情愫。

另一敘事線的〈密謀〉、〈隱痛〉、〈鏖兵〉等章，則詳述一九一四年佐久間左馬太謀劃出兵的經過，尤其是如何離間敵對部落、採取以蕃制蕃的戰略。相對則是內太魯閣頭目瓦拉比率領各部落堅執抵禦、退守最終，卻命喪系出同源而聽信日軍利誘、擔任「蕃人隊」的托洛克人之手。

何英傑在《後山地圖》中，將敘事的時空、視點，設定在一九三一年的某部落，呈現族群、文明衝突的主題，確有含義，小說多次輾轉提及前一年爆發的霧社事件，「模範蕃社」一夕變樣，莫那魯道失蹤，議論餘波盪漾；關愛井上的校長，就此提醒他與伊娜在內的「蕃人」保持距離：「你最好不要和那些蕃人走得太近。她再好，也是蕃人，天曉得他們心裡都在琢磨什麼？說是皇民，到底不是咱們日本人。蕃人才開化不久，骨子裡還挺野蠻的。」[59]同樣的，長老在囑咐伊娜遠離井上時，方吐露歷史的實情：他們所屬的部落，原是太魯閣戰爭期間，為求謀生的小米、彈藥與鹽，誤信日軍而偷襲太魯閣人的諸社之一；卻反遭日軍埋伏，事後更遭致廢社、被迫遷離原居地。一輩人懷帶著愧疚，埋石立誓永不戰爭，「十八年前那場戰鬥」，因之成為倖存者不願提起的過去。長老說：「井上是個不錯的青年，可惜是個日本人。」[60]

58 詹明信（Fredric Jameson）曾於〈跨國資本主義時代下的第三世界文學〉一文標舉出相對西方的第三世界文學，為抵禦現代化和資本主義入侵，而都帶有國族寓言（national allegory）的屬性。雖引起理論的爭議，但其對於個人與公領域政治歷史的糾纏、當代寓言的多義性等，卻啟發臺灣小說書寫與批評的路徑。Fredric Jameson. "Third-World Literature in the Era of Multinational Capitalism," *Social Text* 15 (Autumn, 1986): 65-88。

59 何英傑，《後山地圖》，頁一二五。

60 同前注，頁二六二。

小說家不以太魯閣戰爭史中被視為領導社眾的總頭目哈鹿閣・納威切入，反而擇以背棄同源族人的倖存者，探討戰爭的「正義」問題；他們呈現的「餘生」，遂較之霧社書寫中的川中島人，尤加深一層負疚的陰影。達哈父親臨終前囑咐的一句，貫穿了整部小說：「殺人不勇敢，做對的事情才是勇敢。」[61]在面對生存、苦勞以至國族等殖民壓迫的情境，「反抗」是否真能是「正義」？如果傳統的興廢勢不可擋，接受外來語言、教育、文明的開化，是否也能是「正義」？何英傑進而以此虛構佐久間之死的謎底：〈復仇〉一章，倖存的長老和頭目，表面委身歸順殖民者，卻伺機復仇，待佐久間行至西拉歐卡山徑時，埋伏突襲。

對何英傑來說，他藉由兼及教師與博物學者身分的井上，突顯了殖民情境下，文明的位階及背後延伸的知識與權力的複雜問題。相對岩佐所代表殖民地官員的普遍心態，「雖是小小的巡查，卻自覺比這群黥面裸足的野人優越尊貴」[62]，井上被形塑為熱衷山林部落知識、學習原住民語言、投入孩童教育的理想型角色，且反對各種名目的戰爭。當校長叮嚀他保持與蕃人的距離時，援引啟蒙思想家福澤諭吉的文明開化論，評論蕃地的文化終將被淘汰、消亡，舉出日本以此在東亞展開殖民擴張的「正義」，井上思忖著：「福澤諭吉是幕府末期到明治時代思想的先驅，成功影響了日本的現代化，是近代教育的第一人物。〔……〕只是，他很難說服自己認同他主戰的觀點。他覺得人的心，如果一念可以用殺，從此將難免念念用殺，那文明開化中的正大光明最終還能剩下幾分？」[63]若此以「莊嚴」、「人道」、「理想」為名義的屠戮戰爭，對井上而言，都是「對人類文明的背叛」。

為師者堅信日本文明中「分析與創造的新能力」，可以教給殖民地下一代如何面對現代生活的方式，相信讀書認字，可以溝通、學習新的事物。如此的理想，在面對達哈的質問：「我總是不明白，你把我們小孩，都教成日本人的樣子，這樣到底有什麼好？」[64]卻顯現出文明化論述下，異族統治、殖民者與被殖民者間根本的差異，對達哈而言，知識與文明，在此反倒成為汲取殖民地資源、建立國家秩序、以至戰爭侵略的藉口，何英傑藉井上的內省，提出了一如楊南郡面對殖民歷史及其遺產的深刻困惑：

> 先進的文明像法官一樣，為各地人種判刑、然後行刑。例如非洲，上個世紀末歐洲列強派遣探險家、傳教士、商團、軍隊，短短二十餘年內就瓜分個精光，然後逼著土著遷往邊荒。現在的東亞，不也正一步步的成了天皇的非洲？他所景仰的學術先輩，包括自己做的研究，究竟是在幫人，還是在害人？著名的英吉利傳教士李文斯頓在宣教探險的時候，大概也不知道自己正為非洲帶來空前的兵災吧。「知識有時比無知更可怕。**他們只是落後，我們卻是野蠻。**」井上想起這句大杉榮講的話。[65]

61 同前注，頁八四。
62 同前注，頁四〇。「黥面」原為古代刑罰一種，帶有負面之意。
63 同前注，頁一二六。
64 同前注，頁一四一。

事實上，讀者不難讀出井上一角所帶有對殖民地異國情調的想像，與對山林部落的原始主義（primitivism）崇拜。他遠渡前來後山，便因學生時參觀過「南疆風物」展覽，「了解台灣是學術上未開之地」[66]，保有熱帶到亞熱帶的多樣物種，據聞仍有獵頭族居住；甚或投射至日後他對伊娜的愛戀，「這女子，好像沒有被這個塵世所沾染，也沒有被人類的瘋狂所波及。〔……〕這片被文明人視為暴戾的黑暗地，保存了世人渴望的寧靜、單純。該怎麼去理解這樣的對比呢？」[67]

最終，他在參與測量隊任務，翻越中央山脈途中，為觀察冰蝕地形，於暴風雪襲擊下走散失蹤；小說家在此或援用曾踏查臺灣山林、戰爭時失蹤於南洋戰場的鹿野忠雄，為井上一類的學術探險者造像。

「後山地圖」，因此既是為殖民地戰爭所進行地形觀測與蕃情偵察的「軍務地圖」，是井上留給伊娜指示測量路線的「探險地圖」，多年後，則成為學生自文獻中找尋辨識古道的「踏查地圖」，一圈圈的等高線，在空白的荒域上，疊加著殖民暴力、戰爭記憶與歷史知識的複雜軌跡。《後山地圖》尾聲前，交代民國四〇年戰後部落面對漢人伐木業進駐後，如若重演、又更嚴峻的困境，曾經苦勞開鑿的道路，帶來便利的現代化生活、卻也帶來以開發名義對祖先之地的崩毀。

然而那些歷史的殘響，終究會遇到徹夜聆聽伊娜故事的學生們，就像是何英傑與〈回音〉的王威智，在一九八〇年代後，接續循音，往山裡走去。

四、番人之眼

但文字掌握著歷史，不是嗎？

——瓦歷斯．諾幹，〈我正要拈熄開關〉，《戰爭殘酷》

一九一五年夏天，大甲溪蜿蜒流經的東勢角客家村落，迎接著率隊巡視的佐久間左馬太總督。彼時，五年理蕃計畫業已在前年夏天完成，太魯閣殘餘社眾接受歸順、繳納火槍和彈藥，被迫移住，納入了日殖民版圖之中。然而當視察行伍通過大街之時，「一顆從槍口噴射而來的灼熱的子彈」，擊斃了行進中的總督。扣發扳機的，是一位泰雅的獵人。

這並非史實曾有的任何記載。而是泰雅族作家瓦歷斯．諾幹（一九六一－）在短篇小說〈鹽〉[68]中虛構的一場突襲。如以官方所記載，佐久間左馬太在一九一四年八月完成太魯閣

65 同前注，頁一四四，粗體為筆者所加，以下同。大杉榮（一八八五－一九二三），日本思想家、無政府主義者，曾翻譯法布爾（Jean-Henri Fabre）《昆蟲記》（*Souvenirs entomologiques*），進而影響魯迅、周作人等中國知識分子。

66 同前注，頁五三。

67 同前注，頁二三九。

68 〈鹽〉原發表於《自由時報．自由副刊》，二〇〇四年一月十八日，後收入瓦歷斯．諾幹，《戰爭殘酷》（新北市：印刻，二〇一四），頁二〇一－二〇七。

討伐戰後，九月返回東京向天皇報告「全台蕃社底定」，隔年，卸下總督一職，回到故鄉仙臺，一九一五年八月即因傷病逝。瓦歷斯・諾幹在小說中將這場相遇的時空盡皆挪移，移至其出生地Miho部落鄰近；他的Godas（泰雅語：祖父）因山中缺鹽，在潛進客家村落竊鹽之際，遇上巡訪的總督和日警隊伍，瓦歷斯這麼解釋：「我將他（按：佐久間左馬太）的死期提前幾個月，只因為要讓『理蕃總督』遇到我的祖父。」[69]

〈鹽〉這篇小說分為兩段落，第一部分以佐久間的視角，描述這處曾經爆發「東勢角事件」[70]、而如今臣服於太陽旗下的村落。除在大甲溪燦亮的溪水中，回想起自錐麓墜崖的溪谷，佐久間眼下的村民，無一不是流露著殖民地的髒汙與落後，他將破敗的泥房與流鼻涕的孩子，比擬與牛蠅和馬糞，都是其所「最難忍受窮鄉僻壤的殖民地氣息」[71]，他將身著紳士服的男人們，看作穿上人類衣服的猴子。在與偕行官員池地參事（持地六三郎）的談話中，瓦歷斯描述的佐久間不無矛盾地想起，對方所提出「蕃人非人」的科學論據，排除了總督府武力征伐的道德問題，但因此伴隨他的「理蕃總督」之名、那「充滿殺戮、痛苦、黑暗與紅色血液交織而成的綽號」[72]，卻令其深感厭惡。

佐久間在夾道歡迎的客家隊伍裡，赫見一臉上紋有毀飾的蕃人，髮髻繫以代表無害的白繩（紅繩則代表曾經獵首）；納悶之餘，還未來得及反應，已遭致土槍子彈襲擊，段落尾聲寫道：「他沒有像去年那樣幸運。」[73]

第二部分，卻藉由敘事者的現身，起首即自陳上述這則故事的虛構性：「透過記憶和口傳的繁複編造，我的祖父首度這樣接近歷史人物。」[74]杜撰為小說中襲擊佐久間的是他的祖父。據瓦歷斯描述，祖父是個「典型的獵人」，在獵徑上往來族人的口傳中，業已知悉部落外遭遇的變化威脅，「長刀人老戰士」率領的軍隊，征服了桀驁不馴的太魯閣族人。祖父確也在殖民者對原住民生活領域的封鎖，與交易限制下，涉險潛入鄰近的客家村落，竊取生活必需品的鹽；那天恰逢總督前來巡視，村民被動員至溪岸邊歡迎式，整個市集空無一人。

這場歷史的「奇遇」，在口傳和記憶的編造下，成為〈鹽〉的故事，復經過瓦歷斯的書寫，銘寫下來：

> 祖父在夜晚夏坦森林的竹屋住家對著當時僅僅六歲的父親口傳東勢角奇遇，祖父不無誇飾的將自己幻化成擊斃佐久間的英雄人物，到了年底歷史驚人的結合祖父的口傳印證了佐久間總督的死亡，日後我的父親則帶著美好的記憶入睡，這一則偉大的夢還不斷通

69 同前注，頁二〇五。
70 一九一二至一九一三年間，同盟會成員羅福星先後領導了五起抗日運動，其中策動苗栗人賴來於一九一三年十二月率眾襲擊東勢角支廳、最終起義失敗一起，稱之「東勢角事件」。
71 〈鹽〉，頁二〇二。
72 同前注，頁二〇三。
73 同前注，頁二〇五。
74 同前注。

過父親的嘴巴再度口傳到我的孩子的耳朵。[75]

李有成以「後記憶」（postmemory）一詞，詮釋瓦歷斯家族這雜揉著虛構的經驗，如何以口傳方式構成日後記憶的真實，於此，也成為原住民面對殖民強權常見的反抗形式[76]。然而〈鹽〉所帶給我們的思考，不僅是歷史的擬造、或記憶的真實與否。原住民的口傳故事作為一種敘述，本身即帶有對現實災厄或榮耀的指涉、複雜的寓意，及銘記[77]，如Godas傳述之擊斃總督的故事，內含有族群死生存亡的擔憂與寄望；但更重要的是，通過瓦歷斯・諾幹的書寫，歷史邊緣的人們，有了發聲的一刻：「我希望我如實的記錄可以添補小人物的生命，讓小人物也可以有大歷史。」[78]如此貫穿瓦歷斯所有歷史寫作的思考，呼應了印度裔後殖民學者史碧娃克著名的提問：「從屬階級能發言嗎？」

史碧娃克於這篇一九八八年的論文〈從屬階級能發言嗎？〉[79]中，在反省西方論述如何再現第三世界主體的問題時，首先析分了「再現」（representation）此意符的雙重詞意，一為政治上的「代言」（speaking for），另為藝術或哲學上的「再顯」（re-presentation）。我們面對從屬階級的研究，並非是為「代表」他們，或將其建構為同質性的異己，而是學習「再顯」自身的複雜過程。史碧娃克特別強調從屬階級主體的異質性，同時指出從沒有未能「再顯」的從屬階級得以自己發聲，知識分子的角色，因此在於不迴避其體制責任與「再現」的任務，「問題則在於這主體的生命歷程不曾被追蹤過，以至於無法提供正從事再現的知識分子一件誘引的客體（object of seduction）。問題演變成，我們在研究平民的政治時，我們應如何碰觸他們的意識？從屬階級究竟是以何種聲音／意識發言？」[80]

史碧娃克借用 Pierre Macherey 的話，將此研究描述為衡量失音（measuring silences）的工作，而相較於文本拒絕吐露的，更重要的，是文本中所「不能」說的部分。史碧娃克進一步回到德希達（Jacques Derrida）對於「解構」如何作為批評或政治實踐的思考，德希達質疑歐洲主體通過建構異己、鞏固主體地位而流露種族中心主義，並指出，思維存於文本的空白，「即使思維是空白，它依然在文本之中，而且必須被委託給歷史的異己。」[81]然而，對

75 同前注，頁二〇六。

76 李有成，〈悲愴世界——讀瓦歷斯・諾幹的《戰爭殘酷》〉，收入瓦歷斯・諾幹，《戰爭殘酷》，頁三－一五。

77 如瓦歷斯・諾幹經歷九二一大地震後，在一篇〈地動與同情〉文中，重新寫下泰雅族的巨人神話：巨人哈路斯（Halus）對族人的侵擾威脅一如自然，而遠古的族人在與之對抗中，傳遞著生存的智慧：「神話作為一種敘述，通常也在傳述某種災難與榮耀。我想像我們族人確乎在千年以前經歷過大地震〔……〕但是人還是必須活下去，族人還是必須圍著篝火口傳某些經驗給下一代的孩子，有智慧的族人因而創造具像的巨人哈路斯，卻也因為具體的有血有肉可感可觸而得以搏殺之」（《伊能再踏查》〔臺中：晨星，一九九九〕，頁二〇五）。

78 〈鹽〉，頁二〇七。

79 Gayatri C. Spivak. "Can the Subaltern Speak?," in C. Nelson and L. Grossberg (eds.). *Marxism and the Interpretation of Culture* (Urbana: University of Illinois Press, 1988), pp. 271-313. 中譯文引用自：邱彥彬、李翠芬譯，〈從屬階級能發言嗎？〉，《中外文學》二四卷六期（一九九五年十一月），頁九四－一二三。

80 史碧娃克，〈從屬階級能發言嗎？〉，頁一〇六。

81 同前注，頁一一二。

於後殖民批評者與知識分子而言，絕非藉文本銘刻的空白主張「讓異己為自己發言」，並使自身得以隱藏為透明的主體，史碧娃克闡釋：「德希達不建議『讓異己為自己發言，』而寧可提出一項『絕對異己』（"quite-other"）（絕對異己以有別於自我確立的異己）的『訴求』或『召喚』，『使得我們內在的異己聲音錯亂昏迷起來』」[82]。

史碧娃克「從屬階級能發言嗎？」的提問，使我們注意到帝國主義與當代國際分工下，從屬者的發言難題，與知識菁英對其持續的建構。她以此詳細分析英國於一八二九年廢止印度寡婦犧牲的習俗，以突顯在帝國主義與父權社會論辯間，從屬階級女性的失音。而德希達所謂「使得我們內在的異己聲音錯亂昏迷」，則成為我們在呈現從屬階級，如被殖民者、少數族裔、性別主體之際，重要的思考依據。

重新檢視瓦歷斯・諾幹〈鹽〉的敘事策略，可察覺面對歷史的無名者，他既非代言、也並不如其所自言的純然忠實記錄，反倒在援用後設小說的形式裡，有意使諸人物的觀點傾軋；更重要的是，回到族人口傳敘事的線索，如此提出他聆聽、再現從屬者歷史、言說的特殊方式：透過記憶和口傳的繁複編造。而小說最末：「我彷彿也親嘗那一口帶著苦澀的——『歷史的鹽』。」[83]是否是回望歷史劫毀，而凝固的鹽柱？

身為原住民知識分子，瓦歷斯・諾幹的寫作，自始即呈現著部落生活、個人生命史、自我族裔認同的迂迴路徑，及其對邊緣性的關注。一九六一年瓦歷斯出生於臺中和平區大安溪畔的Mihu部落，泰雅族（Atayal）人。就讀省立臺中師專期間初識文學，一九八三年開始以筆名「柳翱」發表詩文。畢業後曾任教花蓮，後請調回梧棲、豐原，並著手寫作部落題材的系列作品。一九八〇年代中，時值原住民運動隨臺灣民主化運動而興起，於此氛圍下，瓦歷斯經常執筆評述。一九九〇年，以柳翱為名、結集出版了第一部散文集《永遠的部落：泰雅筆記》，並創辦原住民文化刊物《獵人文化》（一九九〇－一九九二）。一九九四年，返回部落小學自由國小任教，改回族名瓦歷斯・諾幹。

他一九八〇年代開始的寫作，被論者如魏貽君納入「原運世代作者」的脈絡[84]，他從漢名「吳俊傑」、筆名「柳翱」、改回族名「瓦歷斯・諾幹」的寫作，以及九〇年代初期重拾的部落生活，經常都是論述戰後原住民離鄉，以至歸返的代表對象之一[85]。

自《永遠的部落》[86]，即已揭示此一時期散文融合文化評論的風格，除記錄部落生活、反省原住民進入都市文明所遭致挫傷與汙名化等主題，日治時期泰雅受壓迫的被殖民史，成為另一個瓦歷斯形塑族群認同、及至詩文創作間，愈形重要的題材，包括太魯閣、馬赫坡等

---

82 同前注。

83 瓦歷斯・諾幹，《戰爭殘酷》，頁二〇七。

84 參考魏貽君，《戰後台灣原住民族文學形成的探察》。特別是其中〈「莎赫札德」為什麼要說故事？——「原運世代作者」的形成，及其書寫位置的反思與實踐〉一章，頁二六一－三〇一。

85 如吳思翰，《地圖與鏡子：論瓦歷斯・諾幹與夏曼・藍波安的離返路徑與精神圖像》（臺中：靜宜大學台灣文學系碩士論文，二〇一二）。

86 柳翱，《永遠的部落：泰雅筆記》（臺中：晨星，一九九〇）。

處的原日衝突事件，其中，又以推動五年理蕃計畫的佐久間左馬太為殖民者「長刀人」的象徵。

早期小說〈太魯閣風雲錄〉[87]與詩作〈Atayal（爭戰一八九六～一九三〇）〉[88]皆採用編年形式。前作且以「清光緒」到「民國」為紀年，由泰雅長老的祭語起始，敘述日人進駐初期（清光緒二十二年），通事李阿隆居中斡旋，與太魯閣人的據險頑抗；其後，先聚焦於推動理蕃戰爭的佐久間觀點（民國三年），及隘勇線圍堵下的族人們，爾後瓦歷斯特別描述頭目哈鹿閣・納威納降前的心境獨白：「砲聲子彈聲節節逼近，我們再無退路，再退，就沒有泰雅了！」[89]〈Atayal（爭戰一八九六～一九三〇）〉一詩，同樣從一八九六年太魯閣講述起，以十節、分述十個年代、地界的衝突，含括了太魯閣戰爭，而終於一九三〇年霧社事件[90]。

瓦歷斯・諾幹在詩作標題旁援引的一句：「Atayal諺語：『ini ta vaii kai nkis ga, i jad Atayal ba lai（不知史焉知活）。』」反映出這些作品中，述史的強烈動機；而編年的形式[91]，就如同朱迪斯・巴特勒（Judith Butler）指出的「戰爭之框」（frames of war）[92]，框構與呈現作者不同時期的歷史認識，及至意識形態認同；文學之外，他曾與余光弘合著《臺灣原住民史：泰雅族史篇》[93]。在通過殖民文獻重新梳理族群史的過程中，「文字」顯然成為存於口述歷史時代的原住民族，亟待抗衡的論題，瓦歷斯不僅一次寫道：「苦難的靈魂，在浩瀚的書冊裡／只留下野蠻的模糊面貌」（〈在風中掩面疾哭〉[94]）；「在有文字的征服者底下，文字好像散播著悲傷的病菌，一條一條的法律有如繩子逐漸勒緊平原人的脖子……」（〈父祖之名〉[95]）

然而如何在殖民者的史籍裡，追蹤族群生命的歷程？如何逆寫野蠻的面容，甚或重新描繪？

一九九九年，瓦歷斯・諾幹出版兩部重要著作《番人之眼》、《伊能再踏查》，在歷史主導的敘事形式外，更進一步以殖民文本的重讀、重述，攫取從屬者愈複雜的發聲位置[96]，將

87 原發表於一九九三年，後收入瓦歷斯・諾幹，《城市殘酷》（臺北：南方家園，二〇一三），頁三三－五〇。

88 曾獲一九九八年「台灣文學獎」現代詩首獎，後收入瓦歷斯・諾幹等著，《虛構一九八七：第二屆台灣文學獎得獎作品集》。另參考網址：http://walisnokan.blogspot.com/p/atayal18961930.html，二〇一九年四月十一日最後瀏覽。

89 瓦歷斯・諾幹，《城市殘酷》，頁四九。

90 從十節的小標與時空，可看見詩人繫年的視域：〈日出（太魯閣一八九六）〉、〈小米（烏來一八九九）〉、〈枕頭山（大嵙崁前山一九〇二）〉、〈鹽（姊妹原事件一九〇三）〉、〈槍（芃芃山一九一〇）〉、〈江山如畫（北勢群一九一二）〉、〈石碑（李棟山一九一三）〉、〈箭（太魯閣一九一四）〉、〈影武者（馬里闊丸、金那基仇殺事件一九一九～一九二六）〉、〈算數問題（霧社事件一九三〇）〉。

91 又如〈當我們同在一起〉一詩，收入《伊能再踏查》，頁一五〇－五六。

92 社會學者汪宏倫即援用巴特勒《戰爭的框架》（*Frames of War*）中frame的「框架」、「構陷」意涵，結合高夫曼（Erving Goffman）的框架分析（frame analysis），指出「戰爭之框」既指戰爭本身所創造出新的認知框架，另一方面，也關聯人們理解、詮釋戰爭及其遺緒的認識框架。最明顯的例子，即敵對國對同一場戰爭差異的命名。見汪宏倫，〈東亞的戰爭之框與國族問題〉，收入汪宏倫主編，《戰爭與社會》，頁一五七－二二五。可注意的是，「戰爭之框在戰後經過制度化而成國族之框」、「國族之框可說是一種戰爭遺緒」（頁一七二）。

93 瓦歷斯・諾幹、余光弘，《臺灣原住民史：泰雅族史篇》（南投：臺灣文獻館，二〇〇二）。需注意的是，在此階段的著述中，多述及霧社事件、哈鹿閣・納威（Haruq Nawi）等人物、史事，前者所屬賽德克族與後者的太魯閣族，雖與泰雅同源，分別至二〇〇八年、二〇〇四年正名為獨立一族。

94 瓦歷斯・諾幹，《伊能再踏查》，頁五五。

95 瓦歷斯・諾幹，《戰爭殘酷》，頁二一〇。

被留在書冊裡、汙名留印的「番」的形貌，轉化為從屬者主體發言時積極的「番人之眼」，亦即，泰雅的視點：「穿梭山林與城市／我的眼／一如祖靈的眼神／亮閃泰雅的視角」[97]。於此，文明與野蠻的差別，文字與口傳的權威，理蕃戰爭的歷史敘事，在通過瓦歷斯・諾幹的「番人之眼」時，終使得我們內在的異己聲音迷亂起來……而文字掌握著歷史，不是嗎？

五、驅魔

若非花蓮、如果不是太魯閣，小說家施叔青（一九四五－）藉以思忖臺灣「受苦的歷史」的「台灣三部曲」[98]、第二部《風前塵埃》，是否會寫成別種樣貌？而連帶其中所觸及的日殖民史、族群政治、戰爭遺緒、野蠻與文明化的對峙，又將以何種形式再現於歷史表述之中？

《風前塵埃》以一九一四年的太魯閣之役及吉野（今花蓮縣吉安鄉）移民村為背景。在寫下清領鹿港（古稱洛津）興衰的《行過洛津》後，二〇〇三年，施叔青應邀擔任東華大學駐校作家，長住花蓮的一年，往來踏查於諸部落，接觸到阿美族巫師，結識太魯閣族的獵人朋友，從中並初次獲悉太魯閣族人與日本統治者之間，長達十八年悲劇性的拮抗：「『太魯閣事件』觸動了我，使我走進歷史空間，研究這一段比較少為人知的史料，**翻轉**日本殖民者眼中的太魯閣事件，寫了《風前塵埃》……」[99]

歷史的空間如花蓮，對於施叔青，既是隨自然、尤其政權等人為的破壞而遞變如「流體」，花蓮在「日化東部」的政策下，作為「距離母國一千浬外最美麗的內地都市」[100]，盡銘刻著傳柯所謂權力運作的過程和表徵；在小說中，且為人物活動而形塑，更重要的是，成為小說家框構（framing）歷史認識的象徵空間：「在創作過程中，我感覺到大自然才是人類的救贖，解決統治與被統治、種族、階級、性別這些人為的枷鎖〔……〕我知道是受到處身環境的影響。」[101]

施叔青的《風前塵埃》以橫山家族三代女性，橫山綾子、橫山月姬、無絃琴子的家族史為經，涵蓋自太魯閣征伐，至太平洋戰爭及其後的創傷記憶，敘事焦點置於灣生後代無絃琴

---

96 如同名的〈伊能再踏查〉，曾獲第十九屆時報文學獎新詩類評審獎（一九九六），在詩中，作者沿著伊能嘉矩的踏查日記，浮想引領著伊能重新走過現下與百年前的島嶼，並為其唸出諸社的名字：「你以為／又回到蠻荒的叢林地帶，正如我以為／可以順著你的踏查日記疼惜福爾摩莎／當你藏在書冊安靜的睡著時，我為你／默唸晶瑩如繁星的睡眠的部落：／毛少翁社　塔塔攸社　里族社　擺接社／龜崙社　烏來社　大嵙崁社　竹頭角社／十八兒社　獅頭社　八卦力社　麻必拉浩社／蜈蜞崙社　眉社　德化社　埔社　和社／蕭壠社　豬勞束社……」（《伊能再踏查》，頁一七七－七八）。

97 瓦歷斯・諾幹，《番人之眼》（臺中：晨星，一九九九），頁七。

98 施叔青的「台灣三部曲」《行過洛津》（二〇〇三）、《風前塵埃》（二〇〇八）、《三世人》（二〇一〇），分別從清領的鹿港、日治花蓮、寫至戰後初期的臺北。「受苦的歷史」為南方朔評論《風前塵埃》時指出其歷史小說關注的核心。南方朔，〈透過歷史天使悲傷之眼〉，收入施叔青，《風前塵埃》（臺北：時報文化，二〇〇八），頁五－一〇。

99 施叔青，〈走向歷史與地圖重現〉，《東華人文學報》一九期（二〇一一年七月），頁五－六。

100 同前注，頁四。

101 同前注，頁六。

子的身世之謎和尋索。

琴子的祖父橫山新藏，原是名古屋一家和服綢緞店的夥計，甲午戰爭後，為掙取更優渥的薪俸，應徵前來殖民地後山任職派出所警察，曾參與佐久間左馬太的太魯閣討伐戰，後升任立霧山咚比冬駐在所巡查部長。橫山綾子隨丈夫住進陌異的深山，始終無法適應熱帶島嶼無序的氣候，更深受蕃人襲擊的恐懼，經常幻覺有蕃人隱伏於宿舍外窺伺，終致精神耗弱，自稱得了「靈魂感冒」的病。爾後擱下丈夫和幼女，獨自回到日本休養，不曾再返回。橫山月姬出生太魯閣戰役前夕，在母親綾子「以山上蕃人瘴癘不適合女兒成長」[102]的堅持下，借住在吉野移民村中。

晚年的月姬日陷於往昔殖民地生活的回憶。隱抑的情事，加以失智增劇，致使話語叨絮間愈形破碎混亂。她經常對著女兒琴子憶述移民村的一景一物，筑紫橋、弓橋底下的三條青石板；或提及她的「同學」真子，愛上了太魯閣族少年哈鹿克・巴彥，月姬反覆敘述兩人禁忌般的慾情、版本卻每有分歧，彷若臆造。她無法交代清楚琴子的生年、生父，對於何時何故離開臺灣，總呈現矛盾的說詞。琴子懷抱對身世的困惑，在母親託囑下，一九七三年曾代她返回花蓮。

小說的時間起始於二〇〇三年，那一年，花蓮吉安的慶修院修復完畢。慶修院舊名「吉野布教所」，最初創建於大正六年（一九一七），這座日式佛堂原是當年來自四國的農民，仿造故鄉真言宗的寺院所建，是為移民村信仰生活的中心；戰後更名、並改奉臺灣民間信仰的神明。來自花蓮的原住民訪客們，既為邀請橫山月姬夫人返回出生地，參與開光典禮，也盼能一睹當年咚比冬駐在所巡查橫山新藏於山地生活間留下的寫真，補足文史調查中的罅漏。

琴子由此展開對一九七三年那趟花蓮之旅的追憶。與此同時，在染織廠工作的她，受託協助韓裔美國學者金泳喜博士，籌劃將於美東常春藤大學博物館展出的「Wearing Propaganda」織物展。在終戰五十週年的時刻，金泳喜計畫搜集一九三一至一九四五年日本、英國、美國等地的織品，如和服、腰帶、包袱巾等，藉以呈現人們如何以日常織物猶如畫布，繪製成戰爭宣傳的媒介。

以琴子為視點，講述橫山家族三代人事，敘事卻沒有以線性展開，作者反而有意地將若干事件時間錯綜織纏，主要包括：二〇〇三年籌劃織物展的「現在」、一九七三年琴子的花蓮之旅、一九一四年太魯閣戰爭、日治中期的移民村生活、太平洋戰爭前夕。同時除橫山一家外，旁生諸多人物支線，諸如厲行理蕃的佐久間左馬太、太魯閣青年哈鹿克・巴彥、客籍攝影師范姜義明等。南方朔在序文中，以「受苦的碎片」形容之[103]，林芳玫在專著《永遠在他方：施叔青的「台灣三部曲」》中，亦將《風前塵埃》這樣時空零散交織的書寫，稱為

102　施叔青，《風前塵埃》，頁一二。
103　南方朔，〈透過歷史天使悲傷之眼〉，收入施叔青，《風前塵埃》，頁七。

「碎片化的歷史書寫」[104]。林芳玫並指出，小說中「充斥著回憶的回憶」，作家通過現代主義的意識流或觀點敘事，揭露內心的獨白世界，抑或讓讀者與角色有所隔離，其中，又充滿各種零碎、片段、再難宣說的記憶，如歷創傷：「本書另一個主題是：以書寫來呈現書寫的困難、書寫的（不）可能性——換言之，再現的（不）可能性。」[105]

這既構成作品形式、同樣屬角色及其歷史的徵狀。施叔青在第一章初始，即以琴子的角度，回溯母親月姬七十歲過後，日益嚴重的失憶，並特別提及一種名為「回想法」的療法：「『回想法』的治療方式就是藉用一些患者小時候或年輕時使用過的器物，讓她回憶舊時的生活，回到從前。」[106]作者的敘事於此依隨著小說人物的「回憶」，與其依存的器物：弓橋下的三條青石板、那冊母親經常翻看的《台灣寫真帖》、和服及腰帶等，碎片般地回想展開。

《風前塵埃》以橫山家族的故事、花蓮為接壤，講述日殖民主義下的臺灣。族群到國族間紛雜的關係和認同，認同的難題，實貫串整個「三部曲」，在《風前塵埃》中施叔青尤以灣生——在臺灣出生的日本人——視角，透過兩場戰爭、太魯閣與太平洋戰爭，呈現帝國主義如何裹挾「文明化」與「日本化」，展開對異族異己的侵略，辯證一如南方朔所指出「征服－被征服」、「認同－自我分裂」、「受害－加害」、「迫害－野蠻」等亙古的歷史課題[107]，其中，戰爭的美學化，更弔詭地表現出假「文明」和「理性」之名所致的野蠻暴行。

關於小說的爭議，卻也源於小說家敘述策略的模稜。歷來評論者皆著重小說當中觀點和時空所突顯的邊緣、後設、斷裂；透過不同的閱讀途徑，卻延伸出差異的詮釋以至評價。劉亮雅在〈施叔青《風前塵埃》中的另類歷史想像〉一文中[108]，將《風前塵埃》置於臺灣解嚴後的歷史記憶小說譜系，相對傳統「大河小說」的線性敘事，它的跳躍、非線性、去中心，俱顯現後殖民書寫，或某些後現代的特質。劉亮雅以薩依德（Edward Said）的「對位式閱讀」（contrapuntal reading）分析小說中日治花蓮的族群關係，及戰後日本殖民遺緒，其中含括了同化、皇民化、抵殖民、乃至土著化等身分認同難題，更重要的是，納進全球殖民主義的觀點參照，藉此呈現有別既往單一族群經驗的「另類歷史想像」：

> 不論就有關台灣歷史、花蓮地區族群歷史、日本帝國史的文學而言，《風前塵埃》都填補了重要的空白與遺漏。而它對位式地呈現日本統治者與原住民、漢人的關係，將台灣放在全球殖民主義跨國脈絡，並描寫戰後台灣、日本、韓國對殖民遺緒的複雜態度，此一新穎的框架一方面讓弱勢與強勢族群對同化、皇民化、抵殖民、土著化的觀點並置

---

104 林芳玫，《永遠在他方：施叔青的「台灣三部曲」》（臺北：開學文化，二〇一七），頁八四。二〇一八年七月，我曾於紐約曼哈頓停留期間拜訪施叔青老師，暢談生活、紐約的劇院、美術館，此書為施叔青老師當日所贈，僅以此為記，並致謝。

105 同前注，頁八六。

106 施叔青，《風前塵埃》，頁一一。

107 南方朔，〈透過歷史天使悲傷之眼〉，收入施叔青，《風前塵埃》，頁一〇。

108 劉亮雅，〈施叔青《風前塵埃》中的另類歷史想像〉，《遲來的後殖民》，頁六一－九三。

對照，以便與日本殖民主義重新協商，一方面從全球化跨國流動的角度看台灣，探討什麼才構成台灣的後殖民，堪稱提供了另類的歷史想像。[109]

林芳玫進而著重於《風前塵埃》作為歷史書寫後設小說（historiographic metafiction）的諸種特質：自我指涉、反思書寫的本體論、離／去中心、與諧擬[110]。由此在小說內涵的主題間，林芳玫指出記憶與敘事的碎片化，實具現小說家省思歷史之際，表達出的「書寫與再現的危機」。新歷史主義（New historicism）疑問歷史書寫的本真性、藉敘事以顯現所牽涉的選擇、編纂或排除，新歷史主義小說家如施叔青，因此反以後設書寫，提出反霸權、去中心的另類史觀[111]。

而在面對《風前塵埃》作為一則臺灣的國族寓言，卻呈顯以日本為主體而臺灣缺席的批評，林芳玫特別返回詹明信並闡述：「國族寓言係以斷裂的、多重意義的文本敘事來探討集體社群的可能性，而非追求單一的國族認同。」[112]此外她亦指出「allegory」的字源，原存有的「不在場」之意[113]。

但對劉亮雅和林芳玫而言，小說重述太魯閣之役全然採取的佐久間觀點，乃至將橫山月姬與哈鹿克・巴彥禁忌的慾愛，描述成後者被禁錮布教所不見天日的地窖底，或橫山新藏為響應同化政策，另娶太魯閣族赫斯社頭目之女，然而為什麼「頭目之女在書中始終無聲」[114]？種種書寫者發言立場上模稜曖昧的細節，可以視作諧擬策略？亦或是選擇灣生日人為主角時，無意識地流露臺灣主體如同原住民、乃至原住民女性，被邊緣化、幽靈化，甚而缺席的弔詭處境？

曾秀萍和梁一萍質疑小說中臺灣人、尤其原住民缺席的問題。在〈一則弔詭的台灣寓言——《風前塵埃》的灣生書寫、敘事策略與日本情結〉[115]中，曾秀萍從書寫倫理角度，重新檢視後殖民研究經常援引的混雜（hybridity）概念，霍米・巴巴提出混雜，以疑問文化的本源，並藉此強調被殖民者的文化得以顛覆的能動性，然而：「若『混雜』的概念本來是用來讓被殖民者有『賦權』的力量，進而對於殖民統治有了顛覆的思考與可能性，那麼『混雜』的詮釋是否適合用在討論殖民者本身的認同？」[116]施叔青的《風前塵埃》係「前殖民地作家書寫殖民者」，以曾秀萍的觀點，多呈現出敘述主體的混淆立場，尤其顯現在小說尾聲，琴

109 同前注，頁六九。
110 林芳玫，《永遠在他方》，頁八九。
111 同前注，頁八。
112 同前注，頁二一一—二一二。
113 同前注，頁二二二。
114 劉亮雅，〈施叔青《風前塵埃》中的另類歷史想像〉，頁七九。
115 曾秀萍，〈一則弔詭的台灣寓言——《風前塵埃》的灣生書寫、敘事策略與日本情結〉，《台灣文學學報》二六期（二〇一五年六月），頁一五三—八九。
116 同前注，頁一五九。

子擁抱宣傳大東亞戰爭的和服，猶如「與帝國合體」的描述，如其所述：

> 台灣——不論戰前或戰後——在月姬母女心中都僅是作為日本殖民地的台灣、作為「大東亞共榮圈」神話而存在的「台灣」，台灣本身並沒有其自身的價值，而是依附在殖民主義的意識與權威之下。因而「台灣」雖然在小說裡出現了，卻也同時被取消了其存在的主體位置；換言之，台灣的出現，是為了滿足殖民慾望而存在，這對一部號稱台灣寓言的後殖民小說而言，無疑是件相當弔詭的事。[117]

與此相近，梁一萍探討《風前塵埃》中原住民再現的「消失政治」[118]。藉由比較美國原住民評論者維茲諾（Gerald Vizenor）所論「印地安人」如何成為美洲白人主流文化「虛構的他者」，並在「野蠻」和「文明」的對抗史中，印地安人的「神祕」、「原始」，乃至「消失」，標誌出美國文學進入「進步的現代主義」時期，梁一萍指出，日治以降「山蕃」同樣之為種族、以至表述上的虛構性。《風前塵埃》透過殖民現代主義的蕃人化、種族化的愛慾關係、異國風情化的寫真等細節描寫，呈現出「缺場原住民」的問題[119]。

作為小說家的「晚期風格」[120]，三部曲的《風前塵埃》揭露的問題性，無疑比它解答的多。然而，其所援用的美學形式，如夢境和意識流，明顯可見一個曾深受現代主義洗禮的小說家形影，橫山家族女性的視角，透現作者女性主義意識的關懷，擇灣生、原住民、客家等邊緣角色敘史，延續如論者評論她的作品常用的詞：「以小搏大」，而對跨國殖民史的疑問，則呈現其書寫一貫的後殖民立場。

一九四五年施叔青出生於彰化鹿港[121]，二十歲時，小說〈壁虎〉（一九六五）發表於《現代文學》二三期，自始步入文壇，早期作品多呈現人心內在的夢魘瘋魔。淡江文理學院法文系畢業後，隨新婚夫婿赴美，復進入紐約市立大學杭特學院，攻讀戲劇碩士，一九七二年返臺。施叔青曾謂一生流徙於三座島間，臺灣、香港、曼哈頓島，一九七九年她受聘香港藝術中心任亞洲節目部策畫主任，而長居香港，一九八〇年代寫作了一系列「香港的故事」與長篇《維多利亞俱樂部》（一九九〇）。九〇年代，致力完成小說「香港三部曲」：《她名叫蝴蝶》（一九九三）、《遍山洋紫荊》（一九九五）、《寂寞雲園》（一九九七），從一八九四年香港開埠後一場嚴重鼠疫寫起，以妓女黃得雲三代家族史，勾勒英屬殖民地香港的百年史，最終收筆在「九七大限」前夕。寫作期間，施叔青搬離居住了十七年的香港，返回臺灣定居

117 同前注，頁一八一。

118 梁一萍，〈缺場原住民——《風前塵埃》中的山蕃消失政治〉，收入簡瑛瑛、廖炳惠主編，《跨國華人書寫．文化藝術再現：施叔青研究論文集》（臺北：師大出版中心，二〇一五），頁三四一－六二。

119 同前注，頁三六〇。

120 施叔青曾多次宣稱完成三部曲後，將就此封筆。事實上，二〇一〇年出版《三世人》後，二〇一六年施叔青再完成《度越》，以小說小結自身修行佛法的所歷所思。爾後潛心於繪畫。

121 關於施叔青的生平經歷，可參考白舒榮所著傳記：《以筆為劍書青史：作家施叔青》（新北市：遠景，二〇一二）。

（一九九四），後於二〇〇〇年再次移居紐約曼哈頓迄今。

千禧年後，施叔青延續寫作「香港三部曲」為島嶼「立傳」的心意，起筆構思「台灣三部曲」；藉由回溯臺灣重層的被殖民史，清領洛津、日治的花蓮移民村、臺北，終至戰後初期國民黨統治下爆發「二二八事件」，探索臺灣人徘徊於日本、中國、臺灣間的主體認同困境。

因「太魯閣事件」一改原初計畫而寫成的《風前塵埃》[122]，反更突顯二十世紀上半葉，跨國殖民情境下，糾纏著同化的文明化，與相對土著化的問題；更重要是文明化進程中，對殖民地「野蠻」的賦形和銘刻。之於瓦歷斯・諾幹重寫的佐久間總督，眼下從屬者盡呈落後、非人的形象，施叔青亦分別在〈野菜必須被馴服〉、〈風前之塵埃〉兩章，刻畫這殖民地至高權威的統治者。

理蕃的戰爭，在無名敘事者的揭示下，究其實在種族衝突的表面裡，殖民者汲取的是經濟利益，如樟腦、林木，尤其太魯閣據傳聞有豐饒的金砂。花蓮原住民訪者們辭別後，無絃琴子重新翻尋母親的遺物，在那冊伴陪月姬晚年多時的寫真帖中，看見一幀祖父於瑞穗溫泉的留影。太魯閣之役時橫山新藏染上熱病，戰後靜養於此。其後轉由敘事者敷陳日本治臺後，與原住民長期的衝突史事。

佐久間左馬太著眼殖民地資源開發，展開全島土地測量，組織「太魯閣人居住地探險隊」，並派任人類學家山崎睦雄前往蕃地祕密調查。第一章〈野菜必須被馴服〉中，施叔青藉自許為「蕃化的頭腦思考」的山崎睦雄[123]，與佐久間總督間理蕃態度的傾軋，呈現兩種遭遇殖民地原住民的立場；日原的衝突，對人類學家而言，源自風俗與禁忌的差異，他理解，原住民並未有現代國家的認知、遑論知悉歸順之意，山崎睦雄反對以武力鎮壓，佐久間則處處顯露他對人類學者的輕蔑質疑。施叔青描述佐久間初嚐野菜時反應的一句「野菜必須被馴服」中，種族的等級優劣與馴化的必然性昭然若揭：

> 嘴裡嚼著野菜，佐久間總督腦子裡浮現了他的理蕃藍圖：
>
> 深受明治時代思想家福澤諭吉「文明開化」思想所影響的他，立誓拯救馴化山上那些不知道文明為何物，鏢弩掛腰、兩頤針刺網巾紋的野蠻人。[124]

後續第三章〈風前之塵埃〉，小說家愈深入佐久間負傷臥床間迷亂的意識，描寫他對

---

122 施叔青曾在與陳芳明的對談中表示，原先設定以《行過洛津》中，鹿港後車巷一位羅漢腳作為貫串一、二部曲的角色，後因花蓮經驗而改變寫作計畫，參見《風前塵埃》，頁二七六。

123 施叔青在營造山崎睦雄一角時，融合了人類學家森丑之助（一八七七－一九二六）形象，例如對原住民接受「歸順」、「現代國家」與否的疑問，出自其〈關於台灣蕃族〉一文，收入楊南郡譯注，《生蕃行腳：森丑之助的台灣探險》（臺北：遠流，二〇〇〇），頁五八七－八九。

124 施叔青，《風前塵埃》，頁三三。

征伐的躊躇和懷疑，尤其在肉身劇痛中，惚恍肯認太魯閣族人肉搏之戰的精神，「太魯閣蕃這種死而後已的悲壯意氣，與日本武士道的精神竟然有些類似。」[125]輾轉夢魘中那場與哈鹿克・那威想像的爭鬥，更弔詭疊影成世阿彌能劇《敦盛》武士間古典的決鬥[126]。

誠如曾秀萍指出，佐久間的造型，顯露的「『同化』的暴力」，及以佛學式的醒悟，遮蔽了殖民戰爭殘酷的本質[127]。另一方面，施叔青意圖連結殖民地總督與倡議「文明開化」的日本思想家福澤諭吉，賦予理蕃戰爭於政治經濟利益外，一個文明教化的殖民者詮釋。佐久間的形象，在小說中的後段，由橫山新藏承繼，與山崎睦雄相近者，則有植物學家馬耀谷木。

咚比冬駐在所巡查橫山新藏，一方面服膺「內臺一體」的同化政策，取太魯閣族赫斯社頭目之女為新妻，「把日本人優越的血液注入未開化的野蠻人」[128]，另外當他知曉女兒月姬與哈鹿克・巴彥的祕戀後，卻想方設法，像面對獵物般，將之戮殺。

哈鹿克・巴彥是另一個矛盾地揉雜了抵殖民、同化之欲，更多時淪為殖民者原始主義（Primitivism）想像而噤聲的客體。他是月姬晚年難以表白、必須藉分裂人格的「真子」才得講述「很特別的戀愛」、「她愛上了一個蕃人」[129]，是琴子可能的生父；作為關鍵一角，卻在小說近半一百餘頁，甫以他人破碎輾轉的憶述登場。

哈鹿克的名字，取自與日人纏鬥十八年的太魯閣族總頭目哈鹿克・那威以示崇敬。〈月見花〉一章，描寫哈鹿克充當咚比冬駐在所橫山新藏等日警入山出獵的嚮導，為的是能重拾獵槍、重返被占奪的獵場；敘述者透過他的角度，鋪陳傳統生活的信仰和禁忌，夢魘裡浮現孩時遭遇太魯閣之役，部落被焚燒夷毀後無盡的災厄，巫師不知去向，「赫斯社隨著巫師的失蹤，荒廢了祭典，精神漸漸失散萎縮。」[130]但其後敘事者轉移至橫山新藏眼中沉默、如謎的哈鹿克，他是霧社事件後，部落治理欲馴服的不良蕃丁[131]，也是巡查私心欲除去的女兒情人。

太魯閣族青年在小說中短暫現身、旋而缺場。他之吸引少女月姬，唯存純粹的感官經驗，如眼見運動競技場上「古希臘英雄雕像」般的壯碩身體，留有沾染他濁重體味的手絹；他們的愛慾關係，自始至終便是「沒經過她的允許，哈鹿克不敢撫愛她身體的部位」、「每次都是由她主動……」[132]哈鹿克借宿人類學者堀井先生家中，習得日本化的「文明的舉

125 同前注，頁四八。
126 世阿彌（一三六三－一四四三）的《敦盛》描述鎌倉初期武將熊谷直實，決鬥中刺死少年武將平敦盛，而深感人世無常，剃度出家；日後再回到古戰場，身受怨靈侵擾，在誦經中驅逐亡魂，度過苦厄。作者藉此，與稍後所援引的西行和尚詩句：「勇猛強悍者終必滅亡，宛如風前之塵埃。」揭示小說主旨：爭戰和歷史的虛無。
127 曾秀萍，〈一則弔詭的台灣寓言〉，頁一七一－一七五。
128 施叔青，《風前塵埃》，頁一二一。
129 同前注，頁一二六。
130 同前注，頁一四八。
131 「不良蕃丁」亦是《後山地圖》中，達哈初次與井上交談時，具敵意的自稱。何英傑，《後山地圖》，頁八一。
132 施叔青，《風前塵埃》，頁二〇八。

止」，泡澡、舉箸、純正的日語發音，對少年而言，為的竟是這一刻成全與日本女子的慾愛。〈沒有箭矢的弓〉一章，進而刻畫這段禁忌之戀末了，哈鹿克如何禁錮般被藏於吉野布教所地窖底，黑暗中，漫漫等待情人的到來：

他開始惡夢連連，在夢中，哈鹿克與他背弓擎矛的父親，眼看斜坡上的家在日軍砲轟下焚燒成灰燼，父子連同族人不顧一切以血肉之軀衝上去迎戰持槍的日軍……

吉野移民村的所在地，在日本人占據之前，原本屬於阿美族人的七腳川社，在一次暴動中被驅逐，死於日軍槍砲下的阿美族幽魂出現在哈鹿克的夢裡，與佐久間總督討伐他的族人的夢魘重疊，最後是他自己在他的莉慕依的父親，橫山新藏的槍口下「轟」一聲中驚醒過來。這不會只是一場惡夢吧！[133]

這小說極具象徵與顛覆性的愛慾關係，雜揉殖民與被殖民者，灣生日本女子和原住民少年，支配與甘於受支配者，並以施叔青所謂「自我的否定」、「作者沒有進入月姬的主觀世界」[134]形式，迂迴轉述於琴子。此外，更藉由琴子前後轉變的論斷，呈現其視野下，殖民地跨種族愛慾的複雜意涵；親臨立霧山前，她以為日本人「真子」之獻身哈鹿克「不是愛情」，反而是「執迷於異鄉情調，顛倒了美與醜、原始與開化的觀念，被山溝野蠻的人種所蠱惑，在獵奇心態的驅使之下，甚至陷入以身相許的地步？」[135]更甚是附會於其時甫爆發的霧社事件，一個日本女子，獻身於太魯閣族人，或源自事件後罪咎感下的犧牲補償心情。

如此詮釋，必然引起論者對於小說種族關係的論辯，《風前塵埃》藉殖民者有限觀點敷陳哈鹿克・那威「劣勢的表皮化」面貌，亦即法蘭茲・法農（Frantz Fanon, 1925-1961）在《黑皮膚・白面具》（*Peau noire, masques blancs*）中論及有色種族劣勢的內化，如何又體現為表皮膚色的感受[136]。無絃琴子造訪母親曾沐浴其中的山林後，最終得以大自然的靜謐神祕，體會這對「與天地合而為一的戀人」，雖不免遭致對原住民山林浪漫化的批評[137]，另個角度觀之，卻也反映施叔青親歷太魯閣才體悟的自然超越性的救贖。

「野蠻」與「文明」的對峙，是橫亙於以「殖民地戰爭」為焦點的《風前塵埃》表面關鍵的問題，但對帶有理論自覺的作者而言，我認為，施叔青更藉此欲提出她對歷史哲學的思考。誠如南方朔指出，《風前塵埃》中碎片化的敘事，呼應班雅明談論的「歷史天使」，班

133 同前注，頁二一三。
134 同前注，頁二七二。
135 同前注，頁一八八。
136 弗朗茲・法農（Frantz Fanon）著，陳瑞樺譯，《黑皮膚・白面具》（*Peau noire, masques blancs*）（臺北：心靈工坊，二〇〇五），頁八〇。
137 曾秀萍，〈一則弔詭的台灣寓言〉，頁一七七－七八。

雅明藉保羅・克利（Paul Klee）的畫作《新天使》（*Angelus Novus*），將歷史形象化地描述成面朝過去殘垣廢墟的天使，且被名為「進步」的風暴，無可抗拒推向背對的未來。在這篇批評傳統歷史概念寄情征服者勝利者的〈歷史哲學論綱〉中[138]，班雅明曾如此寫道：

> 沒有一座文明的豐碑不同時也是一份野蠻暴力的實錄。正如文明的記載沒有擺脫野蠻，它由一個主人到另一個主人的留傳方式也被暴力敗壞了。[139]

對無名者與被壓迫者的提出，引領我們質問以「進步」為名的歷史。班雅明批判人類歷史的進步概念如同空泛時間中的進步，對他而言，歷史的結構不存於此空洞的時間之中，「而是坐落在被此時此刻的存在所充滿的時間裏」[140]，班雅明指出，「當下」界定了書寫歷史的現實環境，歷史因此並非一系列的事件，而是星座般在自己的時代與過去時代之間所形成。

施叔青的歷史書寫，藉敘述者拼湊戰爭記憶的同時，也回應小說家所置身的「當代」，日殖民記憶經戰後長時壓抑，新世紀後，重以懷舊的情調在政治、文化、史蹟如慶修院修復等層面浮現[141]；在為這場日治時期最大規模理蕃戰爭重書補綴同時，施叔青更以琴子參與「Wearing Propaganda」織物展的情節，對比性地突顯以進步之名的文明的野蠻暴力。施叔青且援引班雅明曾討論過的義大利未來主義詩人馬利奈蒂（Filippo Tommaso Marinetti）一句：

「戰爭是美麗的」，作為末章標題，呈現日本趨向法西斯主義下，政治美學化的極致狀態。

從屬者在「槍砲機關槍的焰火，蘭花一樣點綴在燒焦的草原上」、「炸彈升起螺旋狀的濃煙」[142]中，狀似匿跡缺場；然而若以此看向《風前塵埃》後段〈靈異的苦行僧〉相當篇幅的一場驅魔儀式，則別有涵意。敘事者描述琴子循跡身世之行，無疾而終後，無意卻拜訪了一位七腳川事件的阿美族倖存者——巫師笛布斯。笛布斯曾受日本教育，日文名鈴木清吉，為族內第一個師範畢業生，畢業後，返鄉教授孩童日語。卻在擔任神社神主職務後彷彿邪靈附身、心緒擾亂。女巫嘎瑪雅「宣稱鈴木清吉的『影子』迷失了」[143]，召開招魂儀式，指出癥結於他拋棄族名，並解縛去終日繫於其腹部的日式白布帶，才帶回靈魂，「為了做日本人，他讓自己受了那麼久的罪〔……〕望著嘎瑪雅揮舞的昏都死，他納悶自己這些年是如何

---

138 Walter Benjamin. "Theses on the Philosophy of History," 譯文參考張旭東、王斑譯，《啟迪》，頁二三四－二三八。

139 同前注，頁二三八。

140 同前注，頁二三四。

141 如小說藉來訪的客人提到「台灣民選的總統對日本很友善」（頁四），又或敘述者述及臺灣自然寫作與日治人類學調查、日誌、書信的編譯出版，蔚為風潮（頁二七）。

142 班雅明所援引評述馬利奈蒂的詞句，正也是施叔青藉以描繪大東亞戰爭美學化的場景，《風前塵埃》，頁二六〇；亦參見〈機械複製時代的藝術作品〉（The Work of Art in the Age of Mechanical Reproduction），收入許綺玲譯，《迎向靈光消逝的年代》，頁一〇一。

143 施叔青，《風前塵埃》，頁二一三。

熬過的！」[144]無絃琴子在老笛布斯招魂的祭壇邊，見及象徵身體以收容靈魂的陶壺，在旁觀驅魔招魂的儀式之際，想起母親月姬流失的意識，與她寄情附體的千羽鶴手巾。

敘述者驅魔招魂以陶壺、以手巾，而繪上戰爭圖樣的和服腰帶，在琴子的揣想中，最終被賦以「驅魔避邪的作用」[145]。靈魂寄存之物，在此有了曖昧的歧義。

構思寫作《風前塵埃》前，施叔青曾寫有一部遊記小說《驅魔》（二〇〇五），以龐貝古城，敘述一則少女附身與驅魔的故事，笛布斯換回阿美族傳統服飾，其後的《三世人》，則有換穿衣衫如轉換主體認同的王掌珠。在施叔青物質化的歷史書寫中[146]，《風前塵埃》所援用巫師的陶壺，成為一個重要的隱喻，除去被日人、漢人帶走的靈魂，召回原初的生命。

如同林芳玫曾以「去國族寓言」詮釋施叔青的「台灣三部曲」，既除去、同時前去：「唯有瞭解日本國族主義並將之**除魅**，才能開啟對台灣國族複雜而分岔、歧異的多重想像。『台灣三部曲』因而是去國族寓言：召喚再將之除去的日本國族寓言。」[147]在《風前塵埃》中，曾經被以文明開化之名除魅，被進步的風暴所席捲的魂靈，轉而覆蓋於另一種殖民現代性與國族主義的陰翳底下，我以為施叔青現回返自然與原住民巫覡文化正似辯證地以復魅（Re-enchantment）召回。

六、重繪「空白之域」

生蕃系化外之民，在我國領土上橫行的野獸而已。

——安井勝次，〈生蕃在國法上的地位〉，一九〇七

隨同理蕃戰爭的推進和完成，由蕃務本署測量技師野呂寧主持下的「武裝探險」，與《五萬分之一蕃地地形圖》等測繪工作，終也在大正五年（一九一六）補足了最後部分。過去，清帝國以降的《皇輿全覽圖》（一七一八）、《福建省圖》（一七三五），及至日治初期所繪製的《臺灣堡圖》（一八九八）等，因殖民治理難以企及，而呈現地圖上島嶼東部的那片「空白之域」，至此被帝國主義、科學和律法的線條層層覆蓋。

地理政治（Geopolitics）的問題，尤其是藉由地圖測繪所體現帝國的重層之力，成為作家朱和之（一九七五－）的歷史長篇《樂土》[148]聚焦的核心。朱和之以寫作鄭森與熱蘭遮等歷史小說獲矚目，接續的《樂土》「從地圖出發」[149]，寫實地重建這一場五年理蕃最終戰的始

144 同前注，頁二二四。

145 同前注，頁二五九。

146 施叔青擅於寫物、寄情以物。可參考沈曼菱，〈歷史的寄存——施叔青《三世人》中的身／物〉，《文史台灣學報》六期（二〇一三年六月一日），頁一〇一－一二四。另參見李時雍，〈度越人間的憂苦——與施叔青談小說《度越》〉，《文訊》三六七期（二〇一六年五月），頁三四－三八。

147 林芳玫，《永遠在他方》，頁二〇八。

148 《樂土》曾獲二〇一六年「全球華文文學星雲獎」歷史小說首獎，是為該獎項首位首獎得主，並於同年出版。二〇二二年修訂二版。

149 朱和之，《樂土》（臺北：聯經，二〇一六），頁三二五。

末。相對瓦歷斯・諾幹的〈鹽〉，或施叔青《風前塵埃》重塑佐久間形象及觀點，朱和之在總督之外，更以測量技師野呂寧、隨軍記者楢崎冬花、外太魯閣總頭目哈鹿閣・納威，及虛構的古白楊社青年吉揚・雅布和其家族的抵抗，呈現異文明的遭逢與衝突。

朱和之曾表示，他對太魯閣討伐戰的關注，最早是接觸到一九一三年臺灣登山史上最大規模的山難史料[150]。當年三月，野呂寧銜命繪製蕃地地圖，以掌握內太魯閣地勢與部落群，為隔年總督府討伐備戰。他率領測量隊、巡查、隘勇、腳伕和蕃人等兩百八十六人，計畫登上合歡山主峰，大隊卻在駐紮山頂營地時，突遇徹夜的暴風雪，人員紛亂逃散，任務未竟而撤退。後計罹難者多達八十九人。

野呂寧在事後回報予總督府的〈合歡山、奇萊主山探險復命書〉（一九一三）中，寫下此行、與此地制壓的戰略意義，同時詳述了事件經過：「太魯閣蕃據險蟠踞之地，東有海洋，西有中央山脈的峻嶺連綿，所以通往未經探查的內太魯閣蕃出入口地形，依然是呈現混沌狀態。」[151]《樂土》第一章〈冰雨〉，即以這場山難，揭開殖民討伐戰嚴酷的序幕，當作為嚮導的「蕃人別働隊」沙度社人因峰頂積雪，拒絕留夜山頂，頭目如此提醒：「不能在山頂過夜，這是utux的訓示，不遵守的話，將會招致厄運。」[152]面對族人信仰中形塑行為規範、禁忌的utux即祖靈，野呂寧以測候所預報的氣象予以反駁，堅持既定計畫：

> 野呂寧嚴正地道：「測候所預報接下來幾日天氣穩定，行動不會受到影響。」

「測候所？那是你們的utux嗎？」古拉斯・巴沙歐反問。

「測候所的觀測是氣象學，是**自然科學！**」野呂寧駁斥。[153]

朱和之在《樂土》中以單、雙數章節，分別敘述從武裝探險到佐久間總督親率部隊討伐的過程，另一敘事線則藉由古白楊社吉揚・雅布的故事，少年時承繼打獵、出草，及學習utux信仰，描述部落在理蕃政策下，逐漸喪失的傳統領域和生活，日漸圍困於緊縮的隘勇線內，受制物品交易、以蕃制蕃的離間，遭逢戰事人數懸殊的抵禦而不得不歸順的命運。在討伐戰的壁畫之間，小說猶關注殖民地至母國、不同派系與軍系透過「威壓策」、「懷柔策」傾軋、輿論，展開的政治鬥爭，進而勾勒出理蕃戰爭所位處的世界史局勢：辛亥革命（一九一一）連動著本島人反抗，影響更甚係將引爆的歐戰（一九一四）。朱和之尤其書寫以往太魯閣戰爭敘事中不曾著墨的《太魯閣蕃討伐誌》（一九一四）作者臺南新報社楢崎冬花、拍攝下《太魯閣蕃討伐軍隊紀念》臺南下田寫真館的下田正，以隨軍記者角色，突顯依

150 廖彥博，〈頭顱想家了，樂土是原住民的或皇國的？〉，「Openbook閱讀誌」，網路連結：https://www.openbook.org.tw/article/p-240，二〇一九年六月十七日最後瀏覽。

151 野呂寧，〈合歡山、奇萊主山探險復命書〉，收入楊南郡譯注，《台灣百年花火》，頁二五一。

152 朱和之，《樂土》，頁一九。

153 同前注，頁一九－二〇。

隨戰爭即時的新聞及影像歷程。

如同小說起始那席野呂寧與沙度社頭目的對話，朱和之在《樂土》中，試以復返utux、gaya（祖訓、禁忌）的信仰，反覆呈現原住民文化傳統與「kagaku」（科學）為代表的「文明碰撞」主題。他在吉揚・雅布初登場的〈朗月〉一章，曾細緻描述了少年遵循gaya首次的出草，及隨同祖父在出獵的獵場，學習utux的話語。吉揚・雅布在誤觸隘勇線上的電網後，也才初次從日本化的族人口中，聽到「kagaku」一詞：

> 「那些不是法術，是『kagaku』（科學）！」拉娃・古拉斯賣弄著丈夫反覆灌輸的詞彙，看著吉揚・雅布手上電擊灼傷的痕跡，道：「你一定見識過日本人的『kagaku』吧，他們還有許多『kagaku』，將來你就會一一看到的。」[154]

「Kagaku（科學）」，又或哈鹿閣・納威口中的「Kijun（歸順）」，等等日本外來語詞[155]，與其背後同樣令族人不解的「文明開化論」，纏擾著小說中的太魯閣族人，與他們utux信仰的生活方式。乃至反抗趨於失敗，族人不禁絕望說出：「他們的utux一定非常強大，能夠指引他們的武器到任何地方」[156]，「也許我們的utux真的敵不過紅頭的kagaku（科學），無法福佑我們戰勝敵人。」[157]《五萬分一蕃地地形圖》「最後的空白區塊」，在討伐完成後，由野呂寧測量繪成。曾經的部落獵徑、理蕃的隘道，修築為合歡越與能高越嶺道，復歷經日治到戰後各時期不同的地景意涵：山林資源、觀光步道、戰時體制、戒嚴空間，終又荒棄為歷史的空白地域。

自楊南郡一九八〇年代的踏查書寫，到朱和之二〇一六年完成《樂土》，三十年間，太魯閣戰爭在臺灣文學史上，係沿著山林自然書寫、原住民文學、後殖民新歷史主義小說等幾個脈絡迂緩地重現，而「kagaku」對上「utux」、「文明」與「野蠻」的對峙，業成橫貫其間的核心主題：文明的豐碑，何以豎立在野蠻的實錄之上？從屬的階層，又如何在歷史僅餘的官方檔案中，掙扎現身？前殖民地作家如何重書殖民史？我們讀到，在瓦歷斯・諾幹的詩文裡，曾被汙名化的「番人」身分，轉換為具批判思維的「番人之眼」，施叔青親身走入山林後，在《風前塵埃》末了，隱隱流露出復魅的態度，至朱和之十年後的長篇《樂土》復成為對拮抗於「Kagaku（科學）」的utux和gaya精神的回返。

二〇一七年八月，我曾於藝術家高俊宏（一九七三－）臺北個展「棄路：一位創作者

154 同前注，頁一九一－九二。

155 又如小說藉人類學家森丑之助向力主懷柔政策的蕃務總長大津麟平表示：「在蕃語中，絕對找不到『歸順』這類涵義的字眼，他們只有站在平等的地位相互『和解』，就算一時強迫他們屈服，他們也會伺機再度反叛，蕃地永遠不可能平靜」（《樂土》，頁一〇五）。這段評述出自森丑之助所著〈關於台灣蕃族〉，收入楊南郡譯注，《生蕃行腳》，頁五八八－八九。施叔青曾藉《風前塵埃》中的人類學者山崎睦雄一角道出。

156 朱和之，《樂土》，頁二六四。

157 同前注，頁二八七。

的地理政治之用」[158]觀看他進行中的《大豹：溫帶的邊界》系列（二〇一七）創作檔案。大豹社（ncaq），為昔日居於三峽大豹溪流域的泰雅族人，殖民地政府為奪取樟腦等經濟利益，一九〇三至一九〇七、八年間，逐步以推進隘勇線圍堵、分割山區，與族人間爆發白石按山爭奪戰（一九〇五）在內的劇烈衝突，終致大豹滅社、族人離散。「大豹社是日本整個理蕃戰爭的前哨戰。」高俊宏敘述，「自一九〇七年起，臺灣總督佐久間左馬太總督陸續發動了兩次『五年理蕃計畫』，甚至親自率領萬餘部隊深入太魯閣山區，圍剿太魯閣族（Truku）。」[159]

他通過拜訪大豹社遺族，踏查、重探如他所謂「帝國的棄路」的隘勇線遺址，著手空間測繪，爾後寫下《橫斷記：臺灣山林戰爭、帝國與影像》。書名取自總督府林務科長賀田直治所著《臺灣中央山脈橫斷記》，官僚記載時，正值大正三年（一九一四）、太魯閣戰役最烈之際。藝術家以帶有殖民意涵的詞語，作為「反諷的措辭」[160]，思忖包括大豹、眠腦、龜崙、大雪四個山林區域的殖民暴力。進而判讀日治地圖文獻，高俊宏指出，圖上的「空白之域」，往往是過去的隘勇線交界，而此邊界：「可被視為過去臺灣島內的『帝國邊界』或『內戰的前線』」[161]，那既是戰爭，是律法、亦是人類學所創造出的「抽象之線」。

曾經被殖民者定義為不具人格、「野獸」一般的「化外之民」，在太魯閣最後一場殖民地戰爭結束後，被納入了帝國邊界內。開始此後「成為日本人」的認同政治難題。唯在文字書寫遲來之前，敘事的戰爭，始於從屬者口傳文學中細微地承啟。

158 高俊宏，「棄路：一位創作者的地理政治之用」，亞洲藝術中心臺北一館，二〇一七年七月二十九日至九月二十四日，網路資料：http://www.asiaartcenter.org/asia/portfolio/棄路：一位創作者的地理政治之用/，二〇二二年十二月七日最後瀏覽。展覽期間的八月十一日，我曾偕同作家蔣亞妮在現場訪問高俊宏，參考：蔣亞妮，〈棄路，還是無路可走？與高俊宏談歷史的重返〉，《幼獅文藝》七六五期（二〇一七年九月），頁七六－七九。

159 高俊宏，《橫斷記——臺灣山林戰爭、帝國與影像》（新北市：遠足文化，二〇一七），頁三三。

160 同前注，頁一三。

161 同前注，頁三六。

第二章

裸命和餘生・一九三一・川中島

一九三〇年秋，爆發於「模範蕃社」的霧社事件，讓日本殖民政府的蕃地政策一夕變調，賽德克族假傳統出草的形式，襲擊霧社公學校，造成一百三十四名日人喪命，並迎來滅族式的軍警鎮壓。在結束最後一場蕃地戰爭、厲行文明教化逾十六年後的這起事件，除引起殖民者甚深的震懾，不解蕃人何以違開化之路，重新選擇戰爭與「野蠻性」，以《霧社事件誌》（一九三四）等試圖詮釋之，同樣也映照殖民地知識分子民族主義的投射。圍繞的書寫在事件後便不曾歇止，特別聚焦於反抗的領袖馬赫坡社頭目莫那・魯道，及日本培植的原住民青年、族人起事後自盡的花岡一郎、花岡二郎身上。

事件後的倖存族人被收容於名義上的「保護蕃收容所」，然而隔年四月卻遭遇日方策動的味方蕃「以蕃制蕃」襲擊，半數慘遭殺害；餘下的族人隨後被迫移徙至北港眉原溪一帶、集中於殖民者新設的川中島社。

一九三一年這起史稱的「第二次霧社事件」，在歷史的敘事上，經常作為「霧社事件」的後續或補注。然而兩起事件實存本質內涵上的不同，如果前者表徵更多是對於部落文化傳統，所謂祖訓、賽德克精神泯滅的回應，二次霧社事件則體現有如阿岡本（Giorgio Agamben）論述現代生命政治治理典範的集中營（camps）：集中營是當「例外狀態」變成常態時被打開的空間。

阿岡本的系列論著關注主權者對於法的懸置，如何成為現代社會的常態，諸如緊急命令、戒嚴、內戰，他關注生命政治的治理，如何從歷史中的判死權力，成為將生命納入治理，以至對生命的棄置，亦即裸命（bare life）；保護蕃收容所到川中島，在此意義下，更顯露其中的例外狀態，餘生者被排除法外，成為赤裸生命的存在。

圍繞霧社事件的文本，自鍾肇政《川中島》（一九八五）到舞鶴《餘生》（二〇〇〇），因此帶出敘事和思考上重要的轉移，尤其後者以二次霧社事件與川中島所歷，重新詰問了一次事件中屠殺的正義或適切性，辯證出草的「傳統性」與「文明性」問題。而魏德聖完成於二〇一一年的史詩電影《賽德克・巴萊》進而呈現一九九〇年代以降邱若龍、鄧相揚、舞鶴等研究與書寫一脈，並銜接至郭明正、比令・亞布等來自原住民內部觀點的回應。

一、二次霧社事件

川中島，並非一座島。它位處於能高郡境內，北港溪和眉原溪交匯的一處臺地，因地勢環水似島，而為日人名之。這原是泰雅族眉原群的祖居地，後有漢人遷入墾殖。昭和六年，一九三一年五月六日，日本殖民政府將前一年霧社事件的劫後餘生者、賽德克族兩百七十八人移徙至此，並設置「川中島社」。

名義上，事件的遺族被視作「保護蕃」，供給耕地、教導農事、在此興建起新的住屋；實際卻是殖民者意圖藉由集團移住的理蕃政策，斷絕原住民族與傳統領域、部落和部落的歷史聯繫[1]。川中島（今南投縣清流部落）距離霧社約五十公里之遙，聯外僅有一座吊橋，官方初始派駐五十多名警察，部署了嚴密的監視與懲罰，社人需服勞役，禁絕出逃、禁止再從事傳統的狩獵和織布。在日警後續逮捕、清算的威壓下，遺族終致噤聲，不再提起的事件到此狀似平息、蕃地回復秩序；川中島至一九三〇年代後期，更成為如同霧社曾經的「模範蕃社」。然而，國族介入的差異敘事、族群被壓抑而留待復返的記憶，在「後霧社」[2]階段，才正要衝突地啟開。

相對於太魯閣戰爭，一九三〇年的霧社事件是日治中期臺灣原住民反殖民歷史最慘烈的一段。霧社群十一社的六社[3]，趁著十月二十七日霧社公學校舉辦聯合運動會日人齊聚時，秋日颯颯的清晨，自馬赫坡等地，襲擊沿途駐在所、奪取槍械彈藥、切斷對外通訊線路；當會場揚起日本國歌「君が代」之際，賽德克族人群集攻進了運動場，遇日人婦孺一概格殺。共計有一百三十四名日人在此早晨慘遭殺害，其中包括前來觀禮的能高郡守小笠原敬太郎，逃離時被馘去首級；此外，有兩名身著日服的漢人遭致誤殺。

這起針對日人大出草的消息，迅即震驚了殖民地全島及日本母國。總督府派駐警察隊和軍隊集結埔里，往霧社前進，二架偵察飛機在當天下午即自屏東飛往山區上空。十月三十一日，豪雨過後，「軍警協同總攻擊」展開，臺灣軍司令部並將此事命名為「霧社事件」。

迄十二月中旬的五十餘天裡，日方大規模部署警察隊一千三百零五人、軍隊一千三百零三及人伕逾千人[4]，挾以現代化的武器，如山砲、臼砲、機關槍、燒夷彈等，強勢鎮壓據守山林游擊的「反抗蕃」，主要戰事爆發於：霧社臺地之戰、塔羅灣臺地、庫魯卡夫（Qqahun）、魯庫達亞（日稱松井高地）、馬哈灣、卜托茲（Butuc，日稱一文字高地）、合望溪、卜拉茲（Pradu）[5]等，其中更投擲下國際公約禁制的毒氣瓦斯彈。賽德克的祖源傳說之一是半石半木所生；拮抗難敵的族人或婦孺，最終紛紛自縊樹上，有一說，願回歸祖靈所在。參與六社原一千二百三十六人，歷事件戰死、病死或自殺高達六百四十四人[6]，包括領導者馬赫坡社頭目莫那・魯道，及殖民政府培植的原住民青年花岡一郎和花岡二郎。

事件後，囚禁於美其名「保護蕃收容所」、實為集中營五百六十一名倖存者，隔年四月又遭遇「第二次霧社事件」之屠殺。毗鄰霧社的道澤群，歷來因征獵的領地彼此或有衝突。日方從中操縱「以蕃制蕃」策略，離間道澤在內蕃社於一次事件時納入「味方蕃」（味

1 關於日治集團移住的扼要回顧，可參考葉高華，〈分而治之——日本時代原住民的集團移住〉，《臺灣學通訊》九九期（二〇一七年五月），頁二二—二三。

2 「後霧社」是荊子馨《成為「日本人」：殖民地台灣與認同政治》中剖析霧社事件、尤其〈從叛變者到志願兵〉一章的關鍵詞，頁一八九。

3 賽德克族分為三個語群：德固達雅（Seediq Tgdaya）、都達（Sediq Toda，又譯道澤）和德路固（Seejiq Truku）；德固達雅即日人所謂「霧社蕃」，今又稱「霧社群」，原約四十部落，日治初期被劃歸為「霧社蕃十二社」，事件前減為十一，起義的六社則為：馬赫坡（Mehebu）、波阿崙（Boarung）、度魯灣（Truwan）、固屋（Gungu，又譯荷歌）、督洛度呼（Drodux，又譯羅多夫）與斯固（Suku），參考郭明正以賽德克族語的音譯為主，《又見真相：賽德克族與霧社事件》（臺北：遠流，二〇一二），頁一三四—一三七。

4 人數資料參考自鄧相揚，《霧社事件》（臺北：玉山社，一九九八），頁七二表六、頁七六表八。

5 郭明正，《又見真相》，頁一四七—一五八。

6 鄧相揚，《霧社事件》，頁五四表三、頁八六表九。

方，日文「同夥」義），組成「蕃人奇襲隊」，投身討伐先鋒，更加劇了部族之間的仇恨。一九三一年四月二十四日深夜，道澤人復於日方密飭授意下，襲擊羅多夫、西寶兩收容所，造成五百一十四人中兩百一十六名手無寸鐵的「保護蕃」慘遭殺害。一幀官方照片，見證著道澤駐在所前族人與日警、和馘得的一百零一個首級合影[7]。五月六日，收容所餘下的兩百九十八名生者，除病弱外，在武裝警戒下迢遠跋涉至川中島。曾祖居的家屋，在火襲煙硝中付之一炬。

報復和驚懼猶未歇止。同月十六日，日方強制敵對諸部族至霧社櫻臺前埋石和解。十月十五日，假「歸順式」名義，召集川中島一百零六名族人前往埔里能高郡役所參與儀式，實則為押解經暗中調查涉身事件的二十三名壯丁。翌日，霧社又有十五名族人遭致逮捕。拘留的人，在留置期間遭極刑致死。至此，六社逾千人口幾盡覆滅，一年內僅存二百餘生者[8]。

霧社事件引致社會甚深的困惑，殖民政府在事發之後，旋即發表一系列調查報告，諸如〈霧社蕃人騷擾事件經過〉（一九三〇）、〈霧社事件の顛末〉與〈第二霧社事件概要〉（一九三一）、《霧社事件誌》（一九三四）借以定調，另包括寫真《霧社討伐寫真帖》（一九三一）[9]等出版。島嶼中部的霧社，因地緣之故，約莫一九〇六年日人占駐以降，漸為治理蕃地的行政中樞與示範蕃社，引入蕃童教育所、療養所、產業指導所，接受長期「文明教化」與日本化[10]；事件予以官方嚴峻的衝擊，遂如霧社研究者鄧相揚歸納指出：「『蒙皇恩、浴聖澤』已有二十餘年的『蕃人』，何以發動如此『慘無人道』的事件來對待日人？……正沐浴在日人的『教化』與『授產』的撫育中，逐漸脫離部落的初民社會形態，走向『開化』之路，何以又回頭選擇戰爭？」[11]

總督府警察署編著之《霧社事件誌》羅列、歸咎事件發生的原因，呈現官方版本的詮釋：蕃人的本性、莫那・魯道的反抗心、吉村巡查毆打事件、警察紀律鬆弛、警察娶蕃婦問題[12]、事件前的各項工程、霧社小學校寄宿建築工事、不良蕃丁策動、日人於人事行政缺陷等[13]。

自五年理蕃期間、日人視殖民地山林為「無主之地」、將原住民看作非人的「野獸」、

7 關於事件後收容所的留置情形，參鄧相揚，《霧社事件》，頁八六表十。而這幀影像後來曾為藝術家陳界仁重新製成批判殖民現代性創傷的《法治圖》（一九九七）一作，可參見劉紀蕙的討論，《心的變異：現代性的精神形式》（臺北：麥田，二〇〇四），頁五三－八八。

8 鄧相揚，《霧社事件》，頁九七表十三。

9 海老原興（耕平），《霧社討伐寫真帖》（臺北：共進商會，一九三一）。黃育智譯（臺北：南港山文史工作室，二〇一七）。

10 鄧相揚，《霧社事件》，頁四〇－四二。

11 同前注，頁五五。

12 「和蕃」婚姻成為理蕃重要政策，鼓勵理蕃警察娶部落頭目之女，以達招撫之用，卻屢屢造成誘騙或離棄的不幸情事。一九〇九年，日警近藤儀三郎娶莫那・魯道之妹狄娃絲・魯道為妻，於調職花蓮港廳後失去消息，日人稱墜谷失蹤，但族人多認其有意遺棄。

13 臺灣總督府警察署編著，《霧社事件誌》（一九三四）。中譯可參考戴國煇編著、魏廷朝譯，《臺灣霧社蜂起事件研究與資料（下冊）》（臺北縣：國史館，二〇〇二），頁四七五－七〇八。

「動物」般存在[14]，妄加施以暴力，並脅迫徵用勞役，以應付逐年大興土木的山地開發。單就事件前一年，即有密集九件工事，既延宕族人傳統的狩獵耕作時序，困身駐在所修繕、道路橋梁等興築。尤以一九三〇年八月霧社小學校舍興工最為嚴酷，族人被迫遠自馬赫坡東南近十公里的內山森林，徒手搬運建材所需檜木；日警為避免木材損壞，並嚴禁拖行、命以肩荷，山路險峻，每有意外或受懲的險危情狀。

加以文化衝突所致種種爭端埋下的導火線，如「和蕃」政策下，頭目家族之女婚嫁日警屢遭遺棄；莫那長子塔達歐・莫那在族人婚禮上向巡查敬酒，卻換來毆打侮辱；荷歌社「不良蕃丁」畢荷・波沙與畢荷・瓦歷斯的積極策動，終在莫那・魯道號召發難後「臺灣神社祭」前夕的運動會引爆。

關於霧社事件究竟「偶發」與否的爭論，尖銳觸及殖民者理蕃政策的合理性基礎，連帶的疑問，圍繞於主其事者莫那・魯道的「反抗心」；以及日人刻意栽培的模範、花岡兄弟於事發之時的身分傾軋，他們選擇的自死，又意謂什麼？

莫那・魯道（Mona Rudo）約生於一八八二年，歷經了日殖民初期「生計大封鎖」、「人止關之役」、「姊妹原事件」[15]等原日衝突，其父魯道・鹿黑（Rudo Luhe）辭世後，接任馬赫坡社頭目，成為霧社群愈具勢力的領導者。日方欲攏絡、掣肘莫那家族，安排馬赫坡駐在所巡查近藤儀三郎娶莫那之妹狄娃絲・魯道為妻，導致離棄情事。一九一一年，莫那・魯道連同其他社頭目與勢力者，曾參加「蕃人日本內地觀光團」，名義是觀光，實為日人展示母國現代化軍事科技，以達嚇阻反亂之效。在殖民政府「以蕃制蕃」下，他曾被徵募捲入一九二〇年「薩拉矛事件」圍剿泰雅族的討伐隊，隱埋了部族的嫌隙。

縱然威壓趨劇，莫那・魯道亦仍三度（一九一九、一九二〇、一九二五年）密謀串聯部落反抗，唯因行跡走漏告終。

霧社事件末了，莫那與族人困守馬赫坡岩窟，最終獨自遁入山林深處，舉槍自盡。其遺骸直至一九三三年，才為道澤人出獵時尋獲；隔年能高郡役所落成，官方將之公開展示宣傳，後交付臺北帝國大學土俗人種學研究室，製成研究標本。莫那的遺骨彷彿見證殖民者以文明包裹的野蠻性，在戰後，又被挪用為民族反抗敘事的空洞符徵。遲至一九七三年，由遺族引領方回到霧社安息。

相對於「莫那之死」留給國族敘事介入的空隙，花岡兄弟的自死，則留下更多懸疑。原名達奇斯・諾賓（Dakis Nobin）的花岡一郎、與達奇斯・那威（Dakis Nawi）的花岡二

---

14 賽德克後裔 Takun Walis（邱建堂）曾如此表述：「沒收槍枝期間，日方對拒絕繳槍的族人一律格殺勿論，簡直將我族人**視同動物**一般看待」「日軍警在內山部落的征伐行動極為蠻橫粗暴，毫無法律可言，順者為良蕃撫之，不順者為兇蕃殺之，**視族人如野獸**般殺害。」〈臺灣原住民餘生後裔眼中的霧社事件〉，收入《又見真相》（頁二八二）。粗體為筆者所加，以下同。

15 日殖民初期，以禁止食鹽、彈藥等生計用品交易，封鎖霧社在內的原住民地區。一九〇二年，日警埔里守備隊在往霧社偵察途中，遭遇人止關鄰近多岸與巴蘭部落抵抗，後戰敗退回本部溪，設立「前進霧社指揮所」，稱「人止關之役」。隔年復策動姊妹原布農族人假借物品交易，誘殺巴蘭部落前來的百餘霧社群族人，是為「姊妹原事件」。

郎出生荷歌，非親手足，兩人同在蕃人教化撫育政策下，被冠以日名、接受日本教育。一郎自臺中師範學校畢業回到霧社，任巡查及蕃童教育所教師，日方宣傳為「蕃人初任教職的第一人」；二郎接續於埔里尋常小學校高等科畢業後，就任霧社警察官吏駐在所警丁。兩人且在官方安排下，和出身相仿、受日人撫育的荷歌社少女川野花子（娥賓・那威）、高山初子（娥賓・塔達歐），於霧社分室行日式婚禮，結成「模範家庭」。

事件之初，輿論訛傳與花岡倆涉入有關。日警進駐霧社，卻在二郎宿舍發現張貼有兩人署名的日文遺書，寫道：「花岡倆，我等得離開這世間，族人被迫服勞役太多，引起憤怒，所以發生這事件；我等也被蕃眾拘捕，所以任何事都不能做。昭和五年拾月貳拾柒日上午九時，蕃人在各方面守著據點，郡守以下職員全部在公學校方面死亡。」[16]

花岡家族二十多人自死的遺體，於十一月八日為日軍警發現山間，但見一郎夫妻換著日式和服，花岡一郎且擇以日本武士道的切腹儀式殉死，二郎則以傳統賽德克信仰自縊樹上。日文遺書、著身的和服，切腹抑或自縊的殉身之姿，帶給不僅殖民者、也包括遺族同樣多的困惑，呈現如論者所謂「文化的精神分裂症」[17]；在生命臨界前刻，主體認同究竟歸屬於何？質問著殖民論述，與認同政治的問題。

如同莫那・魯道被反覆注解詮釋的符號，花岡二人，亦成為早期霧社事件書寫的焦點人物，身影徘徊於諸如張深切《遍地紅：霧社事變》（一九六一）、或鍾肇政《馬黑坡風雲》（一九七三），不同作者藉此勾勒事件「原貌」。

「原貌」卻是，川中島歷經屠殺、移徙，於監視和懲罰的陰翳下，帶著族群的歷史記憶，隱沒漫長噤聲歲月。直至一九八〇年代，隨日文文獻的彙編，如戴國煇《台湾霧社蜂起事件：研究と資料》（一九八一），此外更重要是遺族口述史的陸續出版，高愛德《証言霧社事件：台湾山地人の抗日蜂起》（一九八五）到高永清（畢荷・瓦歷斯）《霧社緋桜の狂い咲き：虐殺事件生き残りの証言》（霧社緋櫻之狂綻，一九八八），令餘生者的觀點，帶回霧社事件的再思考裡。鍾肇政距《馬黑坡風雲》十年後再寫霧社的「高山組曲」《川中島》與《戰火》（一九八五），即以畢荷・瓦歷斯的目光回望事件，並延伸至戰時。小說家舞鶴在世紀末寫下的《餘生》，更藉由突出「第二次霧社事件」，重新思考事件的意義，及何謂「當代的霧社事件」。

因為霧社存於川中島的餘生，霧社事件的意義，唯有在川中島的餘生中得以完整彰顯。

二、成為「野蠻人」

之於太魯閣在內的殖民地戰爭，除統治者的歷史外，盡經歷延遲迂迴的途徑才有被殖民的主體遲來的回應；霧社的殊異，卻在於圍繞原住民的各式話語，在事件之際幾乎即時發

16　鄧相揚，《霧社事件》，頁八四。
17　白睿文，《痛史》，頁八〇。

生。表面上是對於接受日本文明教化甚深的「模範蕃社」，何以背棄開化的道路、以大規模出草「回頭選擇戰爭」的困惑不解，官方試圖介入真相的詮釋，延伸至殖民地知識分子藉此空缺投射民族主義情感。但更尖銳的，或許在於霧社事件所牽動、置疑文明同化愈益混昧的種族界線。朱惠足曾將日本的殖民界定為「黃種人帝國」，霧社事件導致種族政策的差異化問題、文明內蘊的野蠻性矛盾，正是在這裡，形成一九三〇年代以降殖民地書寫一個重要母題，牽引後霧社論述反覆的回應，並予我們必要的徘徊和注目。

在偌多霧社相關的影像中，一幀收入於《霧社討伐寫真帖》的隨軍攝影，予人留下深刻的印象。巾布裹頂、布匹纏圍似賽德克裝束一男子，居三位日人軍警之中，蹲踞荒墟的戰地，並同時看向鏡頭，注解記載：「我軍將士為偵察敵情而穿著蕃裝的情景。」[18] 討伐戰揭幕後，日方一則「以蕃制蕃」動員親日蕃眾投入前線部隊，另而令日將士偽扮成族人，混身做偵察工作。如若未有注釋，那幀寫真，或許便如同其他記錄「味方蕃」部眾的影像，再次見證原住民受制壓於日殖民的暴力；然而正因為官方檔案注記下實情，才使觀者得以留意居中兵士，那幾乎難以區別的蕃服裝扮、略加挺立的蹲姿，以及與幾名日官兵近於平坐的關係。

相對於多見到撫育教化下日本化的原住民影像，如換著和服的高山初子與川野花子，抑或身穿警丁制服的部落頭目合影，日人「土著化」的形貌，無疑顯現影像上的曖昧性。事實上，為進入部落的策略之一，便是和蕃聯姻，通常多為熟諳各族語言風俗的警官，又稱之

「蕃通」；然而，正也是「警察娶蕃婦的問題」成為《霧社事件誌》羅列導致事件的重要肇因。

偽扮成族人的日人於寫真中的曖昧意義，即在其無意間顯露形影的類同性。荊子馨《成為「日本人」》分析日本殖民主義的內涵和形式，相較西方殖民主義建基在文化與種族的差異性，作為「亞洲式」帝國，日本一方面在種族的類同性上，訴諸殖民地認同，如同文同種，另外通過建構文化的差異，確立自身的優越地位及殖民正當性，以此既區別殖民地人民，又抵禦西方侵入[19]。朱惠足以「黃種人帝國」加以描述，尤其指出在建構差異與類同的種族政策中，如何藉由突顯「文明化」與「野蠻」論述，區辨殖民「他者」？身陷其中的異種族，又如何遭遇各自認同的衝突[20]？

霧社事件如同許多原住民抗日事件，更呈顯其立基「文明」與「野蠻」殖民論述的內在矛盾。而令人費解的滅族式暴力，亦引起日後差異國族敘事的介入。

就在被官方命名「霧社事件」十月三十同日，臺中市櫻町及綠川日本製冰會社工廠，相繼見有臺灣農民組合所寫下反壓迫、反日本帝國主義標語。其後包括臺灣民眾黨、臺灣文化

---

18 海老原興（耕平），《霧社討伐寫真帖》（臺北：共進商會，一九三一）。黃育智譯，（臺北：南港山文史工作室，二〇一七）。

19 荊子馨，《成為「日本人」》，頁四六－四九。

20 朱惠足，《帝國下的權力與親密》，頁一五一－二一一。

協會等，試圖藉此對島內外宣傳「支援霧社山胞起義抗暴是民族革命」[21]的訊息。其時對臺灣知識分子而言，原住民的反抗，被賦予了臺灣民族主義色彩，而莫那・魯道與花岡一郎、二郎則被援用為抗日英雄的符號。

彰化和美詩人陳虛谷（一八九六－一九六五）在事件後月餘，即在《臺灣新民報》發表〈敵人〉[22]一詩，鹽分地帶作家吳新榮（一九〇七－一九六七）寫下〈題霧社暴動畫報〉[23]、賴和（一八九四－一九四三）也寫下長詩〈南國哀歌〉[24]，從戰士「覺悟地走向滅亡」，設身處地質問「一時」事變背後的結構性問題，「誰敢說他們野蠻無知？／看見鮮紅的血／便忘卻一切歡躍狂喜，／但是這一番啊！明明和往日出草有異。」相異是「血祭」為著生計的土地、器具遭剝奪、族人如犬牛般被役使、婦女淪為「消遺品」，他們的赴死因此絕非「蠻性的遺留」、而是為賴和指出的「自由」。

當日治下臺灣作家不約而同以詩寫霧社，且側重於起義的民族情感投射，事件則引致日籍作家在熱衷熱帶島嶼旅行與書寫、原住民山林異國情調的凝視外，轉向關注殖民地理蕃政策下的文化衝突[25]。戰前重要作品包括：山部歌津子《蕃人ライサ》（一九三二）、大鹿卓〈野蠻人〉（一九三五）、中村地平〈霧之蕃社〉（一九三九）等，或採官方觀點重建事件，或假借一九二〇年薩拉矛事件間接忖度原住民抗暴之舉。曾於一九三〇年代旅居臺灣，並於戰時避居中原部落的坂口䙥子，在戰後陸續以霧社為題，寫下〈番地〉（一九五三）、〈霧社〉（一九五四）、〈番婦羅婆的故事〉（一九六〇）多篇。如〈番婦羅婆的故事〉[26]援用作者避居的背景，藉敘事者與中原部落婦人哈彩談話，探聽出身馬赫坡社羅婆與青年諾幹故事。羅婆悲劇的情事，交織著兩次霧社事件，以至移徙川中島；餘生者因背棄對亡者的誓言、而難彌平自疚，挾帶互生情愫的日警投崖殉情。

諸作之中，尤以大鹿卓〈野蠻人〉引發評論者對殖民論述中文明與野蠻的對峙最多差異詮釋。大鹿卓，本名大鹿秀三，出生愛知縣海部郡津島町，兄長為詩人金子光晴。早歲於一九〇五年曾隨家人短暫遷居臺灣。一九二六年以詩集《兵隊》出道，初期以參與詩刊創辦、組織為主，後轉而寫作小說，多以殖民地臺灣山林為主題。一九三四年，大鹿卓憑藉短篇小說〈野蠻人〉獲《中央公論》徵獎，並於隔年二月號發表，獲致矚目。一九三六年出版同名小說集。

21　參考鄧相揚彙整的「事件日誌」，《霧社事件》，頁一二七。

22　盧谷，〈敵人〉，《臺灣新民報》，一九三一年一月一日，第二二版。

23　原寫於一九三〇年十月二十九日。引自呂興昌編訂，《吳新榮選集（一）》輯一「震瀛詩集」（臺南：臺南縣文化局，一九九七），頁四〇。

24　安都生，〈南國哀歌〉，《臺灣新民報》，一九三一年四月二十五日、五月二日，第一一版。

25　楊智景，〈雲霧氤氳文學中的「霧社事件」〉，《聯合文學》二七卷一一期（二〇一一年九月），頁五一－五二。本文提供霧社事件於文學再現的扼要回顧。楊並據日本學者河原功研究指出，事件後至終戰，日人書寫臺灣原住民小說計多達約三十五作。

26　坂口䙥子著，蔡建鑫譯，〈番婦羅婆的故事〉，收入王德威、黃英哲主編，《華麗島的冒險》（臺北：麥田，二〇一〇），頁一七六－二〇八。

〈野蠻人〉[27]是霧社事件後，重省殖民地理蕃政策與種族關係的代表作。小說背景設於一九二〇年代，主角田澤出身資本家庭，因涉入父親所持有煤礦場的紛爭、協助礦工示威，遭自己父親驅逐家門，迢遠遣至殖民地蕃界的霧社，擔任警備員。時值山林「蕃害」頻傳。田澤半存自我棄擲的心態，卻在走進蕃社迥異的氛圍後，有了拋開父親所代表的「內地」，投入「或許是一個完全沒有過去陰影掩蓋的嶄新生活」[28]，接受白狗社駐在所長井野差遣。從初始為恐懼襲擊，進而表白：「沒有打算輸給蠻荒。」[29]

田澤詫異於井野娶蕃婦，但見婦人塗脂抹粉的額間，留著刺青「像是擦不掉憂愁的陰影」[30]，對在井野家初次遇見的蕃婦妹妹倆，在其眼裡「野獸光澤的肌膚」、儀態有別內地女性的「野性的素樸」[31]，充滿既鄙夷賤斥、又為之牽引的矛盾心理。而姊姊泰伊茉莉卡露表露對田澤的喜愛，卻也是內化了殖民者加諸種族主義的偏見：「番人男人好臭。」「田澤先生不臭。」[32]

合流分遣所遭兇蕃襲擊後，田澤自願加入討伐薩拉矛的隊伍，並感染眾人征伐的亢奮。在一場密林遭遇戰擊斃敵蕃後，田澤受難以名狀的衝動牽引，以蕃刀取下屍體首級。砍下的頭，纏擾著他的心志，「那樣兇暴的行為會以什麼意義在自己身上留下重大的汙點」[33]；然而蕃丁卻讚嘆地，按傳統獵首祭安置首級，泰伊茉莉卡露亦依祭儀、為田澤奉上小米。

田澤於再次討伐的蕃地，遇見另一更野蠻如「山貓」的蕃女，深受誘惑、欲取其為妻。再見到泰伊茉莉卡露時，終在狂暴迷亂的心智下，於林間，近似野獸般占有了對方。此後，浮現他心底與之「在番社裡建小屋」的願望。拜見泰伊茉莉卡露父親家中時，田澤換穿上借來的蕃服，並以鍋灰在額上塗畫刺青，興奮說道，「**我也是野蠻人**，我不會輸給你們喔。」[34]

大鹿卓藉由跨種族的性關係，土著化的殖民者，對比日本化的原住民，以及原住民傳統「獵首」之刻畫，敷陳對所謂「文明」與「野蠻」的辯證論題。田澤在反覆追求「野蠻性」的歷程中，呈現對原初主義（primitivism）極其複雜的情感投注。例如他所受蕃人女孩牽引、又拒斥的情緒，自己解釋是：「我會害怕她是因為**自己的野蠻性**還不夠成熟。」[35]但在遇到更野性的蕃婦後，泰伊茉莉卡露的舉手投足於他，突顯得馴服、不足夠的：「她的野蠻性和『山貓』的野蠻性相較之下，根本不成氣候……」[36]

荊子馨、高嘉勵、朱惠足在霧社相關討論中，皆指出大鹿卓〈野蠻人〉標誌出事件之

27 大鹿卓著，蔡建鑫譯，〈野蠻人〉，收入王德威、黃英哲主編，《華麗島的冒險》，頁七五－一一二。
28 同前注，頁七七。
29 同前注，頁七八。
30 同前注，頁八〇。
31 同前注，頁七九。
32 同前注，頁九九。
33 同前注，頁九四。
34 同前注，頁一二一。
35 同前注，頁一〇〇。
36 同前注，頁一一二。

後，日人面對原住民關係與詮釋根本性的轉變。此前，日本於邁向現代國家、遂行帝國主義擴張的階段，藉由建構周邊鄰國，乃至漢人、原住民他者為野蠻落後的論述，確證自身國族至種族的文明主體性，並合理化殖民政策；致抵抗與壓制的殘酷暴行時，面臨嚴峻的置疑。正如荊子馨所稱，偌多霧社文本之敘事，呈現與形構日本與臺灣原住民殖民關係所牢固立基「『野蠻』與『文明』的二元對立之上」[37]；大鹿卓反寫了「原住民變成日本人」主題，他的批判性在於以「『日本人』轉變成『被鎮壓的原住民』」故事，詰問自許文明的帝國「內在的野蠻性」[38]。荊子馨透過解讀日本人田澤為原住民女性充斥矛盾的慾望，指出主角對「野蠻」幻想式的認同，未曾擺脫對土著越界的禁制，「**這種對『內在野蠻性』的發現與對『外在野蠻性』的殖民投射並無不同**」[39]，泰伊茉莉卡露始終位居從屬田澤、及其想像投射的他者地位，對荊子馨來說，大鹿卓雖嘗試展開「內在」、「外在」、「殖民」與「被壓迫」間的辯證，意圖將野蠻置於文明之內反思，反而更加穩固與之的二元對立。

高嘉勵舉出小說所鑲嵌帝國內部「昭和十年代」的問題意識[40]，彼時日本捲入滿洲事變揭幕的十五年戰爭，政治趨向軍部與法西斯主義，前一波無產階級文學運動遭鎮壓等鬱悶局勢。南方的熱帶山林，在大鹿卓自然主義書寫和對前現代浪漫化的投注中，成為帝國文本與主角田澤逃逸現代性、背反演化原則以退回原始生命力的空間。另一方面，也在殖民者擬仿原住民獵首卻排除文化意義的衝動殺戮間，洩漏「帝國殖民的野蠻本質」[41]。

日本對臺灣原住民的殖民統治，則如朱惠足所關注，在建構種族差異的界線與同化交混間，顯現政策實踐的內在矛盾。〈野蠻人〉中所描繪日人與原住民種族的通婚混融，從未能鬆動文明、野蠻對立的建構性，在表面的擬仿下，作者反將「野蠻」內在化、本質化為人之為動物的本性[42]；主角所欲追求「野蠻、再野蠻」的激情，遂弔詭地成為回歸內在本質的論證。朱惠足進一步指出，小說迂迴呈現「野蠻性」如何之為日本歷西方現代性創傷的失落原點，「將『尚未失去原始姿態』的台灣原住民，視為保存日本人在西化與文明化過程中喪失的內在『野蠻』本性之尊貴存在。」[43]「日本人以文明者姿態『馴服』台灣原住民時，自覺於自身主動受到西化與文明開化『馴服』因而喪失作為人類本性的『動物性』之心理創傷。」[44]

想像混雜於蕃人出獵的獵團，以蕃服替換警服的田澤，正如同那幀身穿蕃裝兵士浮顯的異樣影像。在小說最終成為「野蠻人」之時，大鹿卓如此描述混身於蕃眾間，激情興奮的日

37 荊子馨，《成為「日本人」》，頁一九三。
38 同前注，頁二〇三。
39 同前注，頁二〇五。
40 高嘉勵，〈自然主義的「野蠻人」——野性山林、蕃女象徵與現代性困境〉，《書寫熱帶島嶼》，頁一五五—九二。
41 同前注，頁一八〇。
42 朱惠足，《帝國下的權力與親密》，頁一〇五。
43 同前注，頁一〇六。
44 同前注，頁一〇七。

本人田澤，「像一隻被關在籠子裡的野獸，不停左右來回跑動。」[45]大鹿卓借用薩拉矛事件寫下的〈野蠻人〉，成為霧社事件後，重省種族衝突的一則寓言，在反寫野蠻與文明的對峙，雖則提出有別官方敘事「蕃人的本性」的差異詮釋，突顯論述的建構性，卻也同時更加穩固存在於殖民關係裡野蠻與文明的對立結構。而殖民地上的「野蠻人」，依然是「被關在籠子裡的野獸」，踟躕來去，暫無出路。

三、從馬赫坡到川中島

霧社事件所遺留的創傷和陣痛，不僅為差異的國族敘事所用，戰後伴隨臺灣每一回形構、確證主體性之際，更經常被援用、召喚起。

一九五〇年代初，日人留下的川中島社祠改設「餘生紀念碑」，「霧社山胞抗日起義紀念碑」與「碧血英風」牌坊則在霧社豎立。一九七三年間，隨新史料出土，針對花岡一郎、二郎反日或親日的「忠、奸」爭辯，連同歷史猶未釐清的面貌，重引起媒體輿論關注；事件當事人隱抑近半世紀的證詞陸續發聲，被忘卻於臺大考古人類學系標本室的莫那・魯道骸骨，也因之為世人知曉，並在遺族冀望下、遷返霧社歸葬[46]。文藝的創作，如張深切電影腳本《霧社櫻花遍地紅》便是在戰後「去日本化、再中國化」（借黃英哲語）氛圍下，於一九五一年連載發表。早期兩部採事件為題材的小說，陳渠川《霧社事件》和李永熾《不屈的山嶽：霧社事件》則遲至一九七七同年出版。

與其說書寫霧社遭外界淡忘的歷史，一九七〇年代前為數不多的作品，正如舊址立起的紀念碑，借用事件，銘刻著新的國族敘事；其中或有偏離史實，如突顯受日本教化撫育的花岡兄弟，於策動這場「抗日」事件的關鍵性。

出生南投的張深切（一九〇四－一九六五）是日治活躍的政治運動家、民族主義者，早年負笈日本，一九二〇年代曾於上海參與「台灣自治協會」，後創立「台灣演劇研究會」從事文化啟蒙運動。一九三四年，於臺中籌組「台灣文藝聯盟」、並發行機關刊物《台灣文藝》。戰後因二二八遭誣陷逃亡，後轉而劇本、文藝與哲學等撰述。他的作品體現其左翼理論與民族主義的關懷。《霧社櫻花遍地紅》原為西北影片公司所著的電影劇本，最早連載於《旁觀》雜誌，電影終未搬演，以影劇小說為名的單行本一九六一年出版，易名《遍地紅：霧社事變》[47]。

《遍地紅》從「序幕」霧社日本小學生射擊飛鳥的追獵、衍伸為「打生蕃做遊戲」，即

45 大鹿卓，〈野蠻人〉，頁一二二。

46 引起霧社重新評價的，是一九七三年臺灣省文獻委員會所呈現洪敏麟田野與口述成果，亦連帶促成莫那・魯道遺骸的「發現」與歸返，可參考吳俊瑩〈莫那魯道遺骸歸葬霧社始末〉，「臺灣與海洋亞洲」，網路連結：https://tmantu.wordpress.com/2011/09/02/霧社事件特輯-莫那魯道遺骸歸葬霧社始末一/，二〇二〇年一月三十一日最後瀏覽。

47 張深切，《遍地紅》（臺中：中央書局，一九六一）；後收入《張深切全集〔卷八〕：遍地紅・婚變》（臺北：文經社，一九九八）。以下引用採《全集》版本。

已揭示戲劇主題，從獵物到獵人，孩童仿效軍事般發令：「那末自現在起，我們要開始討伐生蕃，前進！」[48]且安插一個「文雅」的臺灣孩童，於心不忍而出聲制止、遭到群毆，以呈現日人、臺灣人與原住民族群關係之縮影。在張深切以降，幾部作品皆著力敷陳事件成因，聚焦如總督府警務局《霧社事件誌》所指出「警察娶蕃婦」、「事件前的各項工程」、「吉村巡查毆打事件」、「本島人的策動」等性別、勞力、族群的榨取衝突，卻多代以虛構；虛構的，不僅已偏離史實，更帶進作者的主觀詮釋。張深切《遍地紅》著墨日警對原住民女性的狎暱誘拐，如近藤強娶莫那道之女迭華斯後始亂終棄[49]，族人搬運木材的苦勞與鞭罰，並在巴瑟[50]赴馬赫駐在所向吉村致歉遭拒受辱後，衝動砍下對方首級，引爆事件。

最大的異動，莫過於加入漢人朱辰同作為謀劃要角，指導部落族人與平地漢人的串聯，並在衝突意外點燃後，率先策動指示：「朱見大勢已定，蹶然說：『好，我們幹，第一，我們大家推戴莫那道當總指揮……』」[51]張深切借虛構的朱辰同將事件歸納為民族抗日的範疇，或舉出漢人隘勇對起義族人的同情，另方面，多貶抑日本化角色，如花岡兄弟、嫁日警的原住民女性如迭華斯，以強化對峙的民族意識。花岡兄弟在張深切的版本裡，被朱辰同視為親日的「叛亂」陣營，卻難抑止民族情感、拔刀殺戮日人：

「我也受不了一時的衝動，無意識地拔出刀殺了日本人……我到現在還不能了解那個時候的感情……」

二郎思索一會說：「這大概就是受了所謂**民族感情**的衝動吧。」[52]

他們「委屈」的殉死，最終竟只淪為表白身為日本人的心志，成為殖民官方宣傳日本精神的樣板材料。

白睿文將霧社創傷書寫視為一系列國族向心（centripetal）的過程，他分析朱辰同被描繪為族人提供「理性的聲音」軍師，是如何複製了日殖民者「教化野蠻人」心態，而以《遍地紅》為代表的作品「把莫那・魯道的**部族意識**擴充為一種新形態的**民族意識**」[53]。誠如張深切在自序中所言，「霧社的山胞，固然是**未啟發的野人**，但他們因為未受文明狡詐的渲染，所以他們**異常純真而且富有人性**」[54]，於此時期的霧社書寫，藉由原住民「純真」的存在，證成抗日的純粹性，無疑是以漢族民族意識，取代了曾盤據的日本殖民論述。

48　同前注，頁六六。
49　即狄娃絲・魯道，應為莫那・魯道之妹，一九〇九年嫁予巡查近藤儀三郎。
50　應指莫那次子巴沙歐・莫那。張深切以此揭開劇中隔日霧社事件的殺戮，唯此段與史實有異。
51　張深切，《張深切全集〔卷八〕：遍地紅・婚變》，頁一三四。
52　同前注，頁一五七。
53　白睿文，《痛史》，頁八七。白睿文長期關注於霧社事件的創傷敘事，近年所主編《霧社事件：台灣歷史和文化讀本》（臺北：麥田，二〇二〇）彙集了研究者至創作者的研究、訪談、書寫等。
54　張深切，《張深切全集〔卷八〕：遍地紅・婚變》，頁五九。

一九七〇年代陳渠川《霧社事件》[55]、李永熾《不屈的山嶽：霧社事件》[56]不脫民族主義抗日的詮釋。關於陳渠川生平資料有限[57]，李永熾（一九三九－）則為歷史學者、臺灣大學歷史學系教授。兩作皆採花岡兄弟為策動事件的焦點人物。《不屈的山嶽》更列於「先烈先賢傳記叢刊」書系，如秦孝儀總序題「以真摯而生動的歷史小說筆法」借古鑑今，然而，所謂「傳記」，卻更流露小說的虛構性。

《不屈的山嶽》開宗明義，便將臺灣先史的文物史跡，視與中國同源，原住民或為遷徙自春秋越國的移民後裔、「是中華民族的一支，乃是無可置疑的。」[58]以泰耶「泰洛斯」神木創生的神話揭始、征日傳說貫穿的霧社故事，遂意有所指、被置於中華民族的詮釋框架內。莫那・魯道在李永熾筆下呈現隱忍的形象，在被迫引導柴田巡查尋訪神木途中，誤讓其女伊娃莉遭冒犯，過後，長女瑪香也遭致柴田惡意羞辱。

李永熾更著墨花岡兄弟見證部落日人與原住民於性別、族群、勞動等暴力脅迫的「心路歷程」，猶疑在「野蠻人」、「文明人」的困擾。其疑惑最終如同《遍地紅》由外來探訪的漢人李興台啟蒙，指出存在其中癥結的殖民壓迫：「這並不是人性問題，一郎，這根本是殖民者與被殖民者的問題。」[59]一郎因此浮現這樣的覺悟：

「我以前始終想不明白，為什麼日本人這樣虐待我們，今天總算弄清楚了。他們給我一套制服穿，原來只是讓我們懷著幻象，認為大家是平等的。事實上，根本沒有平等，他們永遠把我們當奴隸看，**我穿上這身制服，變成了文明的『標本』！**」[60]

解脫之道，在漢人李興台暗示下，便只有「忍耐——或者反抗！」[61]而別於張深切對日化原住民菁英的詮釋，事件起事和時日，竟由花岡一郎於族人密會間提議展開，且宣示僅針對日人、保護與賽達加命運與共的漢族同胞。

誠如周婉窈爬梳戰後霧社詮釋的研究中，將此階段書寫歸納為「抗日民族主義下的霧社事件」[62]，她指出一九八〇、九〇年代前相關霧社的認識，仍侷限學院內，及中、日文資料與書寫上，遑論原住民聲音依然隱抑[63]。事件本身像一個空出的能指，為差異的民族主義敘事占據。而客家籍小說家鍾肇政對原住民歷史與霧社長期的寫作，無疑標記一個重要轉折。

55　陳渠川，《霧社事件》（臺北：地球，一九七七）。
56　李永熾，《不屈的山嶽：霧社事件》（臺北：近代中國，一九七七）。
57　根據周婉窈，陳渠川約莫出生於一九二〇年，畢業於新竹師範學校進修科並服務教育界四十一年，曾於一九四二年九月造訪霧社。參見〈試論戰後台灣關於霧社事件的詮釋〉，《台灣風物》六〇卷三期（二〇一〇年九月），頁二四。
58　李永熾，《不屈的山嶽》，頁一。
59　同前注，頁八〇。
60　同前注，頁八四。
61　同前注。
62　周婉窈，〈試論戰後台灣關於霧社事件的詮釋〉，頁二一—二九。
63　同前注，頁二八。

一九二五年鍾肇政出生於日治新竹州大溪郡龍潭庄，入學淡江中學、彰化青年師範學校畢。一九五〇年代從事寫作起，以首開臺灣大河小說的《濁流三部曲》、《台灣人三部曲》深獲矚目。七〇年代，採馬赫坡為舞臺的《馬黑坡風雲》（一九七三）呈現他對原住民、尤其霧社事件的關注。鍾肇政自覺地在歷史小說書寫中加入原住民脈絡，《馬利科彎英雄傳》（一九七九）匯集泰耶魯傳說，八〇年代則寫有霧社餘生者的《川中島》（一九八五）和《戰火》（一九八五）等。

事件爆發時，仍髫齡的鍾肇政，留下的印象唯有恐懼，記憶中父執輩評論報上的消息：「他們的表情，語氣，似乎是興奮的，然而給予我的感受卻是恐怖的。」[64]日後在一場「我小說中的原住民經驗」講談上[65]，鍾肇政憶述與原住民的淵源提及，青少年十五、六歲，隨小學教師的父親，遷住大溪山裡的八結，初次接觸到原住民婦女以日語向他搭話。也約莫同一時期，偶然自學校圖書館發現有霧社事件的書，啟開了他濃厚興趣。

《馬黑坡風雲》寫作、連載報端的一九七〇年代初[66]，相關著述仍屬片面有限。鍾肇政試圖在日殖民官方所歸咎「事件為偶發的，並歸罪於山胞的野蠻、愚昧、獰猛」[67]等掩飾託辭下，深入事件成因、並編織入小說，尤其聚焦莫那・魯道身上。小說揭始自一場部落的婚禮慶典，既勾連起莫那之妹、恬娃絲・魯道多年前被迫「政略結婚」遭棄的舊恨，亦帶出他達歐・莫那與吉村巡查因敬酒釀起的風波。進而透過受日人撫育、新任巡查的花岡一郎，調停事端兩造的內在思維，自省官方「一視同仁」論調下，實屬種族的「差別待遇」，以突顯樣板人物「馴服」底下隱伏的「泰耶魯的血液」，甚或夾處其間的矛盾不是：

一郎內心充滿痛苦。這些日子來，他已經有了明顯的自覺，不管他被稱做花岡一郎，或者是什麼，他仍然是個百分之百的泰耶魯。做一個泰耶魯來活下去，也以一個泰耶魯來死，這才是本份。然而，莫那父子們的眼光，還有無數的父老們的眼光，卻是這麼叫人難堪。[68]

縱然，《馬黑坡風雲》未全然擺脫國族論述的年代氛圍，相當程度亦傾向於文明化，而將異文明衝突，標定為民族壓迫問題。如一郎向莫那追問「內地觀光」所流露對現代文明的欽慕；抑或當莫那回覆指出、泰耶魯是「受壓迫的少數民族」時，作者更代入如此領悟：「少數民族！從莫那這樣的人的口裡聽到這個詞兒，真太奇異，太不可思議了。莫那豈

64 鍾肇政，《鍾肇政全集七》（桃園：桃縣文化，二〇〇〇），頁三七七。
65 鍾肇政，〈我小說中的原住民經驗〉，《台灣原住民族研究》一卷四期（二〇〇八年十二月），頁一九七—二〇一。
66 小說寫成於一九七〇年，一九七一年十月二十六日至隔年一月十一日連載於《台灣新生報》副刊。一九七三年由臺灣商務印書館出版。本文引用為收入《鍾肇政全集七》版本。
67 鍾肇政，《鍾肇政全集七》，頁三八三。
68 同前注，頁一九三。

祇不是腦筋遲鈍，不能運用思想的野蠻人，簡直是有著高度智慧，現代思想的聰明才智之士呢。」[69]由此加入事件前一郎連夜指導族人使用三八式步槍的虛構橋段。另一方面，鍾肇政反覆以花岡之口表達「做一個泰耶魯」意志，及族人對祖靈「奧托歐夫」的信仰，彰顯他對原住民精神性的著墨；尤其將運動場起事的「馘首」，敘述為「行使他們傳統的顯示勇武的手法」[70]，更別於殖民者的文明化論述，顯現回歸原住民傳統性的詮釋企圖。

《馬黑坡風雲》試以小說「瞭解事件的全貌」[71]，有其企及亦有侷限。一九八〇年代，當鍾肇政再以霧社為題寫作《川中島》時，在還原事件原貌之外，顯然體現更複雜的歷史認識、文明化矛盾，與身分認同政治的難題。

《川中島》是鍾肇政「高山組曲」構想的第一部，與第二部描述太平洋戰爭遠赴南洋的高砂義勇隊《戰火》，同於一九八五年出版，原訂的第三部則因故未能寫成[72]。相較《馬黑坡風雲》直書霧社事件，《川中島》則採一九三一年五月倖存族人被強制移徙的川中島為背景。為此，寫作期間鍾肇政四度前往霧社田調，並拜訪了高永清（即畢荷・瓦利斯、高峯浩）、高彩雲（娥賓、花岡初子）等遺族。《川中島》即以高永清經歷，帶出倖存者「後霧社」的困境。

族名畢荷・瓦利斯（Pihu Walis）的高永清，正如他被賦予其身的日文名「高峯浩」[73]與日後的漢名，表徵著和他同世代的族人，橫跨不同政治體制下的生命縮寫。他原為繼花岡兄弟後，受日人撫育的新一代，倖存於事件並任川中島駐在所警丁，後憑藉自讀，考取「限地醫」醫師資格。戰後留有日文回憶錄《霧社緋櫻之狂綻》[74]。《川中島》由日方強迫移徙的零餘行伍展開，十二天前發生的保護蕃收容所襲擊，令族人們餘悸猶存。曾經的祖居地，在他們離行未遠，即遭占據的友日蕃火焚、付之一炬。鍾肇政以接受日化更深的畢荷・瓦利斯目光，檢視著事件後愈矛盾的意義、與倖存者心理。曾存在畢荷・瓦利斯的光明前景，在震驚的事件爆發瞬刻，「那樁幻想，也徹底歸於破滅！」[75]引起滅族式報復的族人，是否為「罪人」？遺族如莫那之女馬紅，如何深懷「罪咎」的意識存活？獲自日本所賦予的餘命和田地，又是否為一種「恩典」？

從川中島重建，往來馬赫坡的創傷記憶。畢荷內心的掙扎之一，在於事件時他避逃套乍（道澤）親戚家，套乍在巡查主任小島源治策動下成友日蕃，被授予獵首敵蕃的權利，如

69 同前注，頁二一七。
70 同前注，頁三二七。
71 同前注，頁三七九。
72 據鍾肇政表示，第三部原擬以戰後身陷二二八事件的鄒族音樂家高一生為題材，礙於當年資料不足而擱置。參考〈我小說中的原住民經驗〉，頁二〇一。
73 小說名以「高峯浩」，現實中的日名為「中山清」。
74 關於畢荷・瓦利斯的生平事蹟，另可參考鄧相揚，《風中緋櫻：霧社事件真相及花岡初子的故事》（臺北：玉山社，二〇〇〇）。
75 鍾肇政，《川中島》（臺北：蘭亭書店，一九八五），頁五六。

畢荷所屬的荷戈即涉入起事，他在被馘取「突奴」（首級）的千鈞一髮卻為小島所救。小說中，畢荷懷帶孺慕之情、感念小島對自己照顧，卻無意發覺他或是策動二次霧社事件、族人口中的「魔鬼」，「所有的『突奴』，全是魔鬼吧？可是，小島明明一次又一次救了我畢荷・瓦利斯！為什麼？」[76]

畢荷為保護馬紅・莫那遭日警侵犯，暗自締結婚約卻仍不免馬紅受辱後決然自死的悲劇，又為照顧花岡二郎妻兒，接受安排與初子結婚。在婚禮上，他婉拒小島跳舞的提議，意識自己首次與對方說出拒絕的「不」字。

《川中島》所呈現「後霧社」的認同困境如林瑞明所論「畢荷其實的背景是在親日的背景下成長的」[77]，現代性抹消了殖民性，導致同化的掙扎，始終徘徊在川中島人的胸臆，在文明化對出草或祖靈傳統的否定中，「野蠻與文明，就在畢荷胸臆裏衝突，糾結成一塊……」[78]

然而歷史的弔詭正在於此，上一代族老為日本屠戮，下一代人，在事件十餘年後，志願踏上南洋戰場，加入日本皇軍，成為《戰火》的高砂義勇隊一員，走進另一片叢林。

四、回歸「神祕之谷」

在文化復振與回歸的餘溫中，世紀末一九九七年，小說家舞鶴（一九五一－）帶著他對於霧社事件的疑惑，來到了清流部落、昔日的川中島租居兩個秋冬。橫跨千禧出版的《餘生》，寫他徘徊遺址的追索，相較前此霧社書寫還原歷史原貌的企圖，舞鶴初始便自覺地置身「當代」立場，面對七十年前遺留下霧迷般的暴行，寫下如此自省：「沒有『歷史的歷史』，真實只存在『當代的歷史』」[79]。

一九九〇年代舞鶴離開閉居十年的淡水並復出文壇，來到霧社前，已有《思索阿邦・卡露斯》（一九九七），記述停駐魯凱好茶部落所遇的人事[80]。《餘生》說寫霧社，實則如若鍾肇政《川中島》，將觀看的視點，置於一九三一年劫後倖存的族人被迫移徙之地。

小說有意揉雜了虛構、紀實、田野報導、民族誌，全書未有分段，在敘事者纏繞的思緒及語言間連成一氣。第一人稱敘事者「我」如同舞鶴出身，在一九六〇年代白色恐怖禁錮的罅隙，初窺讀霧社的血腥史事；自軍隊退伍後，深感身處於島國國家體制暴力宰制下、心靈成「被軍隊閹割了的」[81]，亟欲思索「國家」的意義；前來山中，名義是做霧社事件的研

76 同前注，頁一七三。
77 林瑞明，〈論鍾肇政的「高山組曲」——川中島的戰火〉，收入陳萬益主編，《大河之歌：鍾肇政文學國際學術會議論文集》（桃園：桃園縣文化局，二〇〇三），頁一九三。
78 鍾肇政，《川中島》，頁八二。
79 舞鶴，《餘生》（臺北：麥田，二〇〇〇），頁五二。
80 關於舞鶴的創作歷程，一九七〇年代以〈牡丹秋〉、〈微細的一線香〉出道所呈現頹廢、怪誕又揉合本土之姿，可參見王德威，〈拾骨者舞鶴〉，收入舞鶴，《餘生》，頁七－四〇。
81 舞鶴，《餘生》，頁四三。

究。誠如舞鶴後記所表述，小說寫三事：「莫那魯道發動『霧社事件』的正當性與適切性如何。兼及『第二次霧社事件』。」「我租居部落的鄰居姑娘的追尋之行。」「我在部落所訪所見的餘生。」[82]

劉亮雅將《餘生》定義為一部辯證小說（a novel of ideas）[83]適足以呈現這部作品某些難名狀的特徵。舞鶴藉由敘事者在清流部落租居期間，或有目的與耆老族人訪視踏查，或晃遊散步、於酩酊之間所謂「亂語胡言」[84]，令所訪所見的餘生者言，與自己對事件反芻的觀點並陳喧譁、於文本錯綜纖纏。「我」所遇主要人物包括鄰居姑娘，初始便自稱「莫那魯道的孫女」[85]，歷盡城市文明生活的浮華頹敗後，回歸鄉居，對「我」表示：「有一天我要出發追尋……」[86]其餘有賽德克達雅人巴幹與道澤人達那夫，所屬社眾於事件採對反立場，卻同以傳統視事件的本質為「霧社大型出草儀式」[87]。強調反抗蘊含「部族的尊嚴」的長老，否定莫那之為偶像的牧師並視犧牲為「天父的旨意」，宣稱「我是莫那魯道的孫子」[88]的老達雅及回鄉重建「酋長客棧」的老狼小達雅，自原運退離的畢夫，部落邊緣的畸人與飄人，貨櫃女尼，兀自遵循武士美學的泰雅人宮本三郎先生，高砂義勇隊殘兵沙波，元亨寺番仔叔公等。

舞鶴認知的霧社屠殺有三，一九三〇年十月二十七日霧社國小操場上由馬赫坡社頭目莫那魯道所領導，十月二十八日至年底日本採取的報復屠殺，次年道澤社群在日方授意下襲擊保護蕃收容所、出獵逾百人頭，他最大的疑問，即圍繞致使屠戮的事件「正當性」與「適切性」為何？

《餘生》以諸人言詞的傾軋、交鋒，引領「我」展開辯證的思索，隱伏話語眾聲間的敘事線索則是姑娘的「追尋之行」。小說初始姑娘似真似幻宣稱是莫那・魯道孫女[89]，對敘事者說，她有個計畫，從川中島出走、以追尋馬赫坡的「神祕之谷」，即諸眾最終退守自縊的岩窟。「我」乍聽聞後思忖著：「那是真正的回歸嗎，回歸神祕之谷，與祖靈把手言歡喝酒吃肉。」[90]姑娘興許躊躇所言，卻牽引敘事者深究，與姑娘行蹤飄忽的弟弟談話中請益：「有無溯溪從川中島到馬赫坡大岩窟的可能，」[91]飄人遂指出三條路線，其一從布甘溪（北港溪）經中原眉原部落上溯眉溪至霧社，復由濁水溪上溯馬赫坡溪上游密林至少九日，其二，越合歡、奇萊山谷，循濁水溪源頭來到馬赫坡溪，其三最易，下到南港溪，回溯埔里上霧社。在

82 同前注，頁二五一。
83 劉亮雅，〈辯證復振的可能——舞鶴《餘生》中的歷史記憶、女人與原鄉追尋〉，《中外文學》三二卷一一期（二〇〇四年四月），頁一四二。
84 舞鶴，《餘生》，頁二二九。
85 同前注，頁四三。
86 同前注，頁四四。
87 同前注，頁四六。
88 同前注，頁六九。
89 瞭解史實的讀者知曉，莫那・魯道未有血緣上的孫女，其女兒馬紅・莫那於一九七三年辭世、唯留下一養女。
90 舞鶴，《餘生》，頁四四。
91 同前注，頁一一〇。

敘事者偕伴下，與姑娘擇取路線、上溯的「追尋之旅」，構成了小說尾聲的旅程。

追尋，實為回歸。在事件的探究之餘，論者普遍注意到《餘生》追問與追尋之旅的駁雜空間意義。如黃冠閔析論敘事者的探問如何扣連對場所的部署、小說行動，及「風景」如山水的刻畫：「場所的探問結合著小說行動裡面的『溯溪回歸』」[92]，「我」所追問祖靈來回川中島的路，更攸關歷史斷代的時間性，終戰之前、終戰後，及至不可見、不可言的「非場所」標記：「這三者間的取捨涉及的是不可見的風景，由祖靈的榮辱、族人的歷史記憶、神聖或恥辱的地標所畫出的假想路線。」[93]李育霖並沿此指出舞鶴所擘畫的地誌空間中內涵的時間性：「**川中島的地誌是時間性的地誌**，隱含著只有歷史知曉的『秘密』。」[94]

事實上，《餘生》所遇之人，或皆如舞鶴本人歷經某種復返的歷程。劉亮雅在〈辯證復振的可能〉一文，便藉由梳理一九八〇至九〇年代臺灣原住民復振運動，將舞鶴以漢人身分涉入的原住民題材書寫，比較於漢化原住民菁英重返部落、重習傳統文化，進而寫作的部落札記、田野調查、詩與小說[95]。舞鶴從好茶到川中島，無非也為走返「島國還存在著多處自己陌生的叢林」[96]，且曾謂自身為「平埔西拉雅大漢人」。其步履疊影著「大小達雅的回歸就象徵馬赫坡人的回歸了」[97]，姑娘以賽德克誕生於樹精的神話自言離不開山林，退離文明盛極的城市生活後返回川中島，更將出發追尋，馬紅・莫那在晚年則常失蹤於返回馬赫坡的密林途中。

然而舞鶴對歷史事件的探問追尋，又不為回返一處不再存在的原初過去，他自始便緊緊立足於「當代」：

> 當代叫當代歷史提醒我不能讓可疑或猶可議的事件成為「過去式」永遠，必要把它扒出來在當代的陽光下曝曬到「現在式」，過去的歷史就此變得活生生成為當代歷史的一支……所以「當代霧社事件」或「霧社事件在當代」不是唬人的，它不僅是**這本小說的主題而且是適切的歷史觀**……[98]

「當代」題目地形構出《餘生》的敘事策略、也成為敘事者面對歷史的根本觀點，誠如舞鶴反思小說裡織纏的三事：「我將三事一再反覆寫成一氣，不是為了小說藝術上的『時間』，而是其三者的內涵都在**『餘生』的同時性之內**。」[99]

92 黃冠閔，〈舞鶴——風景餘生〉，《藝術觀點》五二期（二〇一二年十月），頁六。
93 同前注，頁七。
94 李育霖，〈川中島的歷史——論舞鶴《餘生》中的時間與內蘊倫理〉，《文化研究》一六期（二〇一三年三月），頁一一一。
95 劉亮雅，〈辯證復振的可能〉，頁一四三－四九。
96 舞鶴，《餘生》，頁九〇。
97 同前注，頁六九。
98 同前注，頁八五。
99 同前注，頁二五一。

霧社事件的正當性、適切性與否，在文明所定義的「屠殺」、又內涵於賽德克傳統「出草」間擺盪，因之呈現是「屠殺的不義」，抑或是長老所謂「反抗的尊嚴」？對舞鶴而言，皆須放進「當代」思考。

《餘生》敘事時間的獨特形式，引起論者們對舞鶴所指歷史時間性的哲學性思考，譬如李育霖論及舞鶴：「以一種書寫的時間模擬並**背叛歷史的時間**，藉此意圖尋回（或贖回）遭歷史壓抑及抹除的事件、時間與權力。」[100]然而即便文獻與檔案、石窟與密林等地誌間銘刻有尚待贖回的事件過去，事件「真實」終將是無法返回的。上溯的意義，因此如李育霖引申自伯格森（Henri Bergson）對時間的理解，「過去」至「現在」並非線性時間的次序關係，而是從與「現在」並存之記憶的虛擬（the virtual）、朝向實然（actual）的過程[101]。舞鶴所謂的「當代」遂為「一次過去到現在的運動，或更確切地說，『當代歷史』展演一次從未然朝向實然的運動……使其穿透過去並於當下實化的正是當代歷史的『欲望』。」[102]

藉敘事的部署，對歷史線性時間重省至反叛，某意義而言，已然是對殖民者文明化論述的置疑。另一方面，舞鶴費盡篇幅、探詢著賽德克被視之為野蠻習性的出草儀式，以詰問事件意義。巴幹認為霧社事件的本質，乃賽德克傳統禮俗中的出草行為，道澤的達那夫同樣否定有事件，尤否定文明所定義「第二次霧社事件」為屠殺的悲劇，他告訴敘事者：「原始的語彙沒有屠殺，」「只有文明才具屠殺性，」[103]而「我」一則置身「當代」，視生命的「當代存有」為第一義，以反駁無論屠殺或出草名之的殉死或暴力，並因此肯定餘生的馬紅、花岡初子等人，但也指出：「『當代』不正式否定歷史的莫那魯道，但不肯定當代的莫那魯道」[104]。

舞鶴「嘗試檢討出草儀式的正當性」[105]，從獵人獵性，揣摩由剖製獸骨到人首的「模式化」出草，由「作為男人」的依據聯繫至紋身等「儀式化」行為，形成集體的禁忌與狂歡；他且慎重其事疑問「儀式前後獵者與頭顱的互動關係」[106]的複雜情結，自仇恨到猶如情愛。進而，在嘗試回覆「霧社事件是否出草儀式的辯證」[107]寫道，事件有計畫的反抗，已趨近「政治性」，然而起事者的手段、或統治者以蕃制蕃實屬「出草性」；對無政治意識的賽德克人而言，遂認知為「大型的出草儀式」，舞鶴則辯證地歸結為：「霧社事件最確切的定義是：政治性的出草。」[108]

再訪達雅人巴幹家探詢出草的意見時，巴幹強調其定義與評價，應回歸部落曾親歷的長

100 李育霖，〈川中島的歷史〉，頁一一〇。
101 同前注，頁三。
102 同前注，頁三。
103 舞鶴，《餘生》，頁四七。
104 同前注，頁一一七。
105 同前注，頁一四一。
106 同前注，頁一五四。
107 同前注，頁一七四。
108 同前注，頁一七六。

老們共同討論，敘事者藉徵引對方完整的話語，論事件中的殺戮：

「……出草是霧社事件的手段但不是動機也不是目的，動機和目的都是『政治性的』，莫那魯道發起霧社事件並不是為了出草，而是政治性的反抗期望求得政治性的正義，事件中出現大量的出草行為，因為那是傳統的、正當的手段，所以以『出草』來否定事件的『政治性』，那是一種扭曲了事實的研究……霧社事件發生在一九三〇年，即使在高山文明也已經有了某種程度的生根、萌芽，**霧社事件本身就具有『文明性』**，它絕不單純是原始的部落出草，它是文明性的反抗不義的爭戰，它招致了文明性的戰爭形態的報復也是必然的……」[109]

關鍵詞「當代」不僅意指重新忖度歷史的觀點，舞鶴也藉《餘生》所訪所遇之人，複寫愈益複雜的「當代霧社事件」。敘事者交代姑娘十八歲離鄉來到島國首都，結識綁鐵筋的勇夫，隨其輾轉山坡工寮，後婚嫁至大霸山，終難適應他族禮俗而離去，轉入色情餐廳，因「異族的臉龐」而成紅牌。直到遇一中年男人在床第間留下似輕蔑的一句，「祖先在霧社流了那麼多血，想不到，子孫在飯店床上賣，」[110]曾引致事件的異種族性關係中的暴力，重現姑娘身上更顯迂迴。鐵筋組頭逐工地而居的勞役生涯，回響著賽德克人修築校舍的苦勞，在一九九〇年代資本外移、外勞引進下，反被解僱而無用返鄉。又或是在高砂義勇隊殘兵沙波精神官能症般掘盡山頭孔洞的理由，「那第三隻巨蛋什麼時候掉下來誰知道」[111]？赫見戰爭永無休止的遺緒。

面對武士槍砲與傳教士聖經以「神聖使命」名義，侵入有祖靈與巫師維繫的舊部落古茶布安，舞鶴於《思索阿邦・卡露斯》曾疑問：「為什麼『文明』這個東西必要溯溪谷而上」[112]？川中島上溯霧社馬赫坡的「追尋之旅」，對賽德克餘生而言，不僅內涵文明上溯的「恥辱」，在殖民者竊據強奪、至資本進駐成日後的廬山溫泉，欲回歸的原鄉何在？敘事者引領讀者上溯得更遠，直到地誌邊界的「霧迷密林」；借用李育霖「時間性地誌」分析的蠱魅、非存有之境，即屬「可見／不可見、可言說／不可言說的模糊邊界，一個生／死間隙刻畫的領域。」[113]回歸至「神祕之谷」的舞鶴寫道：

> 那麼馬紅是在水霧密林奔跑，他們在霧迷中互相殺戮，只有大岩窟才是霧進不去的密林聖殿吧……我在姑娘奔過前面時喊了一句，「密林不屬於人間的世界！」[114]

109 同前注，頁一八八。
110 同前注，頁一四八。
111 同前注，頁一九七。
112 舞鶴，《思索阿邦・卡露斯》（臺北：麥田，二〇〇二），頁一四三。
113 李育霖，〈川中島的歷史〉，頁一六。
114 舞鶴，《餘生》，頁二四一－四二。

在千禧之交臺灣後殖民文本的歷史敘事中，施叔青《風前塵埃》以復魅之姿重省了歷史時間、重返太魯閣理蕃戰爭的溪谷，舞鶴《餘生》在川中島的餘生間沉思霧社事件與其當代性，不約而同地，沿殖民者文明曾上溯占領的溪流，返往祖靈深居之密林，出發追尋。

五、原初的激情

之於舞鶴的《餘生》，將霧社事件與川中島的遺族餘生，帶返二十一世紀初始的文學讀者視野，十年後，魏德聖憑藉電影《賽德克・巴萊》，在觀眾眼前寫實重現了引爆殺戮的秋日清晨、霧社公學校，與繼踵而至日人殘酷鎮壓的叢林戰場。對導演魏德聖而言，重述霧社故事、「還原歷史」，是為「回到仇恨的原點，才能化解仇恨」。電影之後，不僅引燃二〇一〇年代重究事件的「賽德克熱」，同時伴隨著新的爭議、新的公眾記憶，與新國族想像。

這場以影像漫長的和解式，或需溯及更早。魏德聖（一九六九－）一九九〇年代中期投入片場工作，二〇〇三年，即曾拍攝《賽德克・巴萊》五分鐘試拍片，嘗試籌措資金未果。轉而先完成第一部劇情長片《海角七號》（二〇〇八）。當年由此劃下的臺灣電影史票房記錄，帶動了沉寂已久的國片復興浪潮，奠定下隔年開拍《賽德克・巴萊》之基礎，業成其導演歷程的一段故事[115]。二〇一一年，總長度四小時三十六分的史詩電影，分作上下兩部《太陽旗》、《彩虹橋》同於九月上映。

某種意義而言，《賽德克・巴萊》是時的面世，不僅標誌導演個人所歷，更小結著一九九〇年代以降，二十年間，相關霧社的書寫與研究。如魏德聖曾憶述最初一九九六年，時值原住民「還我土地」運動、及香港回歸前夕的歷史氛圍，偶然間讀到邱若龍漫畫《賽德克・巴萊》，深受族人反抗殖民的震撼[116]，進而自薦參與對方紀錄片《Gaya：一九三〇年的霧社事件與賽德克族》（一九九八）拍攝工作，同時醞釀將事件改編劇本。

一九九〇年代，來自「賽德克族的內部觀點」[117]，誠如學者周婉窈指出，於霧社研究的浮現，源自戰後新一代接受中文教育的漢人探索著述，主要包括鄧相揚、邱若龍與舞鶴等。鄧相揚（一九五一－）成長於埔里牛眠山，中臺醫專醫檢科畢業後，服務埔里基督教醫院之餘，因結識各族原住民朋友，踏入泰雅、邵族、平埔族田野工作，一九八〇年霧社事件五十週年，得自父親所交託《霧社事件實記》、《霧社討伐寫真帖》等日治出版品，啟開長年的史料研讀與踏查[118]，著有報導文學三部《霧社事件》（一九九八）、《霧重雲深》（一九九八）、《風中緋櫻》（二〇〇〇），分別關注事件始末、霧社分室主任佐塚愛祐與白

115 他在訪談中經常提及這段籌拍電影的經過，如參考川瀨健一，〈訪魏德聖〉，《中央大學人文學報》六四期（二〇一七年十月），頁一六一－八五。

116 家明，〈魏德聖訪問　帶根帶土的藝文故事〉，《明報加西網》，二〇一一年十月一日，網路連結：https://web.archive.org/web/20111204084222/http://www.mingpaovan.com/htm/News/20111001/wf1h.htm，二〇二〇年三月十五日最後瀏覽。

117 周婉窈，〈試論戰後台灣關於霧社事件的詮釋〉，頁三二一。

118 鄧相揚，《霧社事件》，頁五。

狗群頭目之女亞娃伊・泰目所組家庭、及花岡初子的故事，皆迻譯有日文出版。邱若龍（一九六五－）自復興美工科畢業後，一九八五年無意於霧社旅途中認識花岡初子女士而聽聞事件，後以五年時間，深入史事，完成歷史漫畫《賽德克・巴萊》（一九九〇），並接續拍攝《Gaya》一片。

鄧相揚、邱若龍與舞鶴幾人，尤其出身學院之外，憑藉自身熱忱，投入與耆老的訪談和田野等第一手資料工作，指引出相對中華民族主義抗日論述外、屬賽德克的「內部觀點」，周婉窈概括：「一九八〇年代可以說是戰後台灣受完整中文教育的新一代漢人開始試圖從『內部』探索霧社事件的開始，他們的成果集中出現在一九九〇年代」[119]。

倘若未有一九九〇年代以降，來自賽德克族「內部」的聲音，藉報導文學、漫畫或小說呈現，魏德聖二〇〇〇年完成的劇本及日後電影，會否延遲出現？又銜接著何種歷史觀點？

Seediq為賽德克語的「人」、Bale是「真正」之意，《賽德克・巴萊》片名即意味著「真正的人」。魏德聖試以貼近賽德克人觀點，對話揉雜使用族語、殖民官方日語，間雜漢人閩南語，對於傳統祖靈（Utux）信仰、祖訓（Gaya）或鳥占如何形塑族人行事日常的著墨，更可見如邱若龍《Gaya》之延續。相較過去霧社書寫以殖民主義、民族主義或性別等壓迫所作詮釋，電影《賽德克・巴萊》尤其突顯賽德克族歷來因獵場生存競合的複雜族群關係。

電影揭幕，便是部族出獵的衝突，青年莫那・魯道在首次出草中馘去他族的首級，「血祭祖靈」、並獲刺「男人的記號」紋面。影像由此交替著一八九五年馬關條約後日本殖民者掃蕩平地反抗漢人的鎮壓，並藉第一任總督樺山資紀就著臺灣地圖指示：「特別是由蕃族割據的心臟地帶，這裡的高山，林產、礦產……無限的寶藏呀……」[120]其中一場交易所前的對峙，勾勒出莫那的馬赫坡社與鐵木・瓦歷斯道澤之間埋下的仇恨。另一方面，敘事以簡練幾幕，交代日人對霧社展開的山林調查，如深堀大尉率探險隊遇襲（一八九七）、軍隊屢攻受挫如人止關事件（一九〇二），爾後改弦易轍、封鎖霧社生計，進而「以蕃制蕃」、策動布農族干卓萬社假借物品交換，襲擊賽德克巴蘭社的姊妹原事件（一九〇三）。

在抵抗親日蕃屠戮，與日人挾現代化軍事入侵祖居地的征戰場景之間，穿插著女聲猶如祖靈吟唱，及回憶中，父親對莫那口傳賽德克傳統的話語：「真正的男人死在戰場上……他們走向祖靈之家……祖靈之家有一座肥美的獵場唷！只有真正的男人才有資格守護那個獵場，當他們走向祖靈之家的時候，會經過一座美麗的彩虹橋唷！」[121]唯有出獵的男人，與擅編織紅戰衣的女人，能為「守橋的祖靈」識得，走過彩虹橋。

上部《太陽旗》便以殖民者旗幟為象徵，敷陳日本據臺之初，逐步推進山林的占領過

119 周婉窈，〈試論戰後台灣關於霧社事件的詮釋〉，頁三五—三六。
120 魏德聖，《賽德克・巴萊》，二〇一一年，7”16-7”36。
121 同前注，30”06-30”41。

程，透過青年莫那．魯道的線索，呈現賽德克依循祖訓出獵、成為「真正的人」的精神性意涵，族群傳統競合、轉為殖民者制壓分化所用，並埋下莫那與鐵木．瓦歷斯衝突的伏筆。霧社失守後，即跳接至一九三〇年殖民官員口中設有教育所、醫療所、郵局的模範蕃社，隨苦役與日警欺壓，齟齬趨劇，終致運動會上的起事。《彩虹橋》接續描述起事後六社退守林間，受制現代化武力，逐陷頹勢，女人們集體攜幼童自縊樹上，男人遭致日部隊及味方蕃的出草賞金戮殺。

魏德聖為求敘事連貫，將莫那置於實際上他未曾參與的姊妹原事件等，欲使觀眾進入霧社複雜的族群關係，著墨刻畫其與道澤群頭目鐵木．瓦歷斯累加的仇恨，無意間淡化操縱離間的殖民者角色，如小島源治，呈現以體恤族人、尤與鐵木．瓦歷斯友好的殖民地官員形象，較鍾肇政《川中島》的深沉詭譎迥別。導演並以「血祭祖靈」詮釋賽德克傳統的出草，反覆強調「真正的男人死在戰場上」、得以走向祖靈之家的生死觀。

賽德克德固達雅後裔郭明正（Dakis Pawan, 1954-2021），也是《賽德克．巴萊》族語對白翻譯、歷史文化的總顧問，在拍攝期間，曾就賽德克族立場，寫下電影再現與族群歷史相左的反思，譬如，針對首次獵首而歸的對白：「莫那！你已經血祭了祖靈。」為例，指出了獵首實屬Gaya一環、而未含有祭祀的意涵[122]。

事實上，魏德聖在電影呈現上，確然理解其中帶有文化翻譯的層次，在談到原住民語使用時，除提到語言屬「還原歷史」的必須、歷史衝突也往往源自族群語言的差異，亦表示：

「因為多數觀眾都聽不懂，所以聽起來反而很像音樂，但它同時又有詞；如果我們把對白翻成中文去唸，簡直不能聽，可是創作成字幕放在畫面上，卻有美化的效果，在視覺上變得很像一首詩……」[123]

源於重層殖民史下的族群語言差異，在當代臺灣／華語語系電影裡，被轉而援用為營造時代性感受、與觀看歷史創傷的詩意距離。在好萊塢戰爭史詩片的電影語言上，魏德聖同樣概念化角色的善惡分明，以及貫穿電影的一系列文化符號元素。

劉亮雅〈並非簡單的文明與野蠻之對立：《賽德克・巴萊》裡的歷史再現與認同政治〉一文，勾勒魏德聖霧社故事形構的一九九〇年代「賽德克族觀點」脈絡，他所聚焦「文明」與「野蠻」對立之命題，回應著寫下〈野蠻人〉的大鹿卓，另而貼近賽德克族的觀點，延續漢人小說家舞鶴精神；劉亮雅分析，電影特別以「彩虹橋」、「太陽旗」兩組對位式的文化符碼，呈顯殖民者文明的建構性：「一旦殖民者的文明與野蠻二元對立確立，殖民關係便已形成，殖民者的文化成了強勢文化，占據文明優雅的位置。」[124]而魏德聖透過賽德克、日本

122　郭明正，〈電影與族群文化接觸的詮釋議題——以《賽德克・巴萊》為例〉，《台灣原住民族研究學報》三卷四期（二〇一三年十二月），頁一九〇。郭明正相關拍攝過程的著述《真相・巴萊：《賽德克・巴萊》的歷史真相與隨拍札記》（二〇一一）隨電影上映出版，其後另有《又見真相》（二〇一二）。

123　蔡明燁，〈魏德聖導演專訪〉，《中外文學》四五卷三期（二〇一六年九月），頁二一六。

124　劉亮雅，〈並非簡單的文明與野蠻之對立——《賽德克・巴萊》裡的歷史再現與認同政治〉，《中外文學》四五卷三期（二〇一六年九月），頁三〇。

及漢人導演自身多重視野的並置，試以辯證文明野蠻非截然的對立。由此，劉亮雅將文化的認同，扣連上身分政治的難題，如莫那・魯道批判花岡一郎以日本人的文明，規訓責罰族中學童，對其回歸之所的質問，更突顯賽德克人的主體性：

「可以輸去身體，但一定要贏得靈魂」，「如果文明是要我們卑躬屈膝，那我就讓你們看見野蠻的驕傲」。莫那魯道意謂，若接受殖民者的文明／野蠻二分，則完全喪失自己文化的主體性，等於坐視自己的文化走向黃昏，就算再優秀，統統變成了日本人。莫那魯道兩度問花岡一郎死後要上祖靈之家？還是進日本神社？起事前也問他是達奇斯？還是花岡一郎？[125]

然而從屬者的聲音，是否真能透過觀點的對位並置，取得發聲位置？而更易於辨識？如劉芳礽等論者，疑問電影刻畫叢林戰影像中「過剩的暴力」，在圍繞Gaya開展的反抗敘事中，是否反強化傳統即野蠻的意涵？並進而指出在日本與賽德克、賽族群內部之間，戰爭場景的返復中：「本應是『文明』與『野蠻』相衝突所引發的戰役，因戰鬥者模糊的身分，同樣殘酷的殺戮行徑，文明與野蠻變得難以區隔、界線不明。」[126]戰事間往復穿插林間櫻花的盛綻與飄墜，無疑「浪漫化」猩紅的屠戮。

魏德聖原為返還歷史原點、以化解仇恨的影像和解式，卻在電影的美學化呈現中，獲致歧義的詮釋、乃至批評。「那頂多是你的詮釋（Hermeneutik），而不是解釋（Auslegung）。」[127]在映後一場由原住民學者舉辦的座談會上，賽德克族的記者娃丹（Watan）如此評論，他指出電影未充分回到原住民儀式生活「原始的意義」，僅只是導演一種詮釋，將造成爭議、或族群間猶難彌合的裂隙。無論對歷史的片面敘述、錯置或去脈絡化，影像聚焦於戰爭之刻畫，莫那・魯道的英雄化形象，或明顯違反Gaya如少年勇士對婦孺的出草情節，皆引起與會者置疑。

周蕾在關於當代電影轉投注原初性的論述中，引入媒介變革、即視覺帶來的衝擊，文學符號面對影像動搖其中心的民主化過程，從記錄菁英、演變為民眾的代言；在比較西方現代主義藝術家，對非西方原初化的挪用，如高更（Paul Gauguin）或馬蒂斯（Henri Matisse）等，「西方指涉系統通過對他者的原初化達成現代化以及高科技化。」[128]對周蕾而言，在東西

125 同前注，頁三五。其中莫那・魯道所說臺詞：「如果文明是要我們卑躬屈膝，那我就讓你們看見野蠻的驕傲。」成為電影摘引宣傳的主標語。

126 劉芳礽，〈返復／反覆——魏德聖《賽德克・巴萊》的歷史與再現政治〉，《中外文學》四五卷三期（二〇一六年九月），頁八九。

127 林家安、蔡蕙如，〈《賽德克・巴萊》所說／沒說的台灣原住民——原住民觀點〉，《共誌》三期（二〇一二年一月三十一日），頁一七。是場座談會係由《共誌》與文化研究學會合辦，與會者包括汪明輝、陳張培倫、蔡志偉（Aki Mona）、娃丹（Watan）、理新・哈魯蔚等。

128 周蕾（Rey Chow）著、孫紹誼譯，《原初的激情：視覺、性慾、民族誌與中國當代電影》（*Primitive passions: Visuality, Sexuality, Ethnography, and Contemporary Chinese Cinema*）（臺北：遠流，二〇〇一），頁四〇。

方原初主義的慾望凝視外，更重要的關注是：「形式創新與原初主義之間的辯證在『第三世界』內部究竟怎樣標明了文化生產的等級關係。」[129]

周蕾以「原初的激情」（primitive passions）描述電影形式涉入後，轉向原初與現代性的關係，指出此一對原初性的興趣，發生在指涉技術，如書寫文字劇變之際，「一種起源的幻想」依隨符號的民主化而生，然而更需留意則是，「原初性作為這一不可回復的普通／地方的物影，始終是事實以後的虛構」[130]。

《賽德克・巴萊》以其所揉雜的陌生化語言、文化儀式，過剩暴力，與有如櫻花林浪漫化的戰爭影像，或無意地流露媒介形式與導演對原初之激情間難解的辯證性。事實上，霧社事件自初始業已蠱惑殖民者影像技術的涉入，事發後大阪朝日新聞社旋即派員拍攝、並製成一黑白無聲、五分二十二秒〈霧社蕃害事件〉新聞電影[131]，揭露第一時霧社公學校現場、味方蕃動員、掩體間的伏擊，同時捕捉下花岡初子的身影。

之為歷史、文字到影像事件，誠如白睿文所論，霧社霧謎般的真相，顯示其吸引作者以視覺模式記錄、而未竟的慾望，可追溯自張深切一九五一年的《霧社櫻花遍地紅》、以至魏德聖嘗試自一九九〇年代以降的霧社書寫影像化《賽德克・巴萊》[132]的漫長歷程。同樣的慾望投注，也見於描述那場更初始太魯閣戰爭與理蕃總督之死的電影腳本《後山地圖》。

魏德聖《賽德克・巴萊》望向原初、卻始終是事件後的虛構，但它啟開的議論空間，引致賽德克族後裔郭明正著述，及泰雅族導演比令・亞布投入拍攝《霧社・川中島》（二〇一三）：一部試溯源於原住民內部觀點、呈現餘生記憶的當代影像紀錄。

六、裸命的敘事學

裸命（bare life），是義大利當代思想家吉奧喬・阿岡本（Giorgio Agamben, 1942-）在一九九五年著作《神聖之人：主權權力與赤裸生命》（*Homo Sacer: Il potere sovrano e la vita nuda*）中，藉以闡述生命政治的關鍵詞語。相較傅柯將生命政治視為一種嶄新的權力技術，自古典時期以死亡的威嚇、轉至現代的生命扶植，主權者從「判死」到「判生」的進程，更無孔不入、介入人們日常微觀的生之治理，阿岡本進而嘗試以勾勒人類共同體的原始結構思之。

赤裸生命，即其所謂的神聖之人（homo sacer／sacred man）。古羅馬法將此類群體界定為「可以被殺死，但不會被祭祀」[133]，對阿岡本而言，神聖之人歷史性的存在，正顯露出

---

129 同前注，頁四〇－四一。

130 同前注，頁四二。

131 關於日治時期日本以「新聞電影」報導戰爭現場的扼要介紹，可參考：林育薇，〈漫談「新聞電影」——兼談〈霧社蕃害事件〉〉，《臺灣學通訊》一〇四期（二〇一八年三月），頁二二－二三。

132 白睿文，《痛史》，頁二二四－二二五。

133 吉奧喬・阿甘本（Giorgio Agamben）著，吳冠軍譯，《神聖人：至高權力與赤裸生命》（*Homo Sacer: Il potere sovrano e la vita nuda*）（北京：中央編譯，二〇一六），頁一三。

人類社群的一種雙重排除，既被排除於世俗法律任人宰殺，又被摒棄於神法之外。阿岡本藉此指出共同體的結構，在於律法及其「例外狀態」的分隔，而過去由俗世與神聖所納入與排除，今日則換以法律和主權。正是裸命的被棄擲，穩固俗世與神聖的領域，也正是例外狀態，奠定了法和主權的基礎。在其後《例外狀態》（*Stato di eccezione*, 2003），阿岡本進一步分析二十世紀以降的現代極權主義，主權者如何透過懸置法律，如戰爭狀態、緊急命令、戒嚴令或內戰等，將例外狀態，轉作常態。

之於阿岡本，集中營（camps）作為一種例外狀態，因此是現代生命政治的典範，「集中營是一個當例外狀態開始變成常規時就會被打開的空間。」[134]其中被摒除的赤裸生命，透過此一排除而被納入。

霧社事件後的賽德克餘生者，歷經如阿岡本所描述的裸命，以排除的形式，被納入「川中島」恆常的懸置境遇。

鍾肇政憶述何以對川中島深感興趣時，曾提及，日本戰爭史上有所謂「川中島之戰」，「我是日本時代長大的，日本歷史上的川中島之戰是非常熟悉的，牢牢記得川中島這三個字，我忽然發現台灣也有川中島，好奇心就產生了。」[135]

日本殖民者將世居北港溪與眉原溪交會的泰雅族眉原群、與少數墾殖的漢人遣散後，一九三一年五月六日，令賽德克遺族移徙至此，並反諷地以帝國戰史賦以川中島之名。此前不到十三日，霧社餘生者甫才歷經羅多夫、西寶兩保護蕃收容所「第二次霧社事件」屠殺，死去兩百餘手無寸鐵之族人。

郭明正、邱建堂（Takun Walis）等後裔在一九九〇年代開始記述賽德克族史的過程中，皆曾提到霧社事件造成的歷史創傷，業成族中耆老避談的禁忌。而在霧社書寫中，更能觀察到霧社流放川中島、以至戰後更名為清流部落，受制不同主權者恆常的懸置，所致非人、遑論發言的境遇。

一九九八年邱若龍紀錄片《GAYA》，首將賽德克形塑文化生活的祖訓Gaya，提至重新理解事件的視域。舞鶴《餘生》追問霧社的當代性，以「當代霧社事件」或「霧社事件在當代」歷史觀思索之。二〇一一年魏德聖電影《賽德克・巴萊》，一則將事件帶進觀眾及臺灣公眾記憶，也啟開了隨後的議論熱潮和書寫，如郭明正以賽德克後裔觀點著述回應電影史實，《賽德克・巴萊》錄音師湯湘竹二〇一三年則首映記錄事件遺族的《餘生》。

其中，比令・亞布（Pilin Yapu, 1966-）於二〇一三年呈現原住民觀點的紀錄片《霧社・川中島》在霧社書寫和部落影像上頗具意義。比令・亞布為出生苗栗縣泰安鄉廝必浩部落泰雅族人，任職臺中博屋瑪國民小學校長（二〇一三—）。一九九〇年代歸返部落，即開始他教育之餘的紀錄片工作。

---

134 同前注，頁二二六。

135 鍾肇政，〈我小說中的原住民經驗〉，頁一九九。

對新一代賽德克族人而言，《賽德克・巴萊》業成他們認識自己族群歷史的起點，然而電影中強化的族群仇恨，尤令比令・亞布不安：「我更關心的是Toda的年輕人他們對於歷史知識的取得，據我所知，他們大部分對於霧社事件的認知是來自於電影《賽德克・巴萊》〔……〕因此促使我想要去拍一支影片，特別是從族人觀點的紀錄來呈現霧社事件。」[136]

影片藉邱建堂解說的畫外音引出了川中島、今日的清流，「在台灣的原住民部落來講，算是年輕的」[137]，一九三一年始存在的部落，反諷地源於滅族滅社後遭殖民者遷移而設立。《霧社・川中島》訪談遺族後裔，尤深入歷來霧社敘事中相對立的部族觀點。比令・亞布以瑪姮・巴丸對承繼祖母瑪紅・莫那的名字，由抗拒到接受理解的表白，呈現事件後裔面對歷史創傷愈複雜的心理。影片亦著墨《賽德克・巴萊》放映後導演魏德聖與族人的對話，及部落後續的效應；更透過Toda族人Pawan Tanah引領，返回尋索鐵木・瓦歷斯居所遺址、與埋身立碑的仁愛鄉平靜國小，補足有別於主流霧社敘事的Toda觀點。比令・亞布訪問各社學生對事件的認知，通過與邱若龍的訪談話語，指出歷史觀所導致詮釋的差異，「如果我們再拍另一部電影，從一九二〇年切進去，薩拉茂事件，莫那魯道也是幫日本人去打和平鄉的泰雅族，那如果這部片子莫那魯道就是像Temu Walis一樣，變成反派角色。」[138]

藉薩拉茂事件，《霧社・川中島》突顯了歷史敘事的弔詭處，誠如鄭勝奕所論：「藉由回顧『薩拉茂事件』，再去省思『霧社事件』和『二次霧社事件』，期盼賽德克族的三個氏族（Tgdaya、Toda、Truku），有一天可以真的弭平族群與族群之間的歷史恩怨與糾葛。」[139]

重要的，絕非追究歷史孰是孰非，而是在弭平經殖民者分化的仇恨而達和解後，如影片結語旁白：「這一個事件是否就由族人的觀點自主詮釋。」[140]

王德威在分析舞鶴霧社書寫的《餘生》時，曾指出源自「餘生紀念碑」的餘生一詞，所含「『多』餘或『殘』餘」之義，他闡述不論冗贅或不足，都「暗示歷史、社群，或個人主體的缺憾」[141]。舞鶴從文明的劫毀處，沿遺址殘骸回溯，展開他異質聲調的創傷故事，對王德威而言，是為「餘生的敘事學」[142]。在阿岡本所論「決斷例外狀態」的至高權力者前，歷史向我們顯示，餘後的生命，隨時可能遭致排除而成赤裸狀態，且必然延續。川中島社出生的新一代，成了戰爭時期獻身太陽旗的高砂義勇隊，投入南洋黑暗叢林；戰後達悟族的蘭嶼，成為核能犧牲體系中被「排除在內」的島嶼。後繼之作者，將持續在至高權力者的面前書寫，遂也是一種「裸命的敘事學」。

136 比令・亞布接受鄭勝奕訪問所述，轉引自鄭勝奕，〈歷史再現的詮釋權——以比令・亞布《霧社・川中島》為討論對象〉，《臺東大學人文學報》三卷二期（二〇一三年十二月），頁二八。
137 比令・亞布，《霧社・川中島》，二〇一三年，0”01-0:06”。
138 同前注，45”59-46”17。
139 鄭勝奕，〈歷史再現的詮釋權〉，頁四三。
140 比令・亞布，《霧社・川中島》，52”55-53”00。
141 舞鶴，《餘生》，頁八。
142 同前注，頁二六。

第三章

接觸地帶・一九四二・南洋

一九三〇年的霧社事件，致使殖民政府一改將原住民視之待同化的野蠻他者，而轉為皇民化召喚的帝國子民；連帶地，當大東亞戰爭擴及太平洋，日軍更於一九四二年開始徵募熟諳叢林生存環境的原住民，組成高砂義勇隊。身為曾經的「反抗者」後裔，為帝國獻身南洋戰場，其中不乏服膺皇民化意識形態，為從非人的境遇晉升「國的人類」，顯示的，依然是帝國文明化論述。

縱使戰地的閾限性（liminality），時而混淆了殖民從屬的關係。此外，高砂義勇隊員非但未能獲致「國的人類」的合法性地位，反而在戰爭中被排除、棄置於域外，不僅淪為赤裸的生命，終戰之際被否定國家身分，更在戰後新的戒嚴狀態下，面對身分政治的左右支絀乃至精神分裂、及歷史記憶的抑制消音。一九七〇年代中，被發現獨自滯留印尼摩羅泰島叢林的史尼育唔，是其中最戲劇性的見證，關聯著同一時期浮現的研究和書寫，如鍾肇政《戰火》、陳千武《獵女犯》。

這兩部一九八〇年代出版的小說，前者奠定在史料與當事人證言，後者則為自傳性作品，皆呈現出南洋島嶼複雜的接觸史。瑪麗・路易斯・普拉特（Mary Louise Pratt）以接觸的視角代替前沿的研究，嘗試在西方中心主義支配、中心與邊緣的知識架構下，回到接觸地帶（contact zone）上諸主體間交流、交混的關係性。由此觀之，鍾肇政與陳千武等書寫，帶給我們不僅是殖民主體投身南洋戰地的歷史經驗，更呈顯與現地原住民、乃至與環境相互鑲嵌的共存記憶；尤其指出發生在帝國軍人，與南洋原住民、底層女性間新的暴力，更屬過去文本的空白之域。

進一步的問題是，一九四二年起，幾年間遠赴太平洋島嶼的亡歿者，偌多於戰後被留置於前殖民宗主國的祭祀所裡。無法歸返的魂靈，即朱迪斯・巴特勒（Judith Butler）所謂的無法哀悼者，恆處歷史認識論的框架之外，等待召回。

一、國的人類

餘生瘖啞的記憶，未曾因終戰解禁，相反的，歷經殖民後期「皇民化」極端動員與召喚的心靈，至戰後「再中國化」的新國族論述下，又淪為遭壓抑、不可傾訴，而難哀悼的存在。

小說家黃春明（一九三五－）在憶述鄉土熱的一九七〇年代初啟，隨籌拍紀錄片《芬芳寶島》，足跡踏遍全島，曾記下一段屏東霧臺鄉好茶部落的邂逅。好茶（Kucapungane），為原住民魯凱族祖居地。一九七三年夏天，「我」在前往踏查孕育長跑選手的霧臺途中，無意結識了綽號「熊」的魯凱青年，並為他所居之「好茶」村名吸引，隨其跋涉崎嶇山路，來到入夜後便沒有電、也無光的夜暗山區。在熊一家人黑石頁岩搭蓋的傳統住屋裡，「我」赫見牆上懸掛著三張寫真，並深感疑惑於居中一幀日本兵模樣的肖像。經作者探詢，熊解釋，那是母親前一任丈夫，戰時死於菲律賓，曾獲日官方的表揚。

令「我」更訝異的則是緊鄰兩張人像，一人著共產黨八路軍服，是熊親生的父親，戰後，被徵召打國共內戰、卻遭俘去當「匪兵」；另一著國軍制服，是他的大哥，於突襲對岸的任務中遭「共匪」擊斃。餘一臉孔同為國軍退役，唯倖存的二哥，現為漁夫。相較遺族的輕描淡寫，幾幅緊鄰併懸的家族人像承載國家政權相衝突的歷史，帶給初次見證、尤身為暴力結構一環的漢人身分「我」，共犯般的負疚感：「我愣在受難的耶穌像和日本兵還有熊稱他『共匪』的人像前，我突然覺得我是在受審判。天哪！天哪！我為這個家庭，為這個少數民族，還為我的祖先來開拓臺灣，所構成的結構暴力等等雜亂的情緒，在心裡喃喃叫天。」[1]

黃春明顯然深受這趟經歷撼搖，這篇題名〈戰士，乾杯！〉的故事一九八八年先以散文發表，一九九四年改編有同名舞臺劇本、二〇〇五年又寫以新詩[2]。散文起始的引言提及，幾代人同為國家打仗已屬鮮見，然而，除青年的祖父輩以前，曾真正為自己族群抵禦外族，爾後「每一代——甚至於不到一代之間，又換了侵略者，當了別人的戰士。」[3]

其中，當了日本兵的魯凱戰士，直至一九七〇年代，在戰後新政權刻意隱抑湮沒臺灣的日本記憶下，帶給小說家第一時驚詫。要再隔一年，「李光輝事件」見諸媒體大眾後，這段原住民日本兵捲入太平洋戰爭的過往，才從歷史邊緣始浮現為人們知曉。

出生日治臺東都蘭庄的阿美族青年，族名史尼育唔（Suniuo, 1919-1979），日名中村輝夫。他於一九四三年入選高砂「陸軍特別志願兵」，接受訓練合格後，一九四四年五月自高雄港出發，輾轉赴抵南洋戰場的印尼摩羅泰島（Morotai）駐守，日軍失勢後轉退守叢林游擊戰地。一九四五年八月日本投降，中村輝夫因與部隊失聯，獨自躲藏求生於叢林中，長達三十一年。直至一九七四年底才為人尋獲，被發現時「赤身裸體有如野人般正揮動著蕃刀劈柴」[4]，隔年一月返回臺灣，戶籍注記、又被賦以另一「李光輝」漢文名姓。

李光輝的故事，縮影著太平洋戰爭期間，原住民臺籍日本兵的集體運命，以日本皇軍或軍屬、軍夫身分離開島嶼，復員的、業已是另個國家體制，更多的死則被遺忘於南洋的叢林。他背負在身上的三個名字：史尼育唔、中村輝夫、李光輝，有如黃春明在魯凱祖屋中目睹的家族肖像，帶著歷史記憶的精神分裂。他的故事，尤其牽引其後如日籍作家林えいだい（林榮代）關注，展開調查、並陸續彙編有《台湾第五回高砂義勇隊：名簿・軍事貯金・日本人証言》（一九九四）、《証言台湾高砂義勇隊》（一九九八）、《台湾植民地統治史：山地原住民と霧社事件・高砂義勇隊》（一九九五）等史料、寫真出版。林榮代指出，日本徵召原住民參戰的契機，應是「霧社事件」，而清流部落據統計，便有三十三位青年加入高砂義勇隊[5]。

---

1 黃春明，《等待一朵花的名字》（臺北：聯合文學，二〇〇九），頁一〇六。

2 關於〈戰士，乾杯！〉版本間的改寫和比較，可參考林克明、黃惠禎，〈（給）永恆的讀者與寫者——黃春明〈戰士，乾杯！〉三種文本的互文分析〉，《台灣文學學報》一七期（二〇一〇年十二月），頁九九－一三二。我並曾於二〇二二年十月萬座曉劇場觀賞由鍾伯淵導演、加入舞蹈與吟唱的《戰士，乾杯！》劇場作品。

3 黃春明，《等待一朵花的名字》，頁一〇一。

4 陳淑美，〈被淹沒的島嶼戰史——高砂義勇隊〉，《台灣光華雜誌》，一九九九年三月。網路連結：https://www.taiwan-panorama.com/Articles/Details?Guid=901882c4-fa7c-43b0-9337-d04091ef43d4&CatId=1，二〇二〇年四月四日最後瀏覽。

阿美族青年史尼育唔所屬的這群志願兵，以「高砂」為名；是一九四一年十二月日本偷襲美軍珍珠港引爆太平洋戰爭後，為因應南進擴張的戰事，所組成的「高砂義勇隊」。高砂一詞，源自日本古籍對臺灣的指稱。相對日本治臺以降，以「蕃人」的歧視詞語稱呼原住民族，後期十年、官方公文改以「高砂族」（亦即臺灣族）稱之，含有理蕃文明化的意旨，更重要的、更帶有軍事動員的目的性。根據傅琪貽，由昭和天皇所「御賜」的高砂族稱，其實統合了一九三〇年代中期，經臺北帝國大學土俗人類學系人類學所調查歸納的九族，舊昔野蠻的「蕃族」，成為「邁向文明的『高砂族』」[6]，提升至法理層次的「人」的範疇，被治理、收編，進而徵募：「因為只有『設戶籍』的『人』，才能產生從軍義務。」[7]矛盾的是，高砂族所居地，依舊被視作「野蠻地」，因其野蠻、而「無主」的地位，方可為殖民政府所據。

一九四二年起、一九四三年間，鑑於霧社歷史所示原住民優越的叢林作戰力，殖民政府前後共徵募八回「高砂義勇隊」，加上特別志願兵制度，總人口數近二十萬的高砂族人中，推估有逾八千以上青年「志願」投入南太平洋戰事，行跡遍佈自菲律賓群島、摩羅泰島、新幾內亞、索羅門群島等[8]。

事實上，關於高砂義勇隊實際徵募的時間、人數、地點、死者，可知可考證極為有限。原因在於如黃智慧研究指出，其一，他們多數初始擔任運輸、補給等軍屬任務，非正規軍，直到戰況趨劇，才被編入游擊隊，投入前線作戰；其次當時組織游擊隊的，多為出身情報機密訓練的「中野學校」軍官；而日本為規避戰後「戰犯審判」責任，亦多銷毀南洋戰事的軍事資料。加以倖存復員臺灣的原住民於戰後戶籍被改為中文姓名，在戒嚴狀態下，旋即面對失語噤聲的處境[9]。

黃智慧藉由日籍軍官與原住民倖存者證言，嘗試釋疑高砂義勇隊戰時、以迄戰後所懷有令人費解的「大和魂」，即日本精神。對於殖民者，高砂義勇隊無疑成為皇民化宣傳的最好模範，對原住民而言，卻隱含長時身處殖民壓迫下、汙名化認同的複雜心理，期許透過戰爭，從非人地位、一躍而屬「國的人類」，如其中一位原住民證詞：「比日本人還要日本人的日本人。」[10]黃智慧尤其指出，戰場作為一脫離日常世俗場域、臨界而「**中介（liminality）**」的地帶，原住民憑藉著叢林生存能力，「位階關係在戰場的極限狀況之下，產生了變化，本來是嚴格的上下位階關係，在戰場卻產生了地位逆轉的情況。」[11]「高砂族的

5　同前注。
6　傅琪貽，〈高砂義勇隊——祖靈還是英靈？（上）〉，《遠望》三四九期（二〇一七年十月），頁二八。
7　同前注，頁二八。
8　黃智慧，〈解讀高砂義勇隊的「大和魂」——兼論台灣後殖民情境的複雜性〉，《台灣原住民族研究學報》一卷四期（二〇一一年冬季號），頁一四三。
9　同前注，頁一四四。
10　同前注，頁一五七。
11　同前注，頁一六二。粗體為筆者所加，本章以下同。

自我意識認同從**被日本人制式化的他者、從屬者、被支配者的地位**，提升到支配者所鼓吹的**大和魂的具體實踐者**——也就是日本國民的地位。」[12]

形似鬆動的權力位階，對於懷帶霧社事件創傷、乃至「恥辱」的遺族[13]，冀望通過參戰揮別野蠻境遇、晉升為帝國的子民，正如荊子馨《成為「日本人」》所提醒，其中並未有任何基進意涵，而仍舊牢固不變地囿限在「『文明』與『野蠻』這種無可化約的關係與二元對立的圈圈當中。」[14]荊子馨對霧社中的叛變者，十年內，反成為志願兵的困惑，亦是諸多研究者的困惑；霧社事件的震撼，確然形構了日本日後的殖民政策，原住民從亟待同化的野蠻他者，一改而成日本國體內部的子民，「整個召喚（interpellation）的過程，或是後來所知的『皇民化』，顯示出日本殖民統治的強韌以及原住民想要讓自身成為創造歷史的積極行為者的欲望。」[15]

伊能嘉矩在殖民初期，曾以文化演化的階序，區分臺灣的原住民、漢人、日本人，係自然狀態「人的人類」，至另一端存有國家公共意識的「國的人類」[16]。原住民在皇民化召喚下，投入南洋戰事，以換取文明與國家的身分，僅只是再證成殖民主義所帶來終難擺脫的野蠻、文明演化論述。

南洋的戰地，以其空間的臨界、與閾限性，不僅混淆、置疑了殖民與從屬的位階關係（雖其中基進之意猶待思索），更帶出累加於現地的另一層殖民暴力。同屬「戰火的一代」的鍾肇政（一九二五—二〇二〇）與陳千武（一九二二—二〇一二），分別於「高山組曲」《戰火》（一九八五）以川中島族人投身高砂義勇隊，寫出「後霧社」餘生者複雜的認同處境，陳千武援用自身臺灣特別志願兵的生命史，寫下自傳性小說《獵女犯》（一九八四），進一步帶出殖民者與南洋現地原住民、女性間非人性的追獵。相對漢族群既存的祖國想像；國家、英靈、戰死等伴隨殖民主義戰爭，帶給原住民族的嶄新觀念與困惑[17]，並未隨終戰終止，在壓抑後復返的一九七〇、八〇年代，才開始牽引漫長反思的道路。

二、皇國青年

一九三八年九月二十九日，《臺灣日日新報》版次七的邊角，刊有一則標題「蕃婦溪流に落ち／行方不明となる」[18]的新聞短訊，報導蘇澳郡利有亨社一蕃婦於豪雨過後、二十七

12 同前注，頁一六三。

13 譬如第二回高砂義勇隊員、出身川中島的Walis Piho（日文名：米川信夫）如此表示：「經由志願從軍，我的心中想要洗刷國賊的污名，挽回名譽。如果我們成為忠實的國民，那麼就能夠和日本人平等了。」轉引自黃智慧，同前注，頁一五〇。

14 荊子馨，《成為「日本人」》，頁一八九。

15 同前注，頁二〇七。

16 陳偉智，《伊能嘉矩》，頁一五六－五九。

17 可參考傅琪貽〈高砂義勇隊〉一文，《遠望》三四九期（二〇一七年十月）、三五一期（二〇一七年十二月）、三五二期（二〇一八年一月）。

18 〈蕃婦溪流に落ち／行方不明となる〉，《臺灣日日新報》，一九三八年九月二十九日，第七版。

日清晨，為駐在所警手搬運行李途中，經南溪上架設的臨時木橋，失足落水、行蹤不明，南澳分室率員搜尋未果，僅尋獲其所擔負兩只行李箱。

這名利有亨社的泰雅少女名為莎韻・哈勇（Sayun Hayon，又音譯有莎勇等），即莎韻之鐘（サヨンの鐘）故事的原型人物。這則原屬單純的意外事故，因牽涉的當事人，一原住民少女，一為踏上征途的日籍教師，在日本侵華與皇民化如火如荼的背景下，引起官方關注，進而衍伸為戰時宣傳的重要材料。周婉窈在爬梳殖民文本的〈「莎勇之鐘」的故事及其周邊波瀾〉文中，歸納這起新聞所以獲致殖民者著墨，包括少女為出征男子捨身顯示的「純情」，莎韻所代表高砂族受教化而內涵的「大和撫子」品行，她之堅執為老師運送行囊而犧牲，既間接回應了國家召喚、又塗抹上一層悲壯色彩[19]。經臺灣總督長谷川清的宣揚，並與利有亨社一只銘刻「莎韻之鐘」銅鐘後更廣為流傳（一九四一年四月）。爾後，陸續有畫家鹽月桃甫於東京第二回聖戰美術展展出《莎韻之鐘》（一九四一年七月）、歌手渡邊浜子發表流行歌曲〈莎韻之鐘〉（一九四一年十月），哥倫比亞唱片歌星佐塚佐和子受邀於總督府獻唱〈乙女莎韻〉、〈少女莎韻〉（一九四一年八月），以至搬上電影銀幕，松竹映畫與滿洲映畫製作《莎韻之鐘》，由滿映明星李香蘭主演（一九四三）等。其中，佐塚佐和子母親即泰雅族、父親則為喪身霧社事件的警部佐塚愛祐，她的演唱，遂別具殖民教化的用意，「代表高砂族已從浴血抗日邁入義無反顧為軍國犧牲的階段。」[20]

經由長谷川清總督宣揚，殖民者挪用為繪畫、流行歌曲、映畫，以至編選入教科書，而廣為人知曉之事蹟，使「蕃婦跌落溪流」轉化為一則以原住民少女為主角的愛國故事，附和著皇民化精神。荊子馨借此文本，論及一九四〇年代戰爭時期莎韻神話中的原住民再現，「如何從『自然野蠻人』轉變成『國家子民』」[21]，以便於戰爭動員；相對殖民前期著重跨種族同化的政策和敘事，「沙韻在後霧社時期的殖民論述中必須保持『原始』與『純真』，在此，**從屬與奉獻的意識形態取代了越界與同化的工具性**。」[22]

演唱莎韻歌曲的佐塚佐和子，業成鍾肇政《戰火》牽引出戰爭動員時期獻身帝國子民的霧社遺族一角。延續《川中島》以畢荷・瓦利斯（即高峯浩）與倖存族人為敘事主軸，《戰火》將時空推移逾十年後的昭和十九年、西元一九四四年，臺灣業已席捲於戰時體制，「這戰火，也燃燒到川中島。」[23]小說前半部藉「川中島青年學校」開校典禮，揭開後霧社階段，新一代族人深受皇民化思想、以至軍事動員的序幕。畢荷在事件當年為巡查小島源治所救，其後憑藉多年苦讀自修，考取「限地醫」資格，擔任中原社公醫，今又被聘為川中島蕃

19 周婉窈，〈「莎勇之鐘」的故事及其周邊波瀾〉，《海行兮的年代：日本殖民統治末期臺灣史論集》（臺北：允晨文化，二〇〇三），頁一六一—一七。
20 同前注，頁二二一。
21 荊子馨，《成為「日本人」》，頁二〇九。
22 同前注，頁二二三。
23 鍾肇政，《戰火》（臺北：蘭亭書店，一九八五），頁二一。

地青年學校校醫。典禮上，他聆聽到族中青年山下太郎「高砂族青年的覺悟」精神演講，為其純正的日文音腔、講話的激越所感所惑，尤反覆縈迴於心，是青年加入義勇隊出征前一番表白：「高砂族是勇敢的，我不會辱沒高砂族的名譽，更不會辱沒皇國青年的榮耀。在戰場上死，這就是我的最大決心，也是最大期望。」[24]

山下太郎，即霧社事件時猶是孩子的阿外・他利、三兄弟的大哥，在《川中島》帶著弟弟們移徙後，偷偷出獵、並曾表明「阿外，是塞達卡！」[25]、憤恨低語：「我長大，也要殺突奴。」[26]然而，畢荷目睹帶著殖民官吏所賦予日文名的山下太郎，在十年後，竟成為官方撫育的「蓄音機」（留聲機）；阿外曾也竭力循畢荷的路，「川中島蕃童教育所」第一屆畢業後，以為在「一視同仁」政策下能獲升學機會，卻終究如花岡兄弟、畢荷等遭差別性的對待，輾轉自學、並經常就教於畢荷先生，後進入臺灣總督府農業試驗場任「給仕」一職，專檢合格後被聘為正式職員。

一九四一年四月一日，皇民奉公會成立，阿外銜命參加「皇民化之路」辯論大會，他唯一高砂族的身分獲得輿論矚目，「還說這位剛滿二十歲的青年是霧社事件蠭起蕃族之後。（……）事件發生是在昭和五年，到如今不過經過了十年半而已。在這十年半之間，**那些獵頭族究竟變成什麼樣的人了呢？**」[27]十年之間，阿外成為宣揚皇民化運動的高砂族代表，「他成了一架『蓄音機』，到處去播放。」[28]二弟山下次郎（沙波）以激進的手段割手指血書，志願加入第一批「高砂挺身隊」，三郎復被徵召，阿外最終也被徵集入第八梯次。

鍾肇政敷陳阿外・他利的求學、成長，以呈現歷經皇民化動員的高砂族青年的生命縮圖，同時藉畢荷觀點，迂迴地置疑獻身高砂挺身隊之舉；當畢荷再聽到阿外卸下虛偽的「官定表情」，複誦起莫那・魯道起義時戲劇性的一席話，以表露實際心思時，既訝然又為之動容：「畢荷看出來了，那是泰耶魯的，也是塞達卡的嚴肅與正經，而且含著一股沉沉的悲愴。」[29]

……原來，**阿外還是塞達卡，他沒有變成「突奴」（「內地人」）**。從父祖之地被強迫移徙到川中島的路上，當時的押隊人森田總督府理蕃課長叫了他的名字，他竟敢不理睬；馬紅被害死的那天晚上，他小小年紀，竟口出狂言，說長大了，也要殺「突奴」，那一份仇恨還好好地保存在他心中的。十三年了呢，一個十歲的小孩，經過了十三年有形無形的「皇民教育」，竟然沒有改變他分毫！[30]

24 同前注，頁三三一。
25 鍾肇政，《川中島》，頁一九六。
26 同前注，頁二二六。「突奴」即首級、被用以代稱日本人。
27 鍾肇政，《戰火》，頁六六。
28 同前注，頁六八。
29 同前注，頁五一。
30 同前注，頁五二。

有論者以Gaya、或準確地說，《戰火》中所謂「塞達卡精神」，對比受皇民化的「日本精神」[31]。畢荷在《川中島》面對照護拉拔自己、卻是策動二次霧社事件屠殺影武者的日巡查小島源治充滿矛盾的認同情感，由《戰火》扮演官方「蓄音機」、但求活著的阿外承繼。

《戰火》後半部，鍾肇政將焦點移往同史尼育唔（李光輝）留滯的南洋戰地摩羅泰島（Morotai），由阿外觀點，對照另一人物、游擊隊中另名高砂族的林兵長。林兵長屬阿里山下托富耶部落布農族，原名歐蘭・卡曼；相對阿外在內大部分高砂族，以軍屬身分抵達戰地，才編入正式部隊、任二等兵，兵長是族人中階級最高的。對阿外而言，林兵長表現出「最典型」的志願兵、義勇隊，「他是忠誠、勇敢又有機智，是優秀皇軍一員。」[32]

他們從同屬摩鹿加群島的哈爾馬黑拉（Halmahera），轉移駐防北邊的小島摩羅泰後，因不屬「絕對國防圈」的戰略要地內，而處於孤立部署、甚而受困的狀態。補給船在敵機空襲封鎖中無法駛抵，戰情的實況，則在皇軍「戰果輝煌」的宣傳中被堅信。直到美軍龐大的船團軍團登陸，摩羅泰島頓時淪為主戰場，美方擇戈他拉拉莫海岸，建造機場，以此將菲律賓等島嶼納入制空圈。阿外的游擊隊發動幾次零星突襲皆難抵禦，終不斷轉進、撤離。

如同若干高砂軍的歷史證言，原住民在叢林戰地的生存能力，顯現種族、階級、權力的反轉。鍾肇政刻畫林兵長指引奧地偵察中，迷失方向的小隊，對憑藉地圖、羅盤辨路的和田曹長說：「山是我們高砂族的天下哩。」[33]他以植物生態辨別自然方位，貢獻對野地糧食來源的觀察。此外，小說也象徵性地，以劈蔓開路的「蕃刀」，質疑了徒具外形的「日本刀」。

在戰爭的極限狀態下顯露的「平等」，尤其體現在阿外眼中林兵長的舉止之間：「林兵長說，在軍隊裏，大家完全平等，還認為這一點，是與山裏最不同的地方。〔……〕不論是內地人、台灣人、高砂族，在軍隊裏是完全一樣的，大家都同樣地被吸收在軍隊這個組織裏頭。」[34]平等，意味的並非所有人的一致，或所謂混雜（hybridity）、擬仿（mimicry）的模稜兩可，而是所有人都從屬於軍隊組織的分層結構秩序，「這種上下之分，與從前的主奴之分是截然不同的。」[35]

然而，反諷的是，如是形式上的「平等」，成為族人被動員投入皇軍戰爭的潛在心理動機。阿外區分了幾種類型的高砂士兵，一是「真心想做一名皇軍」[36]的皇民化型，獻身戰地、與日人同仇敵愾；二是被迫志願的「仇恨型」；其三則屬林兵長一類，「保有著高砂族的矜持與優越感」[37]，其中對占絕大多數的皇民化類型，阿外指出戰爭與原住民尚武精神的

---

31 參考諸如錢鴻鈞，〈「高山組曲」第二部《戰火》——日本精神與塞達卡精神〉，《台灣文藝》一七九期（二〇〇一年十二月），頁四四－七七。鄭靜穗，〈gaya精神的展現與彰顯——論鍾肇政霧社事件系列書寫之詮釋觀點〉，《臺北教育大學語文集刊》一五期（二〇〇九年一月），頁一三三－六五。

32 鍾肇政，《戰火》，頁一六二一。

33 同前注，頁一四五。

34 同前注，頁一五三－五四。

35 同前注，頁一五五。

36 同前注，頁一六一。

另種見解：

自從故鄉沒有了戰爭和馘首以後，那種代代相傳的尚武精神，說不定還存留在許多人的血液裏。在長久的壓抑之後，他們來到戰場，硝煙味、血腥味撼醒了潛存的本能，於是血液沸騰起來了。還有，在艱苦與恐怖裏，**他們感受到被人家當人看待的滿足感、平等感**，於是戰場對他們來說，成了青春的唯一寄托，使他們那樣地讓青春的熱血燃燒。[38]

誠如黃智慧〈解讀高砂義勇隊的「大和魂」〉研究中援引維克多・特納（Victor Turner）的閾限（liminality）狀態，以詮釋戰爭閾限處境裡位階關係的逆轉；族人的自我意識，藉由戰爭，由從屬日本人的他者，彷彿得以提升至實踐大和魂的日本國民地位[39]。遑論「國家」對原住民而言，仍是嶄新而陌生的概念。黃智慧所謂大和魂的「虛像」，遂將在終戰一刻即面臨動搖瓦解。

《戰火》隨摩羅泰島戰事終結，族人踏上了遣返復員的路途，在美軍收容所等候重新編組時，林兵長對遭致與日人區隔，產生憤怒的反抗：「我們也是日本人！全部都是！為什麼這樣分？」[40]阿外如是理解這最典型的高砂族皇軍、「林兵長人整個地變了」：

他不祇是為了自己，也是為了全部的高砂族而努力奮鬥過來的。他力爭做一個日本人、皇軍的榮耀，乃是為了提高同胞的地位。這麼說來，**林兵長豈不是最純潔的高砂族嗎？**[41]

鍾肇政以《川中島》到《戰火》，描繪川中島社反抗遺族，成為皇國青年的生命歷程，從屬者提升成為人的欲求，被動員至「皇軍」、「帝國臣民」等空洞能指中；「做一個日本人」和「最純潔的高砂族」，在呈現表面上文明與野蠻的對峙與悖離同時，鍾肇政似有意無意地揭露出，位處殖民主義下，任一虛像的可代換性即便是高砂，且更牢固地，服膺於從屬與奉獻的意識形態。

三、俘虜島

一九四二年，日本殖民政府正式實施志願兵制度，七月，時年二十的南投青年陳武雄，被徵召進入「臺灣特別志願兵訓練所」受軍事訓，隔年四月，編入「臺南第四部隊」。

37 同前注，頁一六二。
38 同前注，頁一六二。
39 黃智慧，〈解讀高砂義勇隊的「大和魂」〉，頁一六三。
40 鍾肇政，《戰火》，頁二七七。
41 同前注，頁二七九。

一九四三年九月底，陳以一等兵兵階，從高雄港出發南洋戰場。在歷經帝力（Dili）、老天（Lautém）海戰後，十二月十七日登陸帝汶島老天港，加入濠北地區防衛作戰，一直到終戰前夕。

這段簡歷，出自一份〈我的兵歷表〉[42]所記載，編著者即戰後改以桓夫、陳千武為筆名寫作的詩人、小說家。陳千武出生於日治臺中州南投郡，如鍾肇政等同屬「戰後第一代」作家，或所謂「跨越語言的一代」，臺中一中時期雖已初涉文學、發表現代詩，並結識臺灣文藝聯盟前輩黃得時、張文環諸人，但因入志願兵而提早結束了「文學少年時」[43]；待一九六〇年代改以中文創作，參與笠詩社創立、繼之主編詩刊，始以《密林詩抄》（一九六三）等詩集接續其寫作生涯。

一九六七年他寫下小說〈輸送船〉刊於《台灣文藝》一七期，爾後，至一九八〇年代之間，陸續發表了以「台灣特別志願兵的回憶」為系列的十五篇小說，重啟臺籍日本兵的南洋戰爭記憶；一九八四年並結集為《獵女犯》一書，一九九九年復改題《活著回來：日治時期台灣特別志願兵的回憶》重新出版[44]。

《獵女犯》帶有極濃厚的自傳性小說特質，但除一篇採用第一人稱（〈輸送船〉）敘事，陳千武將自身經歷，代入臺籍一等兵林逸平的征途，諸篇歷時地[45]涵蓋自高雄港集結出發（如〈旗語〉）、輸送船上所遭遇海戰（〈輸送船〉、〈死的預測〉）、帝汶島的防衛作戰（如〈戰地新兵〉等）。及至日本一九四五年八月宣布戰敗之後（〈洩憤〉、〈夜街的誘惑〉），滯留爪哇、並捲入荷蘭與印度尼西亞獨立軍衝突（〈默契〉），終於一九四六年被遣返回到基隆碼頭（〈女軍囑〉）。

林逸平前赴駐防帝汶的一九四三年，小島實則已如同《戰火》的摩羅泰，成為澳洲海空聯軍牽掣、封鎖的「俘虜島」，「帝汶島的防衛作戰，成為斷了線的風箏。難怪，有人說這裡是『天然俘虜島』，一點都不錯。」[46]陳千武嘗試還原受空襲死亡威脅下，從新加坡到爪哇，乘火車橫越至泗水、轉搭輸送船，經古邦、帝利，歷劫登葡屬殖民地老天港的航程。這座位處赤道以南、南回歸線上「原始未開的島嶼」[47]，除大片密林，帶給林逸平初登陸的印象，是椰子林、獨木舟「原始的風情畫」[48]、更是島上黑褐膚色的土人，身上散發「一種異種的動物體臭」[49]。從一座殖民地熱帶島嶼，來到另一座殖民地熱帶島嶼，陳千武筆下的帝

42 陳千武，《活著回來》（臺中：晨星，一九九九），頁三八七－八九。

43 在小說集《活著回來》中，陳千武以一篇〈文學少年時〉代序，回憶一九三五年考入臺中一中，以至被徵召入伍這期間，初涉文學、寫作現代詩的經歷。結尾如此寫道：「一九四二年七月，我被徵入陸軍特別志願兵訓練所接受軍訓，到了翌年四月，正式到台南第四部隊入營不再寫詩，不看文學作品，結束了我的『文學少年時』」（《活著回來》，頁一〇）。

44 陳千武，《獵女犯：台灣特別志願兵的回憶》（臺中：熱點文化，一九八四）。以下引文則以新版《活著回來》為主。

45 《獵女犯》出版時，將原發表次序重以內容時序編排。

46 陳千武，〈戰地新兵〉，《活著回來》，頁七三。

47 同前注，頁七一。

48 陳千武，〈輸送船〉，《活著回來》，頁四四。

49 陳千武，〈戰地新兵〉，《活著回來》，頁七四。

汶，不無複寫、突顯了帝國殖民者曾挾其文明加諸臺灣的原始主義想像：

帝汶是個原始的島嶼；島上的住民過活，還停留在原始遊牧的階段，距離文明的社會，隔著一段很長的人類進化的歷史。他們跟自然的永恆，共享了生與死、自由與純樸，和文明社會的生活不同。〔……〕日本軍駐在此地，有他們未曾見過的裝備。那些鎗砲子彈的威力，由他們看來該是屬於神話裡的天兵，認為那是在霧裡進進出出的神兵。[50]

誠如論者如松永正義[51]、陳明台所指出，陳千武不僅只聚焦在戰後受壓抑與「稀薄化」的日本戰爭記憶，更特殊意義在於，他花費諸多篇幅，以殖民地臺籍志願兵視角，描寫所到島嶼的「現地」住民們、關注因戰爭所致接觸帶「世界性的種族、族群問題」[52]。身為殖民地出身、受徵召入日本皇軍的一員，陳千武自始卻有別於「八紘一宇」、「皇民奉公」等官方同一性之訴求，而意圖帶出林逸平臺灣人的身分，及部隊裡國族認同上「混成的編制」[53]，「我」提及同行輸送船新兵中：「岩田是鹿耳島出身的，正統的日本人。金城是那霸出身的，異於日本人的日本人。**我，台灣出身，是日本殖民地的現地土民。**」[54]同船的艙底，更包括來自北朝鮮、印度尼西亞、菲律賓的女人們。

俘虜島，不僅是戰略上受俘的地理意象，是被阻斷了補給後，日復一日進行無謂的防衛工事、在海岸構築陣地的志願兵境遇，此外，更指涉被憲兵沿途強迫俘虜來的南洋女性慰安婦。

訂成書名的〈獵女犯〉[55]，即以押解強制徵集的婦女至日軍慰安所，刻畫出殖民者與現地住民、尤其加諸女性的暴力。林兵長在巡哨的靜夜，聽到茅屋傳來女子的嗚咽，微微細細，竟參雜有閩南語哭訴「阿母」的語音。茅屋囚禁從拉卡部落徵召來的二十多個女人，「說是徵召，等於就是強迫搶人。為了安撫部隊的士兵，為了惡狼似的士兵們發洩淫慾，部隊卻公然出動去獵女人」[56]，前往巴奇亞城，新設軍中樂園的山徑上，交由原為作戰的兵士看管。現地的女人成了洩慾的「商品」，敢死隊員則被指派「獵人」的任務。

林兵長因偶然聽聞閩南語音，勾連的鄉愁，令他牽掛起拉卡女人中可能藏存的華裔女

49 陳千武，〈戰地新兵〉，《活著回來》，頁七四。

50 陳千武，〈霧〉，《活著回來》，頁九七。

51 松永正義著，陳明台譯，〈戰爭的記憶——閱讀陳千武〉，《新地文學》八期（二〇〇九年六月），頁二五六－七〇。

52 陳明台、李敏勇、鄭烱明，〈倖存者的死與再生——陳千武文學討論會〉，《新地文學》八期（二〇〇九年六月），頁二四三。

53 陳千武曾在答覆日本人詢問，是否有作為臺灣人當日本兵感受時表示，「沖繩兵也在、九州的軍人也在，這是一個混成的編制。」轉引自陳明台、李敏勇、鄭烱明，〈倖存者的死與再生〉，頁二四四。

54 陳千武，〈戰地新兵〉，《活著回來》，頁三二－三三。

55 此作原發表於一九七六年七月、十月《台灣文藝》五二與五三期，後獲一九七七年第八屆「吳濁流文學獎」小說獎。

56 陳千武，〈獵女犯〉，《活著回來》，頁一一七。

子，進而從語音、和如廁時的蹲踞之姿，識出了賴莎琳。賴莎琳實則是中國和印度尼西亞人、荷蘭混血，家人在拉卡經商，卻被日本兵劫獵而來。同源的語言，對身處殖民者語境下的林兵長，彷如喚起民族認同的隱密情感，牽引他對女子關心；然而對現地女性賴莎琳，林兵長只是另個「日本鬼」：「如果，如果你真的是福老人，那為什麼要當他們的兵？」[57]

——像妳被擄來的一樣，我也被強迫送到這裡來當兵的，誰真正願意當兵呢？[58]

作為「未曾志願而被徵來稱為特別志願兵的台灣兵」[59]林兵長，既同處被劫掠的處境，卻又在執行殖民者所指派任務時，反成脅迫現地住民的「獵人」，他無以回應賴莎琳釋放的請求，又無法認同准尉等日本官兵，將女人視作「商品」。

愈為弔詭則在於，當部隊逮捕一名為營救妻子、一路尾隨甚而以竹鏢行刺的拉卡土人男子，將之綑縛拘禁樹下若干時日後，准尉欲尋到他妻子、勸他歸返部落。當賴莎琳帶著拉卡女子前來，陳千武描寫女人們在慰安所受訓練照料後顯著的改變，「她已不像前天他們從拉卡獵來的女孩子，穿著印尼女人紫黑色的薄衫和長長的紗龍。她所穿的是慰安所分配給她的白色緊身女襯衫」[60]，現代式白襯衫、以熱水每日盥洗肌膚、睡於木床、吃米飯；對林兵長而言，原始島上的野戰生活，「對於從沒有經歷過文明生活的賴莎琳來說，日前她所接觸的軍隊裡的生活、住、衣、食的不同，雖不像自由的文明社會那麼舒服，但已經夠使她感到奇異又羨慕了，遠較她們現地的原始生活舒服得多。」[61]拉卡女子亦以此勸離了她的丈夫。

休假日，隊長下令所有士兵前去慰安所，包括林兵長。林不願「買女人」、但懷藏著親近同講福佬話的賴莎琳的複雜心思前來，遭致對方質問：「你不是也來狩獵？」[62]

狩獵！是多麼一句美妙的語言，**其實，獵者和被獵者之間，有甚麼分別？**真正的獵者是誰？[63]

宋澤萊曾以「國際色彩」指陳陳千武筆下混融著臺灣兵、琉球人、慰安婦等特徵，指出戰爭文學對美蘇以外第三世界等區域關注的重要性，「戰地生存回來的人不多。陳千武是一個特殊的例子。」[64]羊子喬則以「弱小民族」與「被壓迫者」角度，論臺籍志願兵與現地人

57 同前注，頁一二四。
58 同前注，頁一二五。
59 同前注，頁一一六。
60 同前注，頁一四五。
61 同前注，頁一四六。
62 同前注，頁一五三。
63 同前注。
64 宋澤萊，〈宋澤萊談陳千武的小說〉，收入陳千武，《活著回來》，頁三四五。

情感與反抗意識的連帶[65]。不可諱言，以〈獵女犯〉為代表的諸篇，特別寫出主角與現地人民的往來，印度尼西亞女人和兵補們、帝汶島的土民、部落酋長，松永正義將之理解為臺灣兵「邊緣化」的立場：「這邊緣化促進了他和現地人們的交往、也因此促使他立居於現地人們和軍隊之間，成為媒介者而存在吧！」[66]

然而，正源於「媒介者」般的存在，使陳兵長浮現「獵者和被獵者之間，有甚麼分別」之疑問，殖民地上，那些因戰爭而被迫離鄉的離散者，終究不可避免陷於南洋戰地上、帝國殖民暴力協力者的尷尬曖昧處境。尤有甚者，被殖民者在皇民化動員、召喚下，顯現的身分認同困境，或將迫使其投身戰爭、以達晉升「日本人」的幻想。吳亦昕〈從「南洋」照見自己——論陳千武「台灣特別志願兵的回憶系列小說」〉以帝國重層階級結構的角度，分析殖民地臺灣人顯現的「次日本人」焦慮，志願兵制度在戰爭宣傳裡，遂為體現日臺同一的道路與皇恩：

> 我們可以得知台灣特別志願兵制度投射了帝國領土擴張的野心，以及殖民地台灣人民意圖藉由帝國「南進」來提升帝國內自我處境的曲折心理。也就是說，台灣作為大東亞戰爭中帝國「南進基地」的構圖，提供被殖民的台灣人一個有機會成為**新領土的殖民者、開墾者**的「夢想」。[67]

之於鍾肇政《戰火》，摹寫高砂義勇隊林兵長，矻矻於做優秀皇軍以達階級的平等，《獵女犯》的林兵長雖顯現跨種族的連帶，唯「台灣特別志願兵與南洋原住民間的連帶感，但基本上還是有距離的。」[68]

隨戰情遲滯受封鎖，林所屬第三重機槍隊轉移至巴奇亞臺地上坡密林，藉歷力卡河流域肥沃的土壤，開墾耕地、因應持久戰。在這曾為葡萄亞殖民的白堊城底下從屬著大小蕃王。陳千武〈迷惘的季節〉寫到林逸平升上兵長後，銜命擔任就地採糧政策對蕃國的農產調查，林已能以習得的帝墩語和土人交往，在接受小蕃王國接待中，林兵長思忖道：「他根本就沒想到自己會在這樣原始的殖民地，扮演統治者的角色來。」[69]〈獵女犯〉既曾以日本化等於文明化的眼光，照見南洋原住民的原始生活，但另一方面，陳千武也透過林兵長，提出對殖民主義野蠻性的批判：

---

65 羊子喬，〈歷史悲劇的見證者——「獵女犯」的太平洋戰爭經驗〉，收入陳千武，《活著回來》，頁三五七－六三。

66 松永正義，〈戰爭的記憶〉，頁二六一－六二。

67 吳亦昕，〈從「南洋」照見自己——論陳千武「台灣特別志願兵的回憶」系列小說〉，《新地文學》八期（二〇〇九年六月），頁二八五。

68 同前注，頁二八七。

69 陳千武，〈迷惘的季節〉，《活著回來》，頁一八六－八七。

土人們是純潔、樸實、坦白、乾脆，做事不拖泥帶水的，說他們是「蕃」，他們都不蕃。**真正「蕃」的是日本軍政的法令**，搶佔人家的土地、房屋、財產，並剝奪人民的權利，是極惡霸道的集團。林兵長是集團裡的嘍囉之一，只有甚深的無力感，做非自己意志的工作。[70]

南洋的閾限性，帶給陳千武的，並非僅是臺籍日本兵與殖民者之間的混淆曖昧，反而更在對現地原住民的投注與再現中，顯現出跨種族的連帶、與反殖民意涵，如臺灣與印度尼西亞所背負的共同歷史；然而，又極其有限。而臺灣人身處其中，在「獵者和被獵者之間」，《獵女犯》引起持續思索的，是文化接觸的複雜議題、是既受縛從屬、又施以殖民暴力的雙重弔詭。

四、接觸地帶

接觸地帶（contact zone），是瑪麗・路易斯・普拉特在以十八世紀以降歐洲旅行與探險書寫興起、論帝國殖民主義的《帝國之眼：旅行與文化轉移》（*Imperial Eyes: Travel and Transculturation*, 1992）一書中，藉以分析文化遭遇的重要概念。相對另一個近似而習用的詞語，殖民前沿（colonial frontier）所內含歐洲擴張主義、中心對峙邊陲的觀點，普拉特強調「接觸」帶有的交流和混雜性，將此地帶界定為：「迥然不同的文化彼此遭遇、衝突、格鬥的空間，往往表現為非對稱的支配與從屬關係」[71]。

接觸一詞，借自語言學的接觸語言（contact language），普拉特指出，不同語言，在諸如貿易語境下顯現的交混現象，逐漸成為某一族群母語，即所稱克里奧爾語（Creole），「如同接觸地帶的社會一樣，這種語言一般被認為是混亂的、野蠻的、缺乏結構的。」[72]然而，正也是藉「接觸」，突顯帝國遭遇中易於受入侵者所壓抑的即興與交流，並得以將關注視角，從「前沿」暗示的中心、邊陲權力位階，轉移至主體與他人的關係性及其形構，同時含括殖民者與被殖民者：

> 「接觸」這個術語突出帝國遭遇互動、即興的維度，這些維度容易被從入侵者角度講述的有關征服和控制的記述所遺忘或壓制。一種「接觸」視角，強調主體處在他們與他人的關係之中，並被這種關係構成的方式。它探討殖民者與被殖民者，抑或旅行者與被旅行者（travelees）之間的關係，根據的不是分離，而是共存、互動、連鎖性的理解和實踐，並且常常是在根本不均衡的權力關係中。[73]

70 同前注，頁一九六。

71 瑪麗・路易斯・普拉特（Mary Louise Pratt）著、方傑、方宸譯，《帝國之眼：旅行書寫與文化互化》（*Imperial Eyes: Travel and Transculturation*）（江蘇：譯林，二〇一七），頁九。

72 同前注，頁一〇。

人類學者詹姆斯・克里弗德的《路徑：二十世紀晚期的旅行與翻譯》（*Routes: Travel and Translation in the Late 20th Century*, 1997），沿用了接觸地帶概念。以「接觸」為輯的系列文章，更拉自當代全球博物館對非西方、少數族裔與原住民的文物展示策略，論「博物館作為接觸區」，延伸出複雜的權力交涉關係。接觸地帶，遂由指涉帝國遭遇的文化轉移，衍伸至「再現他者」的文化生產空間，其中牽涉再現過程「互惠」與「剝削」等倫理問題，也涉及收藏的組織結構，克里弗德指出，博物館的概念假設，誠如普拉特批判的前沿或邊境：「中心是一個聚集點，邊陲則是一個發現的地區。」[74]

非對稱的支配與權力從屬關係，並非表面上的，如文化奇觀的剝削，易加辨識，更多顯示在接觸時所謂的文化轉移（transculturations）：帝國、及其從屬，在挪用對方傳統、以形塑自身新面貌的過程裡，克里弗德指出：「整個西方直至今日仍用一種階層化觀點來瞭解文化轉移的意義，其中權力不平衡得到順應，允許一個團體去定義歷史及其本真性。」[75]倘使非洲挪用歐洲文化遺產，將被視作模仿、失去傳統；然而歐洲採用非洲文化，卻成為「創造的、進步的、容納式的現代主義」[76]。他以博物館為例，博物館成為西方保存部落文物「本真性」的中心，然而相對地針對「文物回返部落」的反向移動訴求，則因此遭到置疑。

從普拉特到克里弗德，呈現以接觸代替前沿的觀點，重新理解殖民接觸史的關係性[77]。接觸地帶，又或代以印度裔後殖民學者霍米・巴巴的詞語，則如閾限性（liminality）、或第三空間（the third space），第三空間亦即不同語言、文化翻譯，所形成混雜性（hybridity）的相互之間（in-between）[78]。一則指現實的文化接壤地帶，另一方面，也將涉及克里弗德所指出的「再現」、「展示」層次。

理蕃計畫針對的太魯閣或霧社，於此意義下，已非地圖上的空白前沿、猶待文明發掘，反而應以帝國接觸地帶視之。鍾肇政與陳千武的書寫，作為「再現南洋」的另個接觸區，更顯現駁雜的文本空間意涵。《戰火》的阿外，由川中島倖存者的從屬者身分，來到摩羅泰的戰場，顯露與殖民者權力秩序的重新編成。《獵女犯》的臺籍陳兵長，在與日本人身分擬似、模稜兩可的同時，又因身處殖民者之間的中介地位，產生與現地原住民另一層支配與從屬、文明等差的非對稱關係。

此外，不能忽略這些作品作為再現層次的接觸區，如何鑲嵌其所坐落的臺灣戰後語境。

---

73 同前注，頁二一一。

74 詹姆斯・克里弗德（James Clifford）著，Kolas Yotaka譯，《路徑：二十世紀晚期的旅行與翻譯》（*Routes: Travel and Translation in the Late 20th Century*）（苗栗：桂冠，二〇一九），頁二三五。

75 同前注，頁二四七。

76 同前注。

77 值得於此提出的，高嘉勵在熱帶島嶼書寫的研究中，也改以殖民接觸的關係性，作為反省帝國線性史觀與殖民論述的路徑，參見《書寫熱帶島嶼》；尤其序論〈「關係」觀點——帝國與熱帶島嶼之間的過去與現在〉，頁五－二七。

78 可參考：朴美貞（Mijung Park）、梁明心（Myungsim Yang），〈淺析霍米巴巴的混雜性和基於文化翻譯理論的多元文化翻譯〉，《哲學與文化》四二卷五期（二〇一五年五月），頁五七－七二。

正如松永正義論及陳千武《獵女犯》，尤標誌出戰後國民黨統獨意識形態制約下，日本記憶的難以梳理：「在戰後的過程中，由於國民黨欲將其支配正當化，從台灣將中國顯在外部化，同時將對抗軸的日本沉潛內在化」[79]，臺灣之為新的接觸地帶，高砂義勇軍、抑或臺籍日本兵的戰爭記憶，終將成為無法哀悼的存在。另一方面，相較日本戰敗後戰爭記憶的稀薄化，陳千武書寫的浮現，之於兩地，遂都帶有記憶受壓抑後復返的證言性質，又因其臨界的位置，啟開了一個南洋接觸地帶，原隱匿於帝國敘事下的帝汶島現地住民、菲律賓慰安婦、中荷印混血的賴莎琳、印度尼西亞獨立軍，乃至於華僑、荷蘭移民，始有了漸次清晰的身影。

五、殺死森林的那場戰爭

在與珍珠港襲擊引致太平洋戰爭，與日本南進政策，陸續占領香港、馬尼拉同一期間，一支名為「銀輪部隊」的特別軍種，於一九四一年底，以騎乘「日の丸號」軍用腳踏車，自泰馬邊境、縱貫了馬來半島叢林、直至新加坡，擊潰了英印軍，開啟日據新加坡所稱「昭南時期」（一九四二－一九四五）。

這架輪間設有懸置步槍的叉架、橫桿可裝載彈藥，附有鉤子供肩背上身的自轉車，成為小說家吳明益《單車失竊記》（二〇一五）中，牽引出岡山二高村曾駐紮的日本特攻隊、以至緬北森林裡的二戰記憶。吳明益（一九七一－）作為拓展臺灣自然書寫及論述的代表作家之一，在完成以赴日製造戰鬥機的臺籍少年工《睡眠的航線》（二〇〇七）後，復於《單車失竊記》藉鐵馬和大象，講述了一則繁複地融合著物件史、大東亞戰爭、高砂義勇軍，與人類生態殖民的故事。

敘事者「我」帶著部分小說家的身影，出身臺北近西門町的中華商場，從事記者、並寫有幾部小說，此外是一個古董腳踏車收藏迷。小說從其父親生命中曾擁有過、爾後又分別遺失的幾輛腳踏車追述起；其中最後一臺，隨一九九三年都市發展過程商場遭拆除隔日，父親無端出走亦失去蹤影，「我對鐵馬的熱情，源自於失蹤的父親」[80]，吳明益由此鋪展敘事者追尋父親腳踏車的旅程，連帶回溯臺灣單車代工到自產最重要的「幸福牌」[81]歷史。

過程中，「我」結識可能收藏有父親幸福牌的攝影師阿巴斯，從對方身上卻探聽得知另一段「銀輪部隊」歷史。阿巴斯是南投鄒族人，一九九〇年代初，服役駐紮於岡山空軍營區，經常借用鄰近二高村居民的腳踏車，而熟識榮民老鄒。退伍前夕，老鄒對他講述營區曾為日本特攻隊駐地的過去，並表白一祕密，時常棲停自己肩上的白頭翁，正是當年遭轟炸喪

79 松永正義，〈戰爭的記憶〉，頁二五九。

80 吳明益，《單車失竊記》（臺北：麥田，二〇一五），頁四五。

81 幸福牌，全稱「城中幸福牌腳踏車」，是由臺灣商人李進枝設立「城中車業行」所製造，李家原於一九四九年代理日本資生堂業務，後擴大事業至車輛零件進口、組裝，一九五四年政府管制組車零件後，並隨技術成熟，開始設計自己的車款。吳明益交代於〈鐵馬誌I〉，同前注，頁五五－六三。

命的日本學徒兵。阿巴斯因此經歷一場應允老鄒同行、竟致超乎循常理解的探勘，他們潛入學徒兵指示的一處廢墟地下室，在水流淹沒的地底空間，但見「巨大如人的軀體的魚」[82]，「那些魚人都不是完整的：有的失去手，只靠著腳在踢水；或者失去腳，只靠手划水。」[83]且帶各式兵器，游過他們身邊。

吳明益以這場戰亡者魂靈徘徊夢境般的探勘，帶出日軍所發動殘酷的大東亞戰爭、尤其「銀輪部隊」事蹟。〈鐵馬誌IV〉回溯近代戰爭的自轉車應用，其中最著名的銀輪部隊，便是日軍為南進，採單車輕便、不用油而靜，取道馬來半島叢林，突襲新加坡英印軍；最終以不及兩個月的迅捷速度，即達柔佛海峽，將英軍盡數俘虜。阿巴斯自老鄒獲贈的腳踏車，推測即屬當時「日の丸號」，不知何故未赴前線、留在殖民地島上，巴蘇亞過世後，他自遺物中兩卷標記著「銀輪部隊」、「緬北之森」錄音帶，亦才知曉、確證父親曾捲入那場戰爭。

〈銀輪之月〉、〈緬北森林〉二章，透過敘事者轉譯、整理錄音帶中夾雜日語和族語的自白證言，勾勒出臺灣高砂族投身日本兵的經歷。巴蘇亞出生魯富都和社大社，曾遭遇昭和五年（一九三〇）部落被強迫移住、併入久美部落。昭和十六年（一九四一），年輕力盛的他，獲薦進入一支特別部隊，推介的日籍師長說：「皇軍正在準備進攻南方，那裡的氣候比台灣還要炎熱，同時有大海一樣的叢林」[84]，「希望能找一些蕃人，來幫助他們了解叢林裡要注意的事。」[85]巴蘇亞是部落最好的獵人，指導日軍識別獵徑，找食物、覓水源。後來被教導學騎自轉車，隨之執行「銀輪急行軍」翻山涉越濁水、陳有蘭溪的長程騎乘與叢林訓練。

昭和十九年（一九四四），青年巴蘇亞被編入菊軍團所屬一支運輸隊，來到緬甸最前線之際，日軍業已遭致英印軍與中國軍自緬北的反擊。鄒族的他與在地的克倫族馴象人瑪恩・比奈結成朋友，在情勢逆轉而受困森林時，為「這片叢林認識」及帶有「身上關於另一座山的知識」[86]同袍倆，設法在野地求生、找尋逃出的路。

阿巴斯在父親與老鄒過世後，攜上那輛「日の丸號」與哀悼的心，來到馬來半島，重新騎乘上當年銀輪部隊馳行過的征途，「邊騎邊拍當時馬來亞戰役的路線」[87]。他見證英國殖民者為經濟資源砍伐原始樹林，卻因此成為叢林防線的破口；受困時，他記取巴蘇亞曾教誨的森林知識，一如現地住民的敬畏心，「樹對馬來住民來說，既是家園、財產，也是神靈。」[88]

但許多樹都死於農場的開拓，以及這場戰爭所引起的森林大火，有些馬來人因此稱呼二戰是「殺死森林的那場戰爭」。[89]

82 同前注，頁八八。
83 同前注，頁八九。
84 同前注，頁一四四。
85 同前注，頁一四五。
86 同前注，頁二二四。
87 同前注，頁一五四。
88 同前注，頁一八五。

《單車失竊記》戮力呈現不僅原住民青年的戰爭記憶、更是緬北叢林的動植物經驗及觀點。論者李育霖曾以德勒茲（Gilles Deleuze）與瓜達希（Félix Guattari）合著《何謂哲學？》（*Qu'est-ce que la philosophie?*）所闡釋藝術表現與自然的關係，論吳明益早期奠定下的生態書寫。所謂藝術，對德勒茲與瓜達希而言，並非為再現外在客觀事物，而是透過藝術的媒介，攫取對象的感知經驗之物，以生產感覺的團塊（a bloc of sensations），即知感（percept）與情動力（affect）的複合物[90]。在如此核心的思考下，我們藉以感知的身體，不再指器官、功能、也非主體，實則是情動力所定義，環境（Umwelt）亦為情動力定義，身體內部與外部關係、身體與身體之間，遂為一「情動力的流變世界」[91]。藝術呈現純粹知感與情動力的運動，德勒茲與瓜達希將之描繪為「人類的無人稱流變（nonhuman becomings）」，李育霖闡述：「所謂『無人稱流變』，指的是感知主體的消失乃至身體固定疆界的闕如，並進一部讓位於情動力界定的身體與流變世界。」[92]他進而援用德勒茲與瓜達希詞語，將吳明益攫取自蝴蝶知感世界的書寫，指稱為「流變蝴蝶」（becoming-butterfly），在其中，感知主體消亡、並讓位予知感與情動力構成的流變世界、一如混沌而開放的新領域。

對感知主體的退位、為自然生態知感與情動力創造可能世界，或及人類中心主義的重新思索，確乎能見諸吳明益自然書寫的實踐和論述。在《臺灣自然書寫的探索》論著中，吳明益即曾引介生態殖民主義（ecological colonialism）觀念、代之國族或文化的殖民論述，爬梳臺灣自然書寫的生成。殖民主義研究長期關注政治、經濟、文化等人類宰制關係，然而環境史學家如克羅斯比（Alfred W. Croby）卻提示其中一種隱性、而更長期的改造，是藉由生態上的環境、物種、生物聚落、生活模式等侵入，「歐洲從十五世紀開始的擴張史、帝國主義侵略史、殖民史即是一部『生態帝國主義』（ecological imperialism）史。」[93]當帶入生態史的視野，觀看人類掠奪、征服他者的歷史過程，「土地」淪為了從屬最底層的被殖民者。吳明益進而指出，臺灣戰後，資本主義高度擴張，致人對自然之剝削；直至一九七〇年代生態意識逐漸引入，始有寫作者深入自然書寫，並帶有「以書寫解放被殖民、被宰制自然的視野」[94]。

解放生態殖民的思維，置於吳明益作品的核心。緬北、延伸馬來半島的森林作為接觸區，不只成為《單車失竊記》呈顯日本南進戰略，與西方世界意識形態及至實質戰爭的邊界，亦不僅呈現猶如陳千武〈默契〉般，高砂族青年受召喚、動員至前線，與現地原住民族跨種族情誼、尤其奠基自然知識的認同連帶，更深刻是刻畫以戰爭為形態的侵略，對生態環境宰制與暴力的傷痕。

---

89 同前注。

90 李育霖，《擬造新地球：當代臺灣自然書寫》（臺北：國立臺灣大學出版中心，二〇一五），頁二八。

91 同前注，頁四五。

92 同前注。

93 吳明益，《臺灣現代自然書寫的探索一九八〇－二〇〇二：以書寫解放自然Book 1》（新北市：夏日出版，二〇一二），頁二一三。

94 同前注，頁二五四。

小說後半部深入被戰爭殺死的森林，受馴化馱負軍備重物的象，從戰地輾轉來到臺北圓山動物園、製成蝶畫的蝴蝶、庇護生命的樹。人類涉入其中，又往往陷入受俘一陌異的世界，阿巴斯說，「獨自面對『真正的』叢林。」[95]如他年輕的父親巴蘇亞，在錄音自白裡，也曾憶述深陷叢林所踏入的混沌之域：

> 一天晚上我去尿尿的時候，覺得前方林地嘈雜異常，潛過去一看，原來那是一群被困在深林裡的骷髏在談話，他們討論著哪一條路才是正確地讓Piepiya（魂魄）回到故鄉的路。[96]

真正的叢林，若無人稱，「而真正屬於本然的我的那一部分，已經像豪雨後山上突然出現的河流，重新被泥土吸納，消失在那個緬北之森。」[97]活著回來的巴蘇亞注腳擱止於此，感知的主體，歸還於感覺的團塊。而這些遍及戰爭記憶中超現實的描述，誠如王德威指稱，乃是另一種對啟蒙主體的棄置，吳明益時而對自然近似魔幻的描寫，存藏著屬於小說家獨有的「及物論」，深入森林之心，將主體讓位予這個流變的自然世界：

> 吳明益於是在啟蒙（enlightenment）邊界上，追蹤迷魅（enchantment）的光影。[98]

六、祖靈歸返

朱迪斯・巴特勒（Judith Butler）在談論「戰爭之框」（frame of war）為形塑人們戰爭記憶的認識論時，也論及此框架，如何認可某些「生命」可茲哀悼、而具有可悲傷性（grievability），某些則被排除在外、成為不可悲傷（non-grievable）之他者；進而論陳，唯有社會賦予可被哀悼者，才獲有「價值」、才是有權成為生命的生命，易言之，「沒有可堪哀悼的特質與資格，就無所謂生命。」[99]

二戰期間，被召入日本軍、遠赴亞洲各前線逾二十萬名臺灣人，至一九四五年八月十五日終戰一夕，盡數淪為戰犯，滯留當地受審，甚或服刑、殞命。歷史學者藍適齊以巴特勒的可悲傷性，檢視戰後臺灣民間與政府，營救臺籍戰犯的請願行動及外交話語。他指出，前者以家屬立場、訴諸家庭倫理，改「戰俘」一詞、淡化「戰犯」色彩，或突顯殖民地臺灣人被

---

95 吳明益，《單車失竊記》，頁一八七。

96 同前注，頁二二三。令人也聯想起舞鶴《餘生》的回歸之旅。

97 同前注，頁二三二—二三三。

98 王德威，〈小說即物論——吳明益《單車失竊記》及其他〉，頁XIII，收入吳明益，《單車失竊記》（臺北：麥田，二〇一六，新版），或參見網路連結：goo.gl/1jg81h，二〇二〇年六月二十一日最後瀏覽。

99 朱迪斯・巴特勒（Judith Butler）著，何磊譯，《戰爭的框架》（*Frames of War*）（鄭州：河南大學出版社，二〇一六），頁五八—五九。

強徵的描述，建構其可悲傷性、與生存的價值；然而中華民國政府在面對「發還原籍執行刑期」或「遣返」等關涉跨國、尤其對日的外交協商，卻顯得立場矛盾不一，並因「抗戰」意識形態，呈現對臺籍日本兵戰犯的消極處置心態，許多臺灣人因此被視作日本兵、遣返至前殖民宗主國日本。藍適齊闡述，在反帝國、反殖民思想，與國家機器的政治力下，主導臺灣價值規範是為國族屬性：「在這樣的『戰爭之框』下，唯有國族屬性清楚的戰爭經驗才能夠被認定是值得悲傷、值得追悼的戰爭歷史。」[100]

藍適齊論及臺籍日本兵的「不可悲傷性」，正是松永正義閱讀陳千武時，曾指出日本記憶在戰後臺灣之沉潛、內在化，連帶「正當的慰靈的機會也因此被剝奪了」[101]。

若回顧過往臺灣文學涉及二戰的書寫及其評論，實際散布誠如許俊雅所歸納「反共文學、懷鄉文學、眷村文學或反殖民文學、皇民文學的論述裡頭」[102]，主題多著墨因戰爭離散帶來的反共懷鄉、創傷經驗的瘋狂與死亡（陳映真〈鄉村的教師〉、黃春明〈甘庚伯的黃昏〉），更多屬國族認同的難題（如《戰火》、《獵女犯》、吳濁流《亞細亞的孤兒》）。而少數臺籍原住民兵的文學再現，則關注在「原住民抗日運動」到「成為高砂義勇隊」的轉折[103]。

二十萬臺籍日本兵之一的陳千武，終戰後，復經歷印度尼西亞獨立戰爭、囚於雅加達與新加坡集中營，遲至一九四六年七月二十日，遣返登陸基隆港。一九六〇年代末，開始以小說〈輸送船〉帶回太平洋戰爭的記憶，如小說前引詩〈信鴿〉：「埋設在南洋島嶼的那唯一的我底死／我想總有一天，一定會像信鴿那樣／帶回一些南方的消息飛來——」借用巴特勒的詞語，陳千武《獵女犯》的完成，帶回了值得悲傷、可堪哀悼的生命，屬臺灣人、也屬帝汶島等原住民族。

然而，猶有另一群人，既非不可哀悼，卻面臨著終戰後，魂靈悼念資格的恆久失落而被占奪。

二〇〇二年起，高砂義勇軍遺族對日本發起漫長的「還我祖靈」運動，即為訴求帶回自一九六〇年代以降，被日方逕自供奉靖國神社的族人們。靖國神社是為彰顯效忠天皇而戰歿者「英靈」的慰靈之所。根據傅琪貽，戰時日軍方已曾就義勇軍問題，提請合祀靖國神社的資格；直到戰爭結束後的一九六九年，仍可見合祀者中計有一千名臺灣人，「日本政府與靖國神社在戰後一直在推動舊殖民地因從軍而犧牲者（即「臺灣人」）的合祀，且完全按照舊殖民統治時期的日式姓名來登記。戰後臺灣雖已脫離被日本殖民統治，但戰死者卻仍舊保留效忠天皇的『皇民化』狀態。」[104]事實上，日治後期皇民化的推動，不僅改變原住民成

100 藍適齊，〈可悲傷性，「戰爭之框」與台籍戰犯〉，收入汪宏倫主編，《戰爭與社會》，頁四一七。

101 松永正義，〈戰爭的記憶〉，頁二五九。

102 許俊雅，〈記憶與認同——台灣小說的二戰經驗書寫〉，《台灣文學館研究學報》二期（二〇〇六年四月），頁三。

103 參考陳芷凡，〈戰爭與集體暴力——高砂義勇隊形象的文學再現與建構〉，《台灣文學研究學報》二六期（二〇一八年四月），頁一六四。

104 傅琪貽，〈高砂義勇隊——祖靈還是英靈（中）〉，《遠望》三五一期（二〇一七年十二月），頁三九。

為「國的人類」的生之權利，相當程度也影響其赴死之心態。原住民傳統的祖靈信仰、室內葬、對戰歿或自殺等「變死」的禁忌，在日人一連串「文明化」政策，如設置公墓、集團移住、愛國犧牲等新觀念強制教化下，已從服膺「祖靈」而為「英靈」，至今依舊被置於效忠天皇的神社之中。

相對困縛於前殖民宗主國的魂靈，人類學者蔡政良自紀錄片《從新幾內亞到台北》（二〇〇九）到著作《從都蘭到新幾內亞》[105]，則記錄二〇〇九年重返阿美族耆老洛恩（高仁和）曾親歷新幾內亞戰場，以悼念戰歿族人。洛恩是昭和十八年（一九四三）被徵召入第五回高砂義勇隊隊員。蔡政良在追索「逐漸消逝的歷史記號，尤其是追尋那些被困在南洋戰場上，回不來的高砂義勇隊阿公的靈魂」[106]的旅程，深切感到昔日日軍基地、今日的威瓦克教區山丘，留有日本一九六九年所矗立的日軍英靈碑、其後澳洲政府的二戰紀念碑，卻沒有屬於臺灣原住民的。重訪後的二〇一三年，他邀請都蘭阿美族藝術家希巨・蘇飛、達悟紀錄片導演張也海・夏曼，及排灣族高蘇真偉組成團隊，再次回到新幾內亞，取材現地木頭，在當地巴布亞紐幾內亞友人共同協助下，完成雕刻《高砂的翅膀》作品，豎立在歷史現場，彷彿召喚祖靈歸返。

對人類學者而言，另個疑問是：「同時我們也想理解，當年戰場上的在地人們，會用何種藝術的形式將在地的戰爭記憶流傳下來。」[107]過程中，他們因之結識當地一位雕刻家Papa David，老人曾見證族人充作敵對雙方最底層的挑夫，最後由他創作的《紐幾內亞的挑夫》

雕塑，隨蔡政良等人帶回臺東佇立而起。

無法哀悼的魂靈令人想起所謂裸命（bare life）。相對主權者將生命納入法度治理的生命政治提問，阿岡本（Giorgio Agamben）指出，「例外」才是現代社會的常態，在殖民主義、戰爭、戒嚴中，生命被恆常懸置，成為赤裸的狀態。保護蕃收留所迎來與其名義相背反的屠殺、移徙的川中島社在部落形式下實為另一種集中營。以為能晉身「國的人類」而投入南洋戰地的高砂兵，換來不僅是生命被棄置，連魂靈也永久扣留於前殖民宗主國的祭祀所中。關於南洋戰地的記憶甚至在戰後國家的歷史敘事中被排除在外，遑論關注他們所遭遇的現地住民，直到史尼育唔戲劇性地現身。黃春明、鍾肇政、陳千武以報導、小說或見證的角度，開始了書寫。爾後有蔡政良，或吳明益等。

吳明益在《單車失竊記》後記，回顧追索的歷程，曾小結下這樣一句：「無法好好哀悼的時代」。巴特勒說，無法哀悼，就無所謂生命。

---

105 蔡政良，《從都蘭到新幾內亞》（臺北：玉山社，二〇一一）。
106 同前注，頁二五〇。
107 蔡政良，〈高砂的翅膀〉，《原教界》六五期（二〇一五年十月），頁六七。

第四章
驅逐惡靈・一九八八・蘭嶼

直至十九世紀晚期，這座位處西太平洋上的小島，仍然是達悟語中的Pongso no Tao，意譯「人之島」。世居其上的達悟人，為南島語族原住民的一支，以海洋為生孕育出獨特的飛魚信仰，曾與南方的巴丹島同屬一個文化圈。清光緒三年（一八七七）始被併入清帝國版圖，爾後隨臺灣割讓予日本，成為殖民者文獻記載中的「紅頭嶼」；戰後一九四七年，又因其盛產的蝴蝶蘭，而被改名「蘭嶼」。名字的幾番移易，正縮影著諸多太平洋島嶼在與帝國接觸後，被「發現」、賦名、歷經重層殖民的近代史。

相對日治時期作為帝國的人類學研究對象，而維繫相對封閉的狀態，戰後的中華民國政府一則沿用了軍事、警務、教育等殖民體制；並在一九六〇年代撤除管制後，以新的資本主義經濟，狹帶著商船、貨幣、觀光、開發政策等，進駐小小的島嶼，另一方面，又將臺灣所排除的監獄及核廢料非法移至島上。

一九八八年蘭嶼人發起第一場反抗蘭嶼貯存場的「二二〇驅逐蘭嶼惡靈」，這場針對核廢料所表徵的殖民惡靈的抗爭，引燃了迄今的漫長運動；另而牽引著主要領導者、達悟知識青年夏曼．藍波安等歸島。一九八〇年代時值臺灣原住民復振運動方興未艾，夏曼．藍波安涉身其中，他多年後的歸島、恢復族名、回到達悟傳統生活，標誌出部分戰後出生的原住民知識青年的生命軌跡。九〇年代出版散文《八代灣的神話》（一九九二）、《冷海情深》（一九九七），小說《黑色的翅膀》（一九九九）便是復返部落生活，聆聽耆老口傳神話，重習傳統文化的記錄。

如若「二二〇驅逐蘭嶼惡靈」開啟了作家第一階段的書寫，反身面對「文明與野蠻」的苦惱，二〇〇四年夏曼・藍波安環行太平洋的航海經歷，更進一步召喚南島民族航海的歷史記憶，在後續作品，既呈現對歐洲航海史的解構思考，也為祖島找尋新的認識座標。

回到那起關鍵性的抗爭運動，經由關曉榮、拓拔斯・塔瑪匹瑪等人的書寫，呈顯蘭嶼長期處於殖民主義「邊陲」而被犧牲的體系；夏曼・藍波安繼之展開的生命實踐與寫作，除體現帝國殖民對南島文化侵害的思索，並重新連結蘭嶼作為世界的島嶼，提供了我們重新思考包括臺灣在內的地理政治、歷史記憶，與文明相遇的問題。更重要的是，思考在二十一世紀，詹姆斯・克里弗德所謂「成為原住民」（Becoming Indigenous），或夏曼・藍波安所表述的「成為達悟」，對所有人而言有什麼意義？

一、驅逐蘭嶼惡靈

一九八八年，對於蘭嶼、或之於紀實攝影家關曉榮（一九四九－）、布農族小說家拓拔斯・塔瑪匹瑪（一九六〇－），抑或對達悟族作家夏曼・藍波安（一九五七－）而言，都將是至關重要的一年。

約莫飛魚的汛期來臨，漢人農曆年之際，二月二十日，在東北季風挾帶的雨勢裡，縱長的遊行隊伍行經小島東南角，鄰近龍頭岩的環島公路。多具象徵惡靈的巨偶醒目豎立人群之中。達悟族人頭繫布條、手舉看板，斗大的標語寫著「還我淨土」、「核廢遷出蘭嶼」。

這一帶，過去曾是族人們漁獵的傳統海域，與南面的小蘭嶼僅隔約三海里，然而這場名之為「二二〇驅逐蘭嶼惡靈」的集會，不若既往出海前的驅邪和祝禱，卻是為抗爭、驅趕惡靈般盤據的蘭嶼貯存場，及其中掩埋已逾四萬七千桶的黃色核廢料桶[1]。《人間》雜誌的關曉榮、蔡明德以鏡頭捕捉來到貯存場前的群眾，與領導者郭建平、夏曼・藍波安[2]等蘭嶼知識青年和場方的對峙，也攝影下來自臺灣島上王墨林、周逸昌等劇場人所策畫第一齣反核行動報告劇《驅逐蘭嶼的惡靈》[3]。

事實上，不滿的情緒早已蔓延小島。稍早一九八七年十二月，政府相關部門為安撫族人日益升高的反核氣氛，安排村民代表赴日本參訪旅行，郭建平等人知悉後，串聯至機場抗議，試圖阻撓行程。這起「機場抗議事件」揭開了蘭嶼反核的序幕。事件後，蘭嶼青年在朗島等部落積極舉辦反核廢說明會，向族人呈現核爆與核災如車諾比事件（一九八六）幻燈照片。

根據關曉榮〈一個蘭嶼，能掩埋多少「國家機密」？〉[4]的調查報導，臺灣自一九七〇年起建第一座核電廠，一九七四年五月，行政院核定原子能委員會（簡稱：原能會）展開「蘭嶼計畫」，規畫以東南隅的龍門地區作為核廢料貯存地。一九七八年核准施工[5]。及至一九八二年五月十九日啟用，接收了第一批一萬零八桶核廢料。然而工程期間，比鄰部落如紅頭、野銀的族人們，卻被告知在興建魚罐頭工廠，而運輸廢料的碼頭將用作軍港[6]。更嚴峻的處境則是，蘭嶼貯存場原非核廢料的終極處理處，但擬訂的「海拋」，受限於一九八〇年代以降全球日升的環境意識與國際公約約束，臺灣政府遂有意將此處轉為陸埋場，同時徵收鄰近的「復興臺地」，供第二貯存場預定地用。

建立在政策的「欺罔」與「核能安全論」虛假神話上的貯存場，在關曉榮的觀察裡，正反映了蘭嶼戰後被納入國家體制「中心與邊陲」的從屬關係。而這場「二二〇驅逐蘭嶼惡靈」遊行，抗爭的不僅是核廢料，更深層的，實是淪為國家體制邊緣的蘭嶼，種種「被掠奪的土地」問題，諸如監禁、管束刑犯的「蘭嶼農場」占據全島，軍事用地，環島公路、機場及港埠等公共設施引入的外來者。關曉榮的批判，真實呈現達悟人普遍的憤怒：「把台灣不要、對台灣有安全危險的東西和人，擺置在『距離台灣島愈遠愈好』的地方的意識形態，明

---

1 數據參考關曉榮一九八七年底的調查資料，〈一個蘭嶼，能掩埋多少「國家機密」？〉，《人間》二六期（一九八七年十二月），頁九二。

2 當時的報導仍以夏曼・藍波安過去的漢名稱之。他在長子施・藍波安出生後，依循達悟人「親從子名」的傳統，恢復族名，夏曼・藍波安即「藍波安的父親」。

3 關於一九八八年第一場「二二〇驅逐蘭嶼惡靈」的影像紀錄，可參考關曉榮《蘭嶼報告一九八七－二〇〇七》（二〇〇七）與蔡明德《人間現場：八〇年代紀實攝影》（二〇一六）。

4 關曉榮，〈一個蘭嶼，能掩埋多少「國家機密」？〉，頁九〇－一一一。

5 「蘭嶼計畫」選擇龍門的規畫、施工至運作的「真相」與階段進程，可參考二〇一八年「行政院蘭嶼核廢料貯存場設置真相調查小組」完成的調查報告書，網路連結：https://www.cip.gov.tw/zh-tw/news/data-list/D365AA6AAFF274D1/2D9680BFECBE80B6255BD48DB382DE5F-info.html，二〇二一年十二月九日最後瀏覽。

6 關曉榮，〈一個蘭嶼，能掩埋多少「國家機密」？〉，頁九四。

白地反映了中心與邊陲的基礎結構。」[7]

一九八〇年代初期，臺灣發生多起嚴重礦災，死傷者多為原住民工人，致使關曉榮關注起原住民勞動族群的問題。一九八四年，他辭去主流媒體工作，住進了基隆八尺門阿美族漁工聚落八個月，拍攝完成〈百分之二的希望與掙扎——八尺門阿美族生活報告〉，先後發表於《中國時報》（一九八五年九月二十三—二十四日）與《人間》雜誌創刊號（一九八五年十一月）上，引起廣泛的矚目。一九八七年一月，關曉榮赴抵蘭嶼接續展開「蘭嶼報告」的攝影和寫作，至隔年二月離島。

這一系列專輯，以「蘭嶼紀事」為題，見刊自一九八七年四月的《人間》雜誌，連載至一九八八年七月，計十篇。《人間》在小說家陳映真創辦下，承繼著一九七〇年代中期《中國時報・人間副刊》「現實的邊緣」專欄所推展的報導文學精神，尤著重「以圖片和文字從事報導、發現、記錄、見證和評論」（創刊詞）；參與其中的關曉榮便以紀實影像、與郭力昕所論「攝影連作」（photographic essay，又譯「影像式論文」）形式[8]，結合系列性的調查報導，呈現蘭嶼在戰後被國家體制粗暴納入其所擘畫的現代化進程，達悟傳統生命形態的失落，於地緣政治上陷於犧牲的體系；藉十篇標題，可見問題的廣泛深入，它們是：〈孤獨，傲岸的礁岩……〉（一九八七年四月）、〈飛魚祭的悲壯哀歌〉（一九八七年五月）、〈文明，在仄窄的樊籠中潰決……〉（一九八七年六月）、〈塵埃下的薪傳餘燼〉（一九八七年七月）、〈酷烈的壓榨，悲慘的世界〉（一九八七年九月）、〈觀光暴行下的蘭嶼〉（一九八七年十月）、〈一個蘭嶼，能掩埋多少「國家機密」？〉（一九八七年十二月）、〈漢化主義下的蘭嶼教育〉（一九八八年二月）、〈被現代醫療福祉遺棄的蘭嶼〉（一九八八年四月）、〈流落都市的雅美勞工〉（一九八八年七月）。

一邊為讀者記錄下勉力維繫的達悟日常，關曉榮跟隨老人（夏曼・藍波安七十一歲的父親）耕作族人主食的芋田、入山砍柴、潛水獵魚，他拍攝招魚祭的牲禮獻祭，參與漁團出漁的航行，也寫下傳統造屋落成的祭典和禱詞；另外，他更多篇幅注視著「外來文明」對在地的劇變，尤其當一九六七年撤除山地管制、蘭嶼對外開放的轉捩點後。對關曉榮來說，此後資本市場與貨幣經濟愈強勢的進駐，徹底改變了島上的原初樣貌，具體反映在麇集起的商店、觀光旅館、國民住宅政策、漢化教育等，他疑問道：

> 日據時代，統治者為了人類學研究上的需要，特意將蘭嶼封閉起來，禁止任何文明事物進入蘭嶼。光復後，國民政府經由山地管制辦法，沿襲日本的封閉政策。民國五十六年蘭嶼全面對外開放後，此後觀光事業對雅美的傳統生活究竟產生多大的衝擊？新的教

7 同前注，頁一一〇。

8 郭力昕，〈人道主義攝影的感性化與政治化——閱讀一九八〇年代關於蘭嶼的兩部紀實攝影經典〉，《文化研究》六期（二〇〇八年三月），頁一一。

育政策是不是有助於雅美文化的發展？[9]

這顯然是一個悲觀的提問。直到核廢料場有如惡靈矗立，蘭嶼作為臺灣資本主義化的邊陲處境，更象徵性地標誌出來。蘭嶼人離散至島外，獻身底層的勞動市場，或在自己島嶼上失所，成為關曉榮形容的「浪人」[10]。而這也正是達悟作家夏曼・藍波安日後在生命史書寫中，往復回返的問題。

「蘭嶼紀事」先以報導文學的形式發表，一九九四年方以《尊嚴與屈辱：國境邊陲・蘭嶼》三冊攝影集出版，書中圖文版面分呈，將「攝影連作」的論述性，返還於影像。二〇〇七年，在「驅逐蘭嶼惡靈」運動二十週年、而核廢料問題依然懸而未決之際，重以文獻為主，編成《蘭嶼報告一九八七—二〇〇七》。

影像學者郭力昕在針對《尊嚴與屈辱》的論述中[11]，試以西方紀實攝影作品與理論對於人道主義（humanism）的質問，對照臺灣一九八〇年代攝影者的在地實踐。人道主義攝影在二戰後的法國成為主流，有其重新確認個人主義文化傳統的歷史因素。然而它在「凝視他者」、「攫取人心」的攝製過程中，往往引致將他者浪漫化、神祕化的負面批評；對觀者而言，影像更易於淪為去脈絡、去政治化的獨立存在，抑或消費性的觀看。而背後牽涉的，實為帝國主義的權力構造，郭力昕引用柯特曼（Peter Quartermaine）的研究指出：「帝國的權力結構，體制化了那種將別人視為攝影對象的預設態度。」[12]

關曉榮的《尊嚴與屈辱》在若干紀實攝影的在地實踐中，提供了一個別具意涵的範例。身為漢族攝影者、且局外人身分，關曉榮既以長時間的蹲點，與弱勢族裔，如蘭嶼達悟人、又如八尺門阿美族漁工，共同生活，並涉身參與族人關鍵時間點的抗爭運動。他的攝影在美學之前、帶有顯明地問題化、政治化目的，面對蘭嶼問題時，尤其針對「國家資本主義壓迫性的經濟、社會和政治計畫」[13]展開批判性的描述，相對力求於理性的西方紀實攝影者，郭力昕進而概括關曉榮自覺的多重角色：「關曉榮的攝影從來就不是『中立』的，而是有著明顯的政治性立場。另一方面，他以自我約束和反身省思的自覺距離，參與了被紀錄的主體和事件。」[14]

而當關曉榮帶著相機徘徊島上的同時，布農族醫生、小說家拓拔斯・塔瑪匹瑪（漢名：田雅各），也正在蘭嶼衛生所行醫。

蘭嶼衛生所遲至一九五九年設立，在關曉榮的報導〈被現代醫療福祉遺棄的蘭嶼〉[15]

9 關曉榮，〈觀光暴行下的蘭嶼〉，《人間》二四期（一九八七年十月），頁一三八。
10 關曉榮，〈文明，在仄窄的樊籠中潰決……〉，《人間》二〇期（一九八七年六月），頁九六。
11 郭力昕，〈人道主義攝影的感性化與政治化〉，頁九－四二。
12 同前注，頁一八。
13 同前注，頁三二。
14 同前注，頁三四。

中，「軍事駐防早於醫療設施」是另一體現蘭嶼犧牲地位的象徵。作為島上唯一的公共衛生單位，在醫院、醫師匱缺的狀況下，公衛人員長期須擔負起醫療的工作。而關曉榮所形容「心中燃燒著對台灣泛原住民自救的認識與愛」[16]的拓拔斯・塔瑪匹瑪，則是數十年間，第二位自願服務於此的醫師。

拓拔斯・塔瑪匹瑪出生南投縣信義鄉人和村部落，就讀高雄醫學院醫學系期間開始從事文學創作，著有短篇小說集《最後的獵人》（一九八七）、《情人與妓女》（一九九二）等。畢業服役後，一九八七至一九九一年間，他自願派駐蘭嶼衛生所，並在《自立晚報》陸續寫作「蘭嶼行醫記」專欄，後結集為同名散文集（一九九八），呈現出行醫三年八個月的所歷所思。

作家自謙醫病間「筆記式地記錄蘭嶼行醫情事」[17]的散文，如今看來，實則如論者所論帶有民族誌一手資料的珍貴意涵[18]，保留了一九八〇年代中期，蘭嶼遭遇現代化物質文明衝擊的文字見證。拓拔斯・塔瑪匹瑪在第一篇〈我要當蘭嶼島的醫師〉寫道初識小島的回憶，與決定赴任的始末，布農與達悟，雖同屬國家政策界定下的「山地山胞」，出身山林的拓拔斯・塔瑪匹瑪直到大學前，「雖然我曾熟讀中華民國地理，但我腦裡沒有蘭嶼島的想像」[19]；習醫期間，有感遙遠的蘭嶼缺乏現代醫療資源，往後並接觸到達悟族的相關文獻，對「神祕的蘭嶼島」[20]心生嚮往。

《蘭嶼行醫記》如實記載拓拔斯・塔瑪匹瑪赴任後，衛生所自設備到建制的諸般困難。

引人注目的，更是他在醫者和作者雙重身分間的省思，自身的山林與海洋文化的差異，以至疾病、現代醫療，與達悟傳統信仰生活的傾軋衝突。

其中，以惡靈（達悟語：Anito）在《蘭嶼行醫記》中階段意義的轉變，更可看出作者深入理解在地文化的歷程。惡靈的信仰，形塑主導著達悟人生活行為的準則。回顧一九六〇年代，人類學者李亦園即曾藉由中央研究院的田野資料，指出達悟信仰，具有印度尼西亞原住民泛靈的特質，尤以惡靈最為突出，「anito的觀念起於死靈、死屍，因之其主要表現即在於與喪葬有關的事物」[21]，它是認知裡災厄、致病的主因，因之達悟人在諸如船祭、新屋落成，乃至患病時，產生出驅逐惡靈的儀式。李亦園將惡靈信仰視作達悟人屏除憂慮心理、避免社會解體的方式，另一方面，「anito的觀念重新造成憂慮，恐怖等心理的不安」[22]，對

15 關曉榮，〈被現代醫療福祉遺棄的蘭嶼〉，《人間》三〇期（一九八八年四月），頁一八—三九。
16 同前注，頁三八。
17 拓拔斯・塔瑪匹瑪，《蘭嶼行醫記》（臺中：晨星，二〇〇二），頁九。
18 參看簡銘宏，〈關於達悟現代文學的疾病書寫——以拓拔斯・塔瑪匹瑪《蘭嶼行醫記》為探討對象〉，《中正漢學研究》二五期（二〇一五年六月），頁一八一。
19 拓拔斯・塔瑪匹瑪，《蘭嶼行醫記》，頁一八。
20 同前注，頁一九。
21 李亦園，〈Anito的社會功能——雅美族靈魂信仰的社會心理學研究〉，《中央研究院民族學研究所集刊》一〇期（一九六〇年九月），頁四五。此文中，作者也概略梳理了自日治初期鳥居龍藏以降對惡靈的記述資料。
22 同前注，頁四九。

此，人類學家指出惡靈的負面作用，對科學等文明發展的阻礙。

身為醫者，讓拓拔斯・塔瑪匹瑪一開始就著墨甚多而難解的，亦為惡靈觀念與現代醫療間的矛盾。如〈赤腳醫生〉中，他描述孩子就醫時，同行的親人抽出短刀比劃，族人解釋：「一切病都是阿尼肚（惡靈）捉弄人的把戲，短刀可以驅邪。」[23]而〈誤食惡靈的婦人〉的例子也屢見不鮮，巡迴醫療時所遇的腹痛婦人，相信自己誤食了惡靈而絕食。生病是因惡靈作祟，有畸形兒或亡者痕跡的衛生所頓時成為族人不願踏足的禁地。然相對人類學者所斷言，到了〈週年記〉時，拓拔斯・塔瑪匹瑪則寫下融入「達悟文明」後深刻的自省：

達悟人有自己堅固的傳統信仰，就如惡靈的自然觀念，已深深影響他們的就醫行為和疾病態度，直接影響我大力推銷現代醫療。一年以來，發現我們經常不自覺地以霸道手段去宣導異於達悟文明的西方醫療，有意破壞他們原有的疾病觀念，或許我們需要不一樣的衛教方式。[24]

《蘭嶼行醫記》與關曉榮的《蘭嶼報告》，共同觸及一九八〇年代中期蘭嶼島上普遍性的問題。關曉榮帶入全球資本主義、新經濟帝國主義的宏觀分析，為蘭嶼位處第三世界邊陲地區的被壓迫困境提出批判，拓拔斯・塔瑪匹瑪則呈現出進入在地文化的行為思考。愈深入蘭嶼生活，惡靈信仰愈呈顯傳統的智慧，〈洗掉惡靈〉在重新理解惡靈觀何以流轉於死屍、墳場，與相繫連的人與場所時，醫者揣測蘭嶼熱帶濕熱環境形成遠離病源的禁忌，〈新舊惡靈的決戰〉當病患謹守傳統信仰，延誤治療而失去生命，拓拔斯・塔瑪匹瑪寫下其中複雜的不安和憂慮：

……現代醫療不是全能，精通醫學的醫師面對生命的不確定也是恐慌，不認識病魔的人心裡壓力更沉重，然而我可以感覺病人違背傳統信仰的恐懼，遠大於病魔帶來的不安，留在家尚有親人陪伴，也許一樣病魔戰勝了，但他可以很安詳地離去。

我輕聲安慰護士小姐，不必太刻意改變他人，因為企圖改變現狀等於製造另一種恐慌，我們一昧強調現代醫療而忽視他們的感受，不就成了**現代新惡靈**嗎？[25]

在〈驅逐科技惡靈的一天〉中，拓拔斯・塔瑪匹瑪記下那一日達悟族人起身抗議「現代新惡靈」的蘭嶼貯存場現場；製造另一種恐慌的，尚包括監獄犯人、國家公園、觀光客等。

---

23 拓拔斯・塔瑪匹瑪，《蘭嶼行醫記》，頁六三。
24 同前注，頁九九。
25 同前注，頁二二〇－二二一。粗體為筆者所加，本章以下同。

簡銘宏在分析《蘭嶼行醫記》中的疾病書寫與象徵符號時，便曾指出拓拔斯・塔瑪匹瑪如何挪用「阿尼肚」（anito）的概念隱喻，使其從疾病和死亡的所指，移向威脅整體族群存續的外來文明，如核能廢料[26]。

意符的挪用，不僅見於關曉榮與拓拔斯・塔瑪匹瑪的字裡行間。事實上，曾擔任「驅逐蘭嶼惡靈」總指揮的夏曼・藍波安，日後回顧運動的命名，指出「反核」所帶有的偏狹之義，並詮釋：「反核能廢料對我的解釋是矮化了我們驅逐惡靈運動的本質，跟蘭嶼島上的達悟人經營這個島上上千年的歷史，因此，我就不從反核這樣的一個字眼來去說達悟人的運動，因此只好選擇現在已經變成經典的名詞，叫做『驅逐惡靈』。」[27]

欲驅逐的是核廢料、更是「現代新惡靈」所象徵外來殖民者帶給島上的憂慮的總和；而以「驅逐惡靈」名之，將運動聯繫達悟的世界觀，背後透顯愈深刻的歷史主體意涵。

蘭嶼貯存場自一九八二年啟用以來，以每週約一航次、六貨櫃運載兩百二十八桶的頻率，積累著島上難以負載的憂懼。一九九六年四月二十七日，族人堵港阻止了最後一批海運船隻靠港。其後，官方承諾二〇〇二年遷場計畫於期限跳票。二〇〇七至二〇一一年，貯存場針對存放之九萬七千多廢料桶進行檢整作業，其中鏽蝕破損高達逾六萬一千桶，再次引起社會關注；同時間中央研究院在場外鄰近的潮間帶，偵測到外洩的人工核種[28]。

至今，依舊矗立龍頭岩側的貯存場，猶如蘭嶼被排除的界碑，黃色罐頭存放著現代的惡靈。一九八八年的「二二〇驅逐蘭嶼惡靈」是戰後蘭嶼關鍵的轉折，由此，其所經歷逾一世紀的重層被殖民史，與被迫捲入「文明化」進程位處的犧牲地位，開始浮現於在地知識分子與書寫者的視域。隔年，第二次「二二〇驅逐蘭嶼惡靈」於二月底展開，而同一年，曾投身運動波瀾的一位達悟青年，在離島十六年後，決定帶家人返回蘭嶼定居，重拾傳統的生活，重新向耆老學習神話與詩歌，並恢復了他的族名：夏曼・藍波安。

二、夏曼・藍波安的復返

一九九二年出版的《八代灣的神話》，揭開了夏曼・藍波安寫作的序幕，亦標記他歸返祖島、重拾達悟傳統生活的初始歷程。

位處蘭嶼西南隅的八代灣，屬達悟的紅頭部落，它家屋的涼臺，和海邊的灘頭，孕育著夏曼・藍波安的成長，也是孩時聆聽父祖講述神話故事的空間。夏曼・藍波安生於一九五七年，屬戰後出生的達悟第一代人，而他的離島和回歸，可代表偌多達悟青年的生命軌跡。蘭嶼國中第二屆畢業，一九七三年，離開小島，遠赴臺東高中求學，寄宿臺東天主教

26 參看簡銘宏，〈關於達悟現代文學的疾病書寫〉，頁二〇一。

27 夏曼・藍波安，〈達悟驅逐惡靈（反核）省思〉，收入簡鴻模主編，《當達悟遇上基督：天主教傳入蘭嶼五十週年紀念學術研討會》（臺北縣：輔仁大學出版社，二〇〇四），頁二三〇—二三一。

28 可參考公共電視台「我們的島」節目於二〇一二年製播的紀錄片《黃色罐頭與我》，網路連結：https://ourisland.pts.org.tw/content/黃色罐頭與我，二〇一九年七月二十四日最後瀏覽。

培質院；後放棄保送大學的機會，度過邊打工、邊補習重考的幾年。一九八〇年代考入淡江大學法文系就讀，畢業後，留在城市勞動謀生，期間並以都市原住民知識分子的身分，參與「驅逐蘭嶼惡靈」等八〇年代的原住民復權運動。一九八六年，長子施・藍波安出生。

闊別十六年復返祖島的夏曼・藍波安，已然是族人口中「漢化的雅美人」了，他重新向父執輩學習獵魚、造舟等傳統生存技藝，並以寫作初民神話，重建自身的族群認同。第一部作品《八代灣的神話》即記載下達悟的始源傳說、惡靈信仰，與文化禁忌等。

相傳達悟人的祖先誕生於天神的左右膝蓋，天神將男孩置於石中、將女孩放至竹筒裡，爾後降生至這座有魚群洄游、祂所珍愛的富饒的小島，石人和竹女結成夫妻、繁衍後代，並自稱為Tao，即「人」的意思。相傳曾有一回，族人在沿海撿拾蝦貝時，捕抓到帶有飛翅的魚，煮食後眾人卻染上怪病，而飛魚群也無故死亡；黑色翅膀的飛魚頭目獲悉後，以其靈魂告誡村人種種關於飛魚的禁忌，諸如勿與他種魚蝦混食、勿混用裝盛飛魚的碗，以示崇敬，並教導達悟人魚族分類的知識、飛魚季來臨時的頌詩和祭儀。

夏曼・藍波安在〈飛魚神話〉一篇，以帶有民族誌的形式，寫下這則達悟信仰最重要的始源和黑翅飛魚傳說。他記述這些代代口傳的詩歌與神話的同時，尤舉出其中的社會性功能，它所規範的諸種禁忌，既似律法、也具宗教約束之用；易言之，「飛魚文化」深刻構成達悟的社會結構，時序的遞嬗、慶典祭祀、乃至日常行為的準則，如夏曼・藍波安所說：「達悟文化即是飛魚文化的延伸。」[29]

除飛魚傳說，《八代灣的神話》留下魔鬼的故事如〈貪吃的魚魂〉、〈西・巴魯威的故事〉，前者描述依慕魯庫（Imorod，今紅頭村）村人如何報復潛入家中偷吃地瓜的魚魂；而流傳西・巴魯威眾多糗事中的一個，即是因貪吃、被妻子察見漁獲短少的真相，兩則皆帶有達悟「勿貪」的道德訓示之意。〈兩個太陽的故事〉與〈巨人與天空〉以如同射日或擎天的神話，表現遠古族人對生存環境嚴峻的感受。又如〈會摔角的石頭〉敘述Si Zivo所珍藏一對會摔角的石頭中，提及與菲律賓巴丹島人歷史上的往來交易。

夏曼・藍波安曾多次提到影響他深遠的〈小男孩與大鯊魚〉，則傳述與鯊魚結下友誼的男孩的奇遇，呈現達悟人對自然物種的關係想像；而夏曼結束在這樣的描述：「……這是家父有回在飛魚季空閒的夜晚，村中族人聚集在一位長老的院子裡，互相講故事時，我所聽到的，自此家父亦就不斷的把這故事敘述給我，直到我熟習、回鄉之後。」[30]

《八代灣的神話》所記述的口傳故事，既維繫著「雅美族長期生活於孤懸大海中的小島……運用祖先世代經驗累積而來的生活智慧」[31]，如信仰與禁忌、惡靈觀、道德觀、生態觀、乃至南島語族之間的交通與貿易，更重要是夏曼・藍波安在書寫神話之際，有意無意透

29 夏曼・藍波安，《八代灣的神話》（臺中：晨星，一九九二），頁一一九。
30 同前注，頁八七。
31 同前注，頁一一七。

露故事傳頌的初始場景及回憶：長老的院子、入睡前父親的臂彎、從祖先那兒聽來、從父親那裡聽來的。華特・班雅明曾指出，現此時已和我們疏遠的「講故事的人」（the storyteller）[32]，依然存在並維繫著一九六、七〇年代蘭嶼的經驗承傳。講故事的藝術之所以消亡，在班雅明眼中，正代表現代人經驗的貶值，與交流能力的匱乏，過去不論是傳述遠行風景的「水手」，或熟稔地方傳統的「農夫」，這兩類型的講故事者，如今已為小說，乃至媒體的消息取代。曾經混融著說者經驗且多義，如工藝般的古老交流形式，「講故事人的蹤影依附於故事，恰如陶工的手跡遺留在陶土器皿上」[33]，此刻變得既是小說的孤獨，又如訊息般單義。

然而，班雅明所謂的「疏遠」，確實也流露於《八代灣的神話》的書寫形式之中。為記下沒有文字的達悟語口傳神話，夏曼・藍波安在書頁左右同時並呈了羅馬拼音寫下的達悟語音，及進入漢化教育所習得的漢字書寫符號[34]，這並將延續至往後作品中愈加顯著的注釋和翻譯。

他也留下諸篇此一階段歸島心境的文字，〈我的童年〉回憶一九六〇年代初期，擔任他們小學生的平埔族教師帶著如同天主教神父般「感化」之姿，向他們講述吳鳳的故事：「我，潘老師，象徵吳鳳的『精神』（當時我們不知道吳鳳是何方人物）來到這荒島——蘭嶼，**『感化』你們這些『野蠻人』的孩子；我要教你們脫離落後、原始的生活；教育你們成為『文明』的現代人。**」[35]潘老師，實亦是關曉榮觀察蘭嶼教育時，臧否質疑的典型代表人物，戰後的漢化教育政策，承繼著日治時期軍國主義的形式內涵，從蕃童教育所改組為國小、國中，結構性的歧視依舊[36]。而此經驗，遂成為夏曼・藍波安〈不願被保送〉所表達拒絕保送師範學院的最主要原因。

其中，〈女兒的名字〉一篇，敘述至戶政事務所為出生長女登記族名的交涉經過，〈飛魚認識我〉記述單獨捕飛魚的夜航，他所說出「……我是雅美族人，在你們漢人沒來之前，我們早就有自己的名字了」[37]，或一句「飛魚認識我」，皆顯露夏曼・藍波安於此時期，肯認自我族群認同的積極意識。

相對《八代灣的神話》著重於達悟族敘事性口傳文學的記載，一九九七年出版的散文集《冷海情深》，開始寫下作者歸島後，從潛水、獵魚、造舟、聆聽父執輩之間的詩歌應答，「逐漸地生活在母體文化之內」[38]的階段歷程。但對離島十六年的夏曼・藍波安而言，「回歸」自始便帶著多重意涵的矛盾：他在自序〈關於冷海與情深〉中，表達為孕生於海洋的

32 班雅明（Walter Benjamin），〈講故事的人：論尼古拉・列斯克夫〉（The Storyteller: Reflections on the Works of Nikolai Leskov），收入漢娜・阿倫特（Hannah Arendt）編，張旭東、王斑譯，《啟迪》，頁一一八－四七。
33 同前注，頁一二七。
34 在近期作品中，夏曼・藍波安多改以「華語」稱之。
35 夏曼・藍波安，《八代灣的神話》，頁一五二。
36 關曉榮，〈漢化主義下的蘭嶼教育〉，《人間》二八期（一九八八年二月），頁一二六－四〇。
37 夏曼・藍波安，《八代灣的神話》，頁一六八。
38 夏曼・藍波安，《冷海情深》（臺北：聯合文學，一九九七），頁一三。

「達悟文明」之執迷時，也描述到妻孩父母對他多年刻意「失業」探索海洋的憂慮；夏曼・藍波安以不無自嘲的口吻說道，寫作原是因為「……我很萬分恐懼離開我的海洋。……我，唯有拿起筆來寫些這幾年與海洋接觸的感想與生活經驗來敷衍家人」[39]。

自《冷海情深》始，關曉榮論夏曼時所代為提問：「童年歲月中，是何種誘因驅使生命背離傳統的古老價值」[40]，引領作家展開日後生命與文學的實踐；而未宣說之因，實為浸入小島如現代性的創傷、資本貨幣邏輯、漢人中心等價值，自始即縈迴於回歸民族經驗的途中。分外困難的，除「現代」與「傳統」的隔閡外，對既已疏遠、而身負族人「被漢化的汙名」的夏曼・藍波安，復返如何可能？這成為他一個恆常的自我疑問。

文集收入寫於一九九二至一九九七年間的作品。同名的〈冷海情深〉一篇，描寫冬季八代灣陰翳的海，亦將離遠了都會運動、轉進一九九〇年代的祖島生活，定調為「冷」和「孤獨」。歸島三、四年以來，愈學習潛水射魚、愈熟稔鄰近海域，但也倍感家人對自身工作營生期待的壓力，作者在妻子和母親叨念下，「仍執意日復一日地前去海底」；對他而言，新生代所疏遠的「傳統的生產技藝」尤勝於其他。夏曼在文中細緻描述獨自在力馬拉邁海域浮潛的景致，在驟雨駭浪的深處，追獵著魚族的蹤跡，卻也不禁質問自己：「是追求傳統的生存意志？或是逃避現實生活為賺錢所支配？」[41]

後半敘述因耽留海底，違反達悟「夕陽落海前要回到家」的禁忌，回程遂遇到戴籐盔、著籐甲，全副「驅逐惡靈」裝束，憤怒前來尋人的叔父堂哥等人。那夜親友們圍聚家中，既責備囑咐男人切勿夜歸、勿「貪」、忌單獨射獵大魚，但隨憂懼和歉疚的氣氛減緩，「他們開始講故事，今天發生的事以及古老的、近代的、達悟人自編的、自己經歷的故事。」[42]爾後則輪換夏曼・藍波安講述這日潛泳的經過。〈冷海情深〉文末，他並如此表白拒絕保送升學、工作，如從事教職的近況，「是唾棄沿用漢人一言堂式的教育制度重複刺傷自己民族的下一代，是『以夷制夷』的共犯，如此之惡名，我的尊榮如同不曾存在，我的思想萌芽於達悟族的土地上。」[43]

夏曼・藍波安自稱「海底獨夫」，於此際的意義，彷彿將「現實生活」遺留在海岸之上，是孤獨與寒冷的緣故。

〈黑潮の親子舟〉與〈海洋朝聖者〉兩篇，則藉以歷時的形式，記述一九九〇年代初期，初涉潛水、隨父親學習造舟的心境。造舟，在達悟的海洋生活中，既為打造生存工具，也是獲族人肯認為男人與否的重要標誌。夏曼的雅瑪（達悟語：父親）長年身感的「恥辱」在於孩子背離了傳統技藝；對夏曼而言，與父親合造人生第一條船，亦是他洗刷漢化汙名、重

39 同前注，頁一二。
40 同前注，頁七。
41 同前注，頁二四。
42 同前注，頁三三。
43 同前注，頁四五－四六。

建達悟身分的渴望。〈黑潮の親子舟〉便記述飛魚季將屆前夕，一九九〇年十月至十二月下旬，父子覓材造舟的過程，父親口傳的種種傳統知識，如黑潮等海況、木材種類、削木時祈禱詩文蘊涵的信仰意義，「樹是山的孩子，船是海的孫子，大自然的一切生物都有靈魂」[44]，尤需恪遵的惡靈禁忌。以至夏曼・藍波安在飛魚祭儀式後，划著自己所造的船舟初航，「在海上漂浮，我感到自己有點像雅美族的男人了。」[45]

〈海洋朝聖者〉同樣回溯歸鄉一年後一九九〇年九月的這段期間，夏曼・藍波安隨親族獵魚、前往小蘭嶼夜潛的挫折。他之長年離島而疏遠傳統生產的勞動生活，成為達悟族人口中的「退化」與「次等男人」；他在回歸母文化的過程，感到思維的扞格，如其所言：

> 種種的思維差異，我被批評為：嚴重喪失人類（指雅美族人）原始信仰的氣質，是「求生技藝退休的雅美族人」，而他們的理由是，我在台灣住得太久（漢語的意思是，虛度光陰）〔……〕我雖然耿耿於懷，甚至不苟同長輩們「惡靈信仰」（一有不如意全推卸到惡靈的懲戒）主導其所有的價值判斷。然而，這幾年，當我把自己融化到傳統生計行為之母體血液後，我漸漸的認同族人（或初民民族）的原始信仰了。[46]

透過歷時性的敷陳，可見夏曼跨度一九九二年秋冬至一九九三年，隨傳統生產技藝的熟稔，漸融入族人間，並重新理解原始信仰，甚而，擔負起文化傳承的身分責任，如帶領他代課的蘭嶼國中學生們，親近達悟海洋的知識。

論者評述夏曼・藍波安的歸返，多舉出其重建自身族群認同的意義，如孫大川曾形容歸島並恢復族名的夏曼是他「論述『還我姓氏』的絕佳範本」[47]，浦忠成（巴蘇亞・博伊哲努）評論《八代灣的神話》的書寫，「已經開始顯現他回歸民族文化的意念」[48]。陳伯軒則通過夏曼的文本，指出身體技藝的實踐，實為進入地方知識的重要途徑，以詮釋作者所謂「成為達悟／人」所牽涉「技藝、身體、主體」[49]的關係。其次，離返之間，夏曼・藍波安的書寫，總是直指著現代性與部落傳統性的矛盾，許雅筑強調一九九〇年代延續著原運、進而歸返部落的部落主義「尋找自我認同的主體」[50]內含的集體意識，夏曼・藍波安作為其中的實踐者，持續的身體力行、以書寫為銜接，更顯現嘗試超越原住民與現代性二元對立的思考，

44 同前注，頁五九。
45 同前注，頁六四。
46 同前注，頁一〇六－一〇七。
47 夏曼・藍波安，《海浪的記憶》（臺北：聯合文學，二〇〇二），頁五。
48 同前注，頁一〇。
49 陳伯軒，〈成為達悟／人——夏曼・藍波安作品中部落技藝實踐與身體知覺開展〉，《台灣文學研究學報》二二期（二〇一六年四月），頁二五二。
50 許雅筑，〈傳統與現代——原住民作家夏曼・藍波安的地誌書寫與對話〉，《台灣文學研究學報》六期（二〇〇八年四月），頁一〇八。

許雅筑闡釋夏曼非固著於地方而援用地方知識，介入了臺灣本土論述，對話於全球化脈絡，達到在地賦能的基進意涵。

更進一步，夏曼・藍波安書寫的達悟海洋，在銜接傳統與現代、原漢文化、蘭嶼、臺灣及世界之間，更多被視作理論上的中介空間。如許雅筑、朱惠足[51]、郝譽翔[52]等，皆曾引用後殖民學者霍米・巴巴的混雜（hybridity），或索亞（Edward Soja）繼之開展的「第三空間」（Thirdspace）論述。乃至張寶云在針對夏曼前期散文的語言學分析時，同樣指出達悟語法和漢語的混語間，中介性的文化意義：

> 當我們評論夏曼・藍波安對語意空間拓展的成就時，如果從「混雜」、「第三空間」或「間隙」的概念去解析，是否有可能將思考面向朝向對此一新興文學表述形式，視為一種曖昧歧義的發聲空間？[53]

倘若回到含括夏曼・藍波安在內所謂「原運世代作者」的文學史脈絡，如同魏貽君〈「莎赫札德」為什麼要說故事？〉[54]所描述，多數人出生部落，曾於都市接受教育，並參與一九八〇年代臺灣原住民族權利促進會（簡稱：原權會）成立後應運而起的原住民運動，歷經各自文化身分的自覺。他們九〇年代的「重返原鄉」，既是對原運偏離群眾及其體制化過程所形成新的權力構造的反省，更是從「泛族意識轉向部落認識」[55]的文化實踐歷程；也在此時期，作者們陸續出版第一部文學作品，其中又多以「雙語」或「混語」書寫，為突出的表述形式。

離返的矛盾充斥在夏曼・藍波安一九九〇年代的書寫中，曾經《冷海情深》追憶的〈台灣來的貨輪〉，帶來消費性的商品，承載族人「無限的希望」、「似迎還拒的矛盾情結」，他疑問：「貨輪究竟是給了我們這些小孩什麼？戰後的新生代為何那麼盼望到台灣？」[56]到了一九九九年出版的長篇小說《黑色的翅膀》，業成牽引著四個達悟男孩成長的疑問。

寫作《黑色的翅膀》時的夏曼・藍波安已歸島十年。揭開他小說扉頁的並非任何人物，而是亙古以來招魚祭後迴游而至的飛魚群；夏曼以魚群為視點，細緻描繪途中遭遇如鬼頭刀掠食的海底世界，途經菲律賓北方的巴丹群島，從Iyami（北方之島）跨越最後的長程，抵

51 朱惠足，〈兩個歸島書寫——夏曼・藍波安（蘭嶼）與崎山多美（西表島）〉，《中外文學》三八卷四期（二〇〇九年十二月），頁一三三－一六七。

52 郝譽翔，〈孤獨的救續之地——論夏曼・藍波安的海洋書寫〉，《中國現代文學》一七期（二〇一〇年六月），頁一八一－一九八。

53 張寶云，〈論夏曼・藍波安的散文語言修辭特徵及其效能——以《冷海情深》、《海浪的記憶》為例〉，《人文研究學報》五一卷一期（二〇一七年四月），頁一一二五。

54 魏貽君，〈「莎赫札德」為什麼要說故事？〉，頁二六一－三〇一。

55 同前注，頁二八七。

56 夏曼・藍波安，《冷海情深》，頁一九〇。

達牠們的故鄉Pongso No Tao（達悟語的人之島，即蘭嶼）。藉此帶出老人夏曼・古拉拉恩憶述三年多前，最後一趟飛魚季出海划船至力馬卡伍德島（Jimagawod）捕飛魚的往事。

《黑色的翅膀》實際上則聚焦露天院裡聆聽老人故事的男孩們，賈飛亞、卡斯瓦勒、卡洛洛、與吉吉米特，迎面未來人生的困惑與想像；因此帶有的成長小說形式[57]，與青少年視點，延續至夏曼日後往復書寫蘭嶼「文明與傳統」衝突的重要位置。面對「大陸來的老師」粗暴的漢化與國族教育，或承繼達悟傳統的生活與否，留在島上、抑或遠赴臺灣求學工作，貫穿小說的，是男孩反覆探詢彼此將來的對話；夏曼也透過各人萌芽的志願，給出差異的答覆，卡洛洛希望留在島上，成為「捕撈『黑色翅膀』的人」，賈飛亞想到臺灣念書，卡斯瓦勒想上船當海軍，吉吉米特要「追隨海洋的靈魂」：

> 四個人躺著看星星，聽聽夜間的潮聲，每一個人想著自己的將來，也許想著「白色的胴體」，也許是「黑色的翅膀」。一個在陸地上，一個在海裡，兩者對他們的心靈皆有極大的誘惑力，混雜攪拌在腦海裡。[58]

臺灣來的少婦「白色的胴體」與黑翅飛魚「黑色的翅膀」，隱指著擺盪臺灣與蘭嶼間諸種權力和欲望的對立。小說末節，易名夏曼・阿諾本的賈飛亞的復返一如作者親身經歷。可見的是，復返的激情未艾，直到《黑色的翅膀》的書寫，離返的意義在島與島之間依然明晰，回歸暫時還存在著它無有疑問的含義。

三、「次等人」安洛米恩與達卡安

劣勢的表皮化（épidermisation），是精神分析學家弗朗茲・法農在批判殖民主義、種族主義的經典著作《黑皮膚，白面具》中，藉以描述黑人「自卑情結」的詞語。一九二五年法農出生於法屬西印度群島的馬提尼克島（Martinique），中學時即遠赴法國求學；二戰期間曾志願入伍，加入法軍，戰後至里昂大學攻讀精神醫學。一九五一年畢業後成為精神科醫師。身為黑人世界一員，《黑皮膚，白面具》的寫作，奠基於法農自身所深感的被異化、從屬、自卑、非人的生命經驗，尤其面對「白人和黑人」、「殖民及被殖民」、「文明與野蠻」等陣營至觀念的對峙。他質疑當時主導精神分析問題的個體發生觀點，將個人的異化，深刻聯繫至社會診斷的工作；面對黑人認同的矛盾，他指出：「人們指稱的黑人心靈，經常是白人的建構。」[59]

黑人的自卑情結，源自經濟與社會劣勢處境的內化，更如法農所言的另一重歷程：劣勢

57 陳芳明，〈孤星照大海〉，收入夏曼・藍波安，《黑色的翅膀》（臺北：聯經，二〇〇九），頁iii。
58 夏曼・藍波安，《黑色的翅膀》，頁一六九－七〇。
59 弗朗茲・法農，《黑皮膚，白面具》，頁八三。

的表皮化，亦即體現於膚色的差異；而為了彌足與白人世界的差距，「對黑人而言，只有一種命運，那就是白。」[60] 法農出生地的安的列斯黑人，透過諳習殖民母國的語言法語「漂白」自身，有色人種對白人投注慾望、混血，以達成乳白化（lactification）的企圖。然而當黑人被表象為野蠻人、孩童、原始化或反文明之中，無處不顯露白人世界在殖民結構中，強制賦予的文明觀與歷史性。《黑皮膚，白面具》的啟發性，即在於法農直指黑人世界的劣勢，其歷史－種族圖示（un schema historico-racial），恆根植於身體性、以至皮膚的圖示（le schema épidermique racial）。

法農謂黑人：「在一個被殖民、被教化的社會裡，所有的本體論都無法實現。」[61] 藉由沙特（Jean-Paul Sartre）指稱作為他者意識的存在的「他為」（pour autrui），法農闡述了黑人在進入白人的目光中，如何淪為表象與原型的奴隸：「沒有任何機會向我開放，我被從外部多元決定。我不是他人對我的『觀念』的奴隸，而是我的顯現的奴隸。」[62]

歷史學與人類學者詹姆斯・克里弗德曾藉原民現身（Présence indigène）一詞，指陳一九八〇至九〇年代跨國性的原住民復振行動，以此聯繫起五〇年代的「自豪非洲人」（Négritide）運動，與其相關刊物《非洲人現身》（*Présence Africaine*）[63]。在許多方面，法農書寫於五〇年代，由分析安的列斯黑人的劣勢、恥辱感，與自卑情結等精神病理，展開對殖民主義、種族主義及歐洲文明的批判，被援用以思考更廣泛的有色人種、從屬階層，與被殖民者如原住民處境。

汙名的經驗，自始便銘刻在夏曼・藍波安與蘭嶼達悟孩童的成長記憶，如他憶述小學時臺灣來的平埔族老師口中歧視性的稱呼「雅美的『小鍋蓋』」，或視學生們為「『野蠻人』的孩子」[64]；達悟族人和外來殖民者歷史性的糾葛，在復返祖島的激越之中，早也隱伏為《黑色的翅膀》中「黑與白」的對峙。

黑色，指的是達悟始源神話中的黑翅飛魚神，是海洋多時的顏色，亦是達悟等南島民族的自然膚色，在夏曼・藍波安的詞彙裡，因此象徵島嶼；白色則是來自臺灣的少婦誘發起少年們慾望的「白皮膚的大腿」。如同法農在分析有色男對白女的慾望關係時所言：「尋求白色胴體，這種性迷思由異化的意識所傳遞」[65]，夏曼・藍波安藉表皮化的「白色的胴體」抑或「黑色的翅膀」間的選擇，敷陳出《黑色的翅膀》成長主題中少年們經驗的異化心理，背後所遭遇外來文明的屈辱，或尊嚴，尤甚是離返祖島的矛盾。

人類學者謝世忠在一九八〇年代中期「泛臺灣原住民運動」方興之際，業曾以《認同

---

60 同前注，頁七九。

61 同前注，頁一九三。

62 同前注，頁二〇〇。

63 詹姆斯・克里弗德（James Clifford）著，林徐達、梁永安譯，《復返：二十一世紀成為原住民》（*Returns: Becoming Indigenous in the Twenty-First Century*）（苗栗縣：桂冠，二〇一七），頁二一。

64 夏曼・藍波安，《八代灣的神話》，頁一五一－五三。

65 弗朗茲・法農，《黑皮膚，白面具》，頁一六二。

的汙名》[66]論著，提出「汙名化的認同」（stigmatized identity）對於原住民文化復振中形構族群意識的問題性。透過臺灣族群接觸史的爬梳，他標誌出自一九三〇年霧社事件的暴力鎮壓以降，臺灣原住民在外來殖民者統治下，已全然喪失主體地位；汙名，意指族群接觸間「某種確實的或虛構的或想像出來的特質」[67]，往往與體質、精神或社會的劣勢攸關，並致使他者與自我的厭惡；而所謂「汙名之認同」，既呈現族群接觸過程，原住民所遭致汙名化的指稱，更由此形成了歷史連帶意識。

汙名的認同與泛臺灣原住民運動間存在的緊張關係，也誠如謝世忠寫作當下的追問：「當認同變成一種汙名時，背負汙名的人會急於想拋棄這個認同（即，不承認自己是臺灣原住民）；反之，原住民運動發起的目的則是要強化本身的族群意識（即，以自己是臺灣原住民為傲），那這兩種理念如何在同一個社會中遭遇？」[68]

從《八代灣的神話》到一九九九年《黑色的翅膀》，小結了夏曼・藍波安尋索認同而歸島、與父母同住的前十年。這階段作品記載口傳的神話與詩歌、重拾獵魚造舟的傳統生活，流露多屬「征服海洋」的自豪情緒。然甫跨過千禧，隨族中父執輩與其所代表傳統知識的凋零，「老人的太陽已經很低了」，「下一代的達悟人還沒有理解海的內心世界」[69]，顯露更深層的憂悒。《海浪的記憶》寫於夏曼・藍波安重返學院清華大學人類所就讀期間（一九九九－二〇〇三）。第二卷「想念島上的親人」系列，即刻畫父親夏本・瑪內灣，與族中耆老們，如做過日本兵的夏本・固旦、已失憶的老人夏本・永五生曾對作者講述的故事，及那一句囑託：「我死後希望你用漢字寫我的故事」[70]。陳宗暉在論文《流轉孤島——戰後蘭嶼書寫的遞演》中，將夏曼此時期書寫分期為「告別父親」階段[71]，不再侷限寫自我歸島的心路歷程，而迫切於「捕捉部落裡凋零的故事」[72]；此外，愈關注夾處傳統與現代夾縫中，淪為邊緣的達悟戰後世代，如帶有「零分先生」汙名的達卡安、「三十年前的優等生」、三十年後「第一酒鬼」的洛馬比克諸角色。

夏曼・藍波安這一代深感的異化，曾經是與傳統生命情境的，「當時我雖然聽得懂我們的語言，卻不明白其意思，父親們慣用被動語態，以魚類、樹名等自然生態物種之習性表達他們的意思。」[73]其後，更將在復返的過程，察覺早不存在得以回歸的本源，島嶼被迫進入現代化進程中，已傾軋為錯亂的時空與價值體系：

66 謝世忠，《認同的汙名》。
67 同前注，頁二九。
68 同前注，頁一〇一。
69 夏曼・藍波安，《海浪的記憶》，頁四四。
70 同前注，頁一六三－六四。
71 陳宗暉，《流轉孤島》，頁九一－九三。
72 同前注，頁九二。
73 夏曼・藍波安，《海浪的記憶》，頁二一三。

孩子們的祖父母生在**新石器時代**，用他們的標準評斷我的存在價值是理所當然的事。然而，孩子們的母親和我是生在**戰後的核子時代**，她卻把我丟在「新石器時代」的達悟男人應有的生產力。我被她們的語言擠壓在錯亂的「歷史時空」裡而無法撿拾一兩句片語詮釋自己存在的合理性與撫慰自己「逃避」被傳統勞動生產磨練努力的機會。[74]

復返所狀似「自豪」的心情下，日後浮現的實情卻為治癒「精神內在皸裂的傷痕」[75]；夏曼・藍波安在達卡安、洛馬比克或安洛米恩等人身上，投射了某部分斲傷的自我。他們既無法隸屬漢人社會，又逐漸喪失得以回歸之處的雙重疏異，如此瀰漫於中期的散文集《海浪的記憶》、《航海家的臉》（二〇〇七），以至小說《老海人》（二〇〇九）中。如法農所描繪殖民地的語言問題，達悟新一代的劣勢感之一，源自遭遇開化者國家強勢賦予的語言，即漢化教育下的漢語、漢字，及其表徵的整套文化優劣價值。

研究所人類學的訓練，或使夏曼・藍波安更帶入自我民族誌（Autoethnography）的寫作意識，並形成援引至文本中的結構主義式思考；諸如「文明和野蠻」、「殖民與被殖民」、「現代化及傳統」、「白色的胴體與黑色的翅膀」、「陸地或海洋」等對立項的語詞，愈頻繁出現在角色的關係參照上。

其中同屬「陸地上的次等人」安洛米恩與達卡安的系列故事[76]，尤承載夏曼省思和批判外來者文明的重要原型。早在〈飛魚的呼喚〉[77]，夏曼即以小說化的形式，描寫擅抓飛魚、不愛念書的達卡安，為他取下「零分先生」之名。對他的雅瑪（父親）而言，經常纏著自己出海的孩子，其未來是在學算術和識字的學校，但對達卡安，則是嚮往成為「飛魚先生」的海洋，以拭除他人加諸的汙名。達卡安是另一個出生「核子時代」、追求「新石器時代」的少年，又如〈海洋大學生〉旁人的評論：「學校的老師，他的父親，還有他的同學們都說他來這個世界太晚了，他應該是在漢人沒有來到這個島嶼以前的人才對。」[78]

漢人到來前的達悟人及其世界，已日逐退成島嶼現代化的斑駁遠景。相對早前迫切於書寫父執輩的故事，二〇〇九年《老海人》明顯將目光移向新一代「部落裡的邊緣人」；他們出生戰後，在故事登場的年歲儘管未及三十，卻難以適應已然漢化、資本化嚴峻的社會而淪為邊緣、從屬的階層，身心早衰，形容削瘦枯槁。小說集裡的連作：〈安洛米恩的視界〉、〈漁夫的誕生〉和〈浪子達卡安〉[79]，分別以不同敘述視角，往復摹寫族人眼中的「神

74 同前注，頁二一三。

75 夏曼・藍波安，《航海家的臉》（臺北縣：印刻，二〇〇七），頁二九。

76 陳宗暉曾歸納夏曼・藍波安小說中三個循序演化的人物：達卡安、安洛米恩（卡洛米恩）、洛馬比克。如以達卡安為主角的作品，包括：〈飛魚的呼喚〉（一九九二）、〈海洋大學生〉（二〇〇一）、〈漁夫的誕生〉（二〇〇六）等；安洛米恩的〈我的表弟：卡洛米恩的視界〉（二〇〇五）、〈漁夫的誕生〉（二〇〇六）、〈星期一的蘭嶼郵局〉（二〇〇八）等。參考《流轉孤島》，頁一〇二一一一三。

77 夏曼・藍波安，《冷海情深》，頁六九－八七。

78 夏曼・藍波安，《海浪的記憶》，頁一七四。

經病」安洛米恩與「零分先生」達卡安的生命歷程；其中，幾篇小說皆有意地起始於全知敘事的口吻，或意指民族的集體人稱，猶如神話記載，俯瞰蘭嶼的生態、地理、節氣，以至達悟語古老的命名，如海天接壤處稱之的「do asked no wawa」，區分了「海平線下水世界」、「海平線上的陸地」[80]，月亮的盈虧、而非日陽，支配著作息與祭儀[81]，從而引入角色經歷的寓言之意。

〈安洛米恩的視界〉從「我」和「我的表弟安洛米恩」互動間，側寫這一個被族人視為「神經病」與「不正常」的人。他的問題，弔詭地來自他承襲的傳統：「他從小就對天候海象抱持著很大的興趣，晚上仰望閃爍的天空的眼睛，白天游泳潛水體驗潮汐的流動變化，這是他國小六年的『畢業證書』，也是他自身後來許多問題的來源。」[82]在「現代化的島嶼」上，安洛米恩是四十歲以下少數留有傳統達悟氣質的青年，言談間，顯露傳承自耆老的說故事天份，卻因在校經驗受辱，日後酗酒而削瘦，經常神智不清。他謂自己「無產階級」，向晉升「資產階級」的族人討酒食，夏曼用的形容是，大魚追獵飛魚的「獵食」；面對他人「神經病」的稱呼，安洛米恩自比「優質的神經病」，反批評諷刺投入資本社會的族人為「品質差的正常人」。

〈漁夫的誕生〉與〈浪子達卡安〉轉而通過達卡安的眼睛，看向經歷相彷的安洛米恩日逐衰老。同為「逃學王」，都曾在學校裡受挫，同樣將童年徘徊海邊，曾遠赴臺灣做苦力後皆逃回。不同的是，達卡安身為小安洛米恩七歲的後輩，傾慕他承繼的傳統獵魚知識，視之為自己的「老師」，並悉心關照他；如果安洛米恩隱含著作者世代的情緒，達卡安在一系列故事中總被賦予指向未來的可能。

寫作《老海人》時，縈迴於夏曼・藍波安內心的，無非是還未有電、沒有機動船攪亂海面，入夜後的島即便陷於「漆黑的世界」，海邊的夜晚總傳頌著神話與詩歌。序文〈滄海〉中，夏曼憶述起父祖輩教導魚族分類等知識，與「人格化環境生態的信仰」[83]，藉此對比一九七〇年代為分野，接受學校漢化教育後內在價值的混淆：

> 老師、神父在我成長的過程中不約而同地，帶有濃厚的殖民者心態，說我民族是「野蠻」，要我將來走上符合他們價值觀的職業，形塑我由「野蠻」轉向「文明」這個意義好像我的民族真的是「野蠻」。[84]

79《老海人》收入的另兩篇〈海人〉、〈老海人洛馬比克〉，則圍繞於洛馬比克的故事。
80《老海人》（臺北縣：印刻，二〇〇九），頁二一六。
81 同前注，頁六〇。
82 同前注，頁二一七。
83 同前注，頁一一九。
84 同前注。

面對纏擾著蘭嶼的殖民現代性，夏曼・藍波安帶入劣勢者的邊緣觀點，混淆既存「文明和野蠻」、「進步與落後」等價值體系。在思忖「漢化的達悟人」如何重新「原住民化」的歷程中，有時卻不免流露如論者陳建忠所提「本質化」、「絕對化」的疑慮，陳建忠分析夏曼・藍波安慣用的對舉概念時指出：「用帶有『反智論』色彩的思考方式，夏曼顯然傾向『絕對化』了達悟族的知識體系，而貶低了造成他們自卑、甚至壓迫他們的漢人知識體系，所以他對舉了『海中博士』或『台灣工人』，『飛魚先生』或『零分先生』來說明，所謂價值的高低在不同的文化脈絡中可能具有完全相反的評價」[85]，然而僅只呈現出「價值相對論」，或對於「文化本真性」的固守，對論者顯然不足以解答傳統與現代、殖民和被殖民的難題。

法農在《黑皮膚，白面具》的結論曾如此提醒，黑人恆是**過去**的奴隸，所論諸問題亦存於時間性中，但真正能達成去異化的，卻在於拒絕讓自己禁錮於「**過去**這座實體化的塔樓」（la Tour substantialisée du Passé）[86]，探究與過去的聯繫，更是為了投入當下作為一個人的行動，又如他所說：「優越性？低劣性？為什麼不單純地試著去接觸他者，感受他者，讓他者向我顯露？」[87]

對此，夏曼・藍波安將在下一部續作《安洛米恩之死》（二〇一五），提出這個問題：「怎麼辨呢？我們的未來？」

四、何謂文明？

史碧娃克所指從屬者歷史的再現（represent）或謂代言（speaking for），對作為人類學對象的蘭嶼而言，始終勾連著複雜的觀看問題；而相對霧社書寫顯露的影像化激情，書寫蘭嶼，自初始與影像便有著密切的關聯性。一九八〇年代有王信攝影《蘭嶼・再見》（一九八五）、關曉榮記錄下《尊嚴與屈辱：國境邊陲・蘭嶼》。抗爭延燒後，九〇年代初，一部由人類學者胡台麗執導，聚焦觀光、醫療、反核廢運動的紀錄片《蘭嶼觀點》，帶著理論自覺，突顯島嶼再現的「觀點」問題性；直到夏曼・藍波安二〇一五年另一部以「驅逐蘭嶼惡靈」為背景的《安洛米恩之死》，正對照呈現二十年之間觀看與再現的差異位置。

以「驅逐惡靈」為蘭嶼反核廢命名，夏曼・藍波安曾詮釋，是將運動的意涵回歸「達悟人經營這個島上上千年的歷史」[88]。惡靈，anito所指，因此除核能廢料外，無非亦指種種外來的威迫，如國家軍隊、囚犯、農場、動植物種、觀光客等集體性的指稱。

一九八八年二月二十日的集結抗爭，揭開「二二〇驅逐蘭嶼惡靈」漫長三十年至今的序

85 陳建忠，〈部落文化重建與文學生產〉，《靜宜人文學報》一八期（二〇〇三年七月），頁二〇四。
86 弗朗茲・法農，《黑皮膚，白面具》，頁三三二。
87 同前注，頁三三八。
88 夏曼・藍波安，〈達悟驅逐惡靈（反核）省思〉，頁二三〇。

幕。隔年二月，族人重回蘭嶼貯存場前。一九九一年，時任中央研究院民族所研究員的胡台麗（一九五〇－二〇二二）來到蘭嶼，展開民族誌電影《蘭嶼觀點》（一九九三）的攝製，期間，適逢第三度「驅逐惡靈運動」，達悟人持續力抗核廢料輸入，央求政府廢除貯存場擴建計畫，並訂定遷場時間表。《蘭嶼觀點》捕捉下機具懸吊黃色廢料桶令人怵目驚心的畫面；呈現運動領導者夏曼・藍波安、郭建平等人，直面鏡頭，闡述達悟族在國家政策下所遭致「世紀的裁判」[89]，及其表徵外來政治體制與漢人移入對島上原初秩序的破壞；同時記錄下運動當日的遊行隊伍，耆老和青年們悲憤的臉容。

一九八三年胡台麗自紐約市立大學研究中心取得人類學博士後，返臺進入中研院民族所，在學術著述之外，開始投入民族誌電影（Ethnographic film）的拍攝，一九八四年完成其第一支以排灣族五年祭為題材的《神祖之靈歸來》，一九八八年完成圍繞賽夏族祭典的《矮人祭之歌》。

她長期投身閩南農村、外省榮民，與南島語族原住民聚落等田野工作，一九八七年為蒐集榮民研究資料的過程，聽聞蘭嶼退輔會農場資訊。退除役官兵輔導委員會早於一九五八年進駐蘭嶼，強制徵用了兩百四十餘公頃土地，設置為農場，其中耕地一百六十公傾，占蘭嶼總耕地五分之一。美其名曰「農場」，實際是作為管訓犯人的勞役空間。收容成員初始係臺灣素行不良的榮民，稱之場員，後加入犯行嚴重的罪犯稱隊員，人數至多曾達場員八百多、隊員兩百餘，共約千人。農場除侵占達悟傳統耕地及生活空間，任意放牧的牛隻，踐踏毀壞族人的芋田作物，橫行島上的罪犯屢犯竊盜或姦淫惡行。即便管訓隊遲至一九七九年遷離後，荒置的農場依然遺留島上，土地仍未歸還予族人。

胡台麗前往蘭嶼查訪後，寫下〈飛魚說：農場快走〉[90]一文。探訪當時的一九八〇年代中，鐵絲圈圍起的農場，僅餘留大片荒草、四個職員與兩、三百頭牛；報導中通過職員、鄉民代表及族人的談話，勾勒出蘭嶼傳統游耕形式與土地的關係，及其被侵奪的歷史，「土地是我們最關心的問題。」[91]作者引述族人的話，亦指出衝突的原因，正在於戰後國民黨政府引進現代國家觀念、軍事、律法，如援用土地所有權，以此強行劃地，蘭嶼土地一夕間成為「國有」，對族人卻是「占奪」。而對人類學者而言，更疑問這樣的接觸：「在雅美族人口不超過三千的蘭嶼島上突然出現一千多名身分特異的男子，**那是怎樣的文化接觸？**」[92]

〈飛魚說：農場快走〉結尾，面對族人訴求的徒然，胡台麗假借飛魚之口，呼告出撤離農場的冀望。文章刊出後，引起退輔會等相關單位回應，蘭嶼農場終在占據近三十年後遷出。

---

89 夏曼・藍波安受訪語，胡台麗，《蘭嶼觀點》，一九九三年，49"38。

90 原載於《中國時報・人間副刊》，一九八七年十月十三日，後收入胡台麗，《燃燒憂鬱》（臺北：張老師文化，一九九一），頁七一－八五。

91 同前注，頁八一－八二。

92 同前注，頁七四－七五。

然而，一九八七這一年，中山科學研究院仍試圖取得蘭嶼編號二六的土地，那是紅頭村祖源的聖地和世代公有地，此舉被族人質疑為擴建核廢貯存場。年底十二月七日，郭建平組織達悟青年，阻擋受放射線物料管理處安撫之邀赴日參訪的族人們啟程，此起「機場抗議事件」，點燃了隔年二月「驅逐惡靈」行動之火。

一九九〇年胡台麗著手拍攝《蘭嶼觀點》，採十六釐米膠卷格式，一九九三年十月帶著完成長度七十二分鐘的影片回到島上放映。片中以三個主要段落，呈現蘭嶼其時嚴峻面臨的觀光、醫療、核廢料問題，並帶入達悟族夏曼・藍波安和郭建平、布農族醫師拓拔斯・塔瑪匹瑪，及身為漢人的導演胡台麗自身等觀點。

紀錄片攝製存有顯明的反身性思考，胡台麗自覺地揭露拍攝處境，在起始蘭嶼的灘頭，以漢人外來者的身分，邀請同在鏡頭內的夏曼・藍波安、郭建平、拓拔斯・塔瑪匹瑪，談談參與影片內容構成的想法。無論夏曼・藍波安對導演所述：「希望你們也能夠站在朋友的立場，站在研究少數民族的文化背景，能夠發生一些效果。」[93]拓拔斯・塔瑪匹瑪自陳對拍攝的抗拒，都表達出面對媒體、調查報導的某種矛盾態度，郭建平更直截表示：「我常覺得一個人類學者在這個地方做研究，常常讓我們覺得做的研究愈多，對雅美族的這種傷害就愈深。」[94]

帶著對「觀看」與「展演」敏銳的問題意識，影片首段由導演的視角，呈現同為外來的漢人觀光客對島嶼片面的凝視。抵達的觀光團乘坐小巴，巡迴既定的路線和景點，在導遊刻板誇飾的介紹詞、不住地告誡安全聲中，留下蘭嶼第一印象；他們被教的第一句達悟語，是若遇人索錢，回覆說「沒有」，其次是「吃飯」和「討厭」，交錯窗景掠過的傳統地下屋鏡頭，像遙遙相隔的野生保護區物景。

胡台麗對比遊客魯莽舉止，與達悟人對觀光的拒斥，突顯觀覽中經常洩露的歧視眼光，諸如前者以「金元寶」、情色化的「玉女岩」，偏狹命名沿途的奇岩怪石；對照耆老所講述，這些山岩地貌在達悟原初的賦名，實蘊含民族獨特的傳說與自然觀。遊客擅闖部落，漢人壟斷旅社商舖利益，胡台麗尤關注外來者的攝相行為，及其伴隨而至原住民文化展演的問題，在他者面前重現的下船儀式、祭儀舞蹈，淪為了觀光獵奇、消費的對象物。

文化接觸之間斜傾的權力關係，以文明或落後為名，經由觀光議題帶出，並貫穿《蘭嶼觀點》的思索。第二段呈現布農族醫師拓拔斯・塔瑪匹瑪在島上駐守、巡迴的醫病日常。一九八七年拓拔斯・塔瑪匹瑪來到蘭嶼衛生所服務，縈迴於心中的，除資源人力的貧瘠，始終是現代醫療知識的引介和實踐，如何面對與當地文化傳統的衝突？尤其在達悟根深柢固的惡靈觀前。對堅信病痛是惡靈作祟的族人，「我即使再怎麼講，他們也是不容易改變，像惡靈這種東西，因為他們已經幾百年、幾千年，不能一下子給予改變。」[95]唯有安撫、假借打

93 胡台麗，《蘭嶼觀點》，2”00-2”18。

94 同前注，3”05-3”25。

針即為驅逐anito。第三段則沿著「驅逐惡靈」運動的線索，通過夏曼・藍波安、郭建平，與部落族人們，親身闡述核能安全神話的謊言、核廢料對在地帶來的毀滅性創害。

民族誌電影存在其複雜的問題性。胡台麗寫於影片放映後的〈《蘭嶼觀點》的原點——民族誌電影的實踐〉[96]，簡述蘭嶼作為人類學對象的影像史，始自一八九七年鳥居龍藏，他撰寫了蘭嶼第一部民族誌〈紅頭嶼土俗調查報告〉（一九〇二）並留下《紅頭嶼寫真集》，後繼則有一九二八年移川子之藏教授所率領的人類學者，鹿野忠雄與瀨川孝吉以英文發表的《雅美族影像民族誌》（*An Illustrated Ethnography of Formosan Alborigines, Yami*）等。然而回溯自身一九七〇年代末接觸蘭嶼的經驗，胡台麗體認到：「蘭嶼是最不應該拿起攝影機拍片的地方。」[97]《蘭嶼觀點》拍攝的前提因此必須是參與式的。她在計畫前，先行徵詢參與者意願，這段過程隨後亦轉化為影片的序場。她且有意避免「科學性紀錄片」形式，而依段落序，採取各人差異的觀點：自身連同受訪對象含括鏡頭內的「觀光攝影」主題、以拓拔斯・塔瑪匹瑪「內省式的旁白」呈現的醫療環境、或留予反核運動者「直接面對鏡頭，做主觀的陳述」[98]。

對「觀點」的高度自省，仍難避免有如關曉榮觀影後批評的「人類學者的焦慮」。在一場座談上，他指出胡台麗顯露的「焦慮」，在於自覺的漢人外來者、研究者身分；藉擇取的代言人，關曉榮認為導演隱蔽了自身的觀點，「她的焦慮結果是逃避在這個蘭嶼觀點包裝的後面」[99]。

邱貴芬論及紀錄片與展演文化異質性的問題時，曾舉出紀錄片素材擷取剪接所體現導演主觀意識的必然性，關曉榮的批判不無疑問，但其重要性，卻在於「點出了《蘭嶼觀點》觀看的焦慮」[100]。而當傳統民族誌紀錄無法脫去與殖民暴力的密切關聯時，當代民族誌電影攝製中，「如何觀看以及觀看代表誰的觀點」[101]成為亟待回應的問題，身為人類學導演，與對象之間，又應承擔何種倫理責任？邱貴芬對此標誌出《蘭嶼觀點》採取的兩種策略：「一者批判性地處理漢人的觀看，從中瓦解漢人觀看與權力掌控的連結；一者為納入原住民在地觀點和詮釋。」[102]胡台麗曾撰文梳理民族誌電影的觀念變革，其中對過往「科學性」宣稱的置疑，如同一九八〇年代人類學的反省：轉而著重民族誌作為文本的文學性，與人類學者的作

---

95 同前注，28”06-28”20。
96 原載於《電影欣賞》六六期（一九九三）；後收入胡台麗，《文化展演與台灣原住民》（臺北：聯經，二〇〇三），頁四九－五七。
97 同前注，頁五一。
98 同前注，頁五四。
99 田玉文，〈深入問題的核心——從《蘭嶼觀點》的眾聲中出發〉，原載《電影欣賞》六九期（一九九四）；後收入胡台麗，《文化展演與台灣原住民》，頁七六。
100 邱貴芬，〈紀錄片／奇觀／文化異質——以《蘭嶼觀點》與《私角落》為例〉，《中外文學》三二卷一一期（二〇〇四年四月），頁一二七。
101 同前注。
102 同前注，頁一二八。

者身分[103]；進而強調反身（reflexion）、參與（participation）、回饋（feedback）等承繼法國導演暨人類學者尚・胡許（Jean Rouch）的民族誌電影方法。

一九九三年十月，《蘭嶼觀點》「完成」於胡台麗返回蘭嶼島上的放映，並記錄族人們的迴響[104]。對她來說，影片無非是為「提出問題」，但包含於提問下另一層期待則是：「未來，很希望能看到原住民自己拍攝、剪接的東西。」[105]

蘭嶼貯存場並未因前赴後繼的「驅逐惡靈」或《蘭嶼觀點》而撤離，事實上，反核廢運動亦歷經它激越或隱伏的週期，與內涵之轉變。傳播學者黃淑鈴從運動者的論述策略，考察不同時期主導框架的轉移[106]：包括第一波一九八八至一九九一年「驅逐蘭嶼惡靈」；第二波一九九五至一九九六年，因擴建計畫與廢料桶鏽蝕，引發族人堵港遏制運輸船駛入；第三波二〇〇〇至二〇〇二年，政黨輪替後，台電為續約貯存場用地，導致全島罷工罷課。間隔十年後的二〇一一年，蘭嶼核廢輻射外洩報告曝光、加以福島核災事件，重啟了第四波運動至今。據黃淑鈴分析，前三波（一九八八－一九九六）以族群正義為號召、批判殖民主義並訴求自治，如夏曼・藍波安等，而在參與世代更替、運動情境諸如原運消長或環境意識興起、蘭嶼社經結構轉型等因素下，至第四波（二〇一一－）已轉變為環境權的論述框架：

> 前三波運動是以「族群正義」為主軸，將核廢料問題診斷為漢人政府對原住民的「殖民主義」，並以「滅族」恐懼召喚族人的參與，因此隨著運動的發展，反核廢也逐漸導

向民族「自治」的追求。然而從二〇一一年起的反核廢運動，由第二代成員希婻・瑪飛洑主導的蘭嶼部落文化基金會以及第三代集結的青盟，雖然持續使用滅族的口號，但其發言與運動策略**已從符號式的惡靈恐懼，轉向科學性的核廢料危害，強調「環境權」的問題……**[107]

與其緬憶於一個逝去的烏托邦，《蘭嶼觀點》欲揭露的無疑更是傳統在現代文明裡的問題性[108]。如同詹姆斯・克里弗德在《復返》所提示，「傳統」在傾向文字與編年史等現代意識觀點下，往往被視為現代的殘餘，但若改以「歷史實踐」（historical practice）視之，「傳統

103 胡台麗，〈民族誌電影之投影——兼述臺灣人類學影像實驗〉，《中央研究院民族學研究所集刊》七一期（一九九一年九月），頁一八六。
104 即〈《蘭嶼觀點》的原點——民族誌電影的實踐〉一文。
105 胡台麗，〈《蘭嶼觀點》的多面觀點——試映會後座談〉，原載《電影欣賞》六六期（一九九三）；後收入《文化展演與台灣原住民》（臺北：聯經，二〇〇三），頁七一。
106 黃淑鈴，〈從族群正義到環境論述——達悟反核廢運動者的框架移轉〉，《思與言》五三卷二期（二〇一五年六月），頁七一－四八。
107 同前注，頁二〇。
108 例如參與《蘭嶼觀點》製片的李道明於一九九四年座談上發言：「它不是在介紹蘭嶼過去的烏托邦情懷，而著重在蘭嶼當前的問題，包括外來客問題、新文化科技的壓力、弱勢族群在政治環境中的犧牲」（田玉文，〈深入問題的核心〉，頁七五－七六）。

就會擺脫它與過去的優先聯繫，顯示出自己是一種連接不同時間點的方法，是一個轉化的源頭。」[109]穿插於核廢料鏡頭間的飛魚祭儀式、拼板船、詩歌，因此賦予觀者反思的原點；參與「驅逐蘭嶼惡靈」的夏曼・藍波安在《蘭嶼觀點》後段，達悟老人們在水芋田日復一日耕作的躬身裡，也以畫外音疑問著：「他每一天都做出相同的這樣的勞動力的過程，到底是為了什麼？」[110]

在核廢的陰影下，在漢化教育、觀光、貨幣資本的蠶食下，維繫傳統生活，**到底是為了什麼？**對夏曼來說，一九九〇年代起回歸祖島，重習獵魚知識、潛水、造舟、並記述口傳詩歌與神話，深刻的歷史實踐，化為一句追問：「怎麼辦呢？我們的未來？」[111]

這個問句，摘錄在《安洛米恩之死》卷首。相對於《黑色的翅膀》到《天空的眼睛》（二〇一二）多以成長小說的形式反覆銘刻青少年歲月，直至二〇一五年這部長篇，夏曼・藍波安才藉由安洛米恩的視點，回溯自己曾涉身其中的「驅逐惡靈」運動。延續〈安洛米恩的視界〉等連作，小說以部落裡的「神經病」安洛米恩與「零分先生」達卡安生命的交織為主軸。安洛米恩為出生於一九六三年的世代，自許承繼「航海家族的族裔」傳統；但現實中，始自一八九七年日本派來民俗學者以降，陸續到臨的武警、機械船、及至戰後的國民政府，業已「征服」了這座達悟自稱「人之島」的世界觀。他苦悶不解的源頭，乃在於「島嶼現代化」後陌生的價值體系，他唯獨接納小十歲的晚輩達卡安，正也是兩人於蘭嶼國校的適應不良，如達卡安逃課的理由：「裝不下那些漢字，在我的頭。」[112]

《安洛米恩之死》以四章，沿著安洛米恩盛年步入衰頹的生命歷程，時序由一九八〇年代末的「驅逐蘭嶼惡靈」運動，橫跨至二〇〇〇年後、完結於二〇〇九年，他經受長期酗酒、飢餓之病苦、幻想症而在療養院自盡。不同以往的是，夏曼・藍波安明顯賦予代表文明的文字，更複雜的寄寓。首章細緻描述安洛米恩引領達卡安潛水獵魚、教導他月亮與潮汐等「野性海洋知識」，或水芋田中的工作，卻也一再囑咐他必須繼續讀國中，學習華語、「寫台灣人的字」[113]。對安洛米恩來說，傳統知識適足以為遭遇「現代性帶來的民族矛盾」[114]的思忖依據，同時如魚獵等技藝也供給生存的物質基礎，但，唯有學會外來者的文字，才可能銜接島嶼的未來：「約是一九七〇年的時候，我們的島嶼開始有了載遊客的飛機……你一定要會寫自己的名字，去念國中練習說漢人的話，畢竟我們島嶼的明天的未來，外來遊客不可能愈來愈少，反而會多到讓你討厭他們的問東問北，也帶給我們不同的是非判斷。」[115]

夏曼・藍波安在各章帶入不同角色觀點，以省思島嶼現代化的問題，第一章轉而描繪牧

---

109 詹姆斯・克里弗德，《復返》，頁三六。
110 胡台麗，《蘭嶼觀點》，1"03"40-1"03"46。
111 夏曼・藍波安，《安洛米恩之死》，頁五。
112 同前注，頁一三。
113 同前注，頁三九。
114 同前注，頁四三。
115 同前注，頁四五。

師周布良、小學教師張正雄（夏曼・立亞肯恩）疏遠達悟傳統的內在矛盾。牧師和教師等職業，之於族人，「是部落裡因外邦人的關係的環境產物」[116]，周布良神學院畢業後返回祖島教會服務，曾熟稔「野性海洋知識」，卻在基督教義下，遠離泛靈信仰的達悟文化；保送師範學院的張正雄則對「野性海洋知識」盡無所悉，在自己學生安洛米恩鄙夷的目光裡，開始產生疑惑。安洛米恩挑釁的話語，衝擊兩人固有的信仰價值，尤其他對於外來的宗教、學校、核廢料，及背後繼承隱蔽的殖民體系，一針見血的批判：「白人牧師也是執行白人的宗教觀，他們是宗教殖民者，就像我們也是被核能廢料殖民一樣的真理。」[117]最終，兩人藉出海的儀式，復返族群歸屬的海洋，並以族名夏曼・立亞肯恩象徵性地代換了漢名的身分認同。

「殖民」、「馴化」、「國家霸權」、「優質與劣質」等概念詞語，被夏曼・藍波安頻繁援用於小說主題的辯證，在安洛米恩徘徊於一九九〇年初的蘭嶼機場、村辦公室、反核現場批判的語言中。《安洛米恩之死》將主角的生命歷程，與內心深劇的創傷，聯繫至以核能為象徵的殖民主義的惡靈；經旁人轉述，他敬愛的兄長赴臺灣做工後跳樓自盡，死前模仿飛魚展翅，呼喊著：「我是航海家族的男人，滾蛋核廢料。」[118]安洛米恩承繼了兄長的悲憤，憤怒於臺灣政府將核廢料丟棄在他們的島上，及部分族人接受官方施予的利益，配合貯存場政策。安洛米恩在島上被視為「神經病」般肆意咆哮謾罵，他無解的困惑，卻提供我們一種對位式的思考：

「合法的侵略者，非法的守護者」，怎麼會是如此呢？**原住者是非法的一方，他死去的大哥稱之被殖民者；有文字的國家是侵略者，在他們的法律稱之統治者**。他想到，原來多數人使用文字，寫著沒有文字的弱勢民族的土地稱之國有地，法規寫著合法侵略少數民族。[119]

夏曼・藍波安在二〇一五年的《安洛米恩之死》重現「驅逐蘭嶼惡靈」運動，時間點別具深意。二〇一一年，三一一福島核災後，蘭嶼核廢料議題在臺灣媒體上受到另一波關注。日本哲學家高橋哲哉在三一一核災後寫下《犧牲的體系：福島・沖繩》[120]一書，將核能發電定義為一種建立在犧牲的體系（The System of Sacrifice），他指出：其中必然有要求犧牲的一方，與被犧牲的另一方；而核能政策能夠成立，早已預設了犧牲的前提，換言之，安全神話僅只是假象。犧牲的體系在共同體的概念，諸如國家、社會等隱蔽下，亦總是成為「無責任

116 同前注，頁六二。
117 同前注，頁九四。
118 同前注，頁六七。
119 同前注，頁一三七。
120 高橋哲哉，李依真譯，《犧牲的體系：福島・沖繩》（臺北：聯經，二〇一四）。

體系」[121]。這樣的關係，構造出「中心」和「邊緣」的差異，並呈現出歷史性、結構性的歧視；高橋哲哉進一步指出，其中存在了一種「**殖民主義性格**」[122]。

對夏曼・藍波安，和他小說中的主角而言，蘭嶼不正位處這樣一種「犧牲的體系」，在戰後被迫進入與臺灣政府中心和邊陲的殖民關係。「神經病」，因此更像是面對外來文明、政權治理下，達悟文化的集體病徵。透過反覆書寫監獄與核廢的進駐、微小如外來物種對小島造成的傷害，另一方面，夏曼・藍波安同情安洛米恩這樣的「神經病人」，意圖藉其視點，混淆或反轉「野蠻」和「文明」的等級位階，甚而以自居「落伍」與「野蠻」，質問如《安洛米恩之死》後記所指縈迴於文化接觸的核心問題：

> 國小，我們發現我們自己不是漢人、漢族，不會說華語，於是學校老師給我們稚幼心靈的謎題是：漢人文明，我們野蠻；漢人進步，我們落伍。
>
> **何謂文明？何謂進步？**這是我個人一直在對抗的問題，也是整個星球人類的問題。[123]

若此，安洛米恩之死，又意謂何者的死？

五、航向世界的島嶼

蘭嶼，達悟語稱之Ponso no Tao，意譯為「人之島」，有人居住的島嶼。十九世紀中葉前，這座蕞爾小島遺世獨立於臺灣以東，未見諸任何版圖。

早自首部長篇《黑色的翅膀》，夏曼・藍波安即曾藉男孩卡斯瓦勒描繪年少初見世界地圖的印象。卡斯瓦勒潛進教員辦公室，在不見蘭嶼的地圖上，以鉛筆標記下一個黑點：「這是蘭嶼，這個是台灣，下面是菲律賓。」[124]往右延伸，是大洋洲上的無數島群，他對同伴說：「我們的島嶼已經存在於世界地圖了。」[125]由此萌生了未來的夢想，「在海上漂流」。

與卡斯瓦勒相似，夏曼・藍波安少年時初識的輿圖，亦未有祖島，更因以中國為中心，而將太平洋切割成零碎不完整的形狀。二〇〇五年，當浪跡大洋洲庫克群島的拉洛東咖島（Rarotonga）途中，夏曼・藍波安才首見一幅以太平洋為中心的地圖，「從我們作為少數族群的海洋民族而言，這是正確的世界地圖，其理由是東經一八〇度恰是先看見太陽，西經〇度先遇見月亮。」[126]

世居人之島上的達悟，屬南島語系民族，據祖源的傳說，應是由南方菲律賓巴丹島遷

121 同前注，頁二〇－二一。
122 同前注，頁六四－六六。
123 夏曼・藍波安，《安洛米恩之死》，頁二三七。
124 夏曼・藍波安，《黑色的翅膀》，頁七九。
125 同前注，頁一〇七。
126 夏曼・藍波安，《大海浮夢》（臺北：聯經，二〇一四），頁一九〇。

居而來。昔稱的「紅頭嶼」之寫入殖民者歷史，可溯及清康熙巡臺御史黃叔璥的《臺海使槎錄》，黃於一七二二至一七二四年銜命於臺巡視，期間的撰著提及小琉球（沙馬磯頭）外有一島：「沙馬磯頭之南，行四更至紅頭嶼，皆生番聚處，不入版圖……」[127]書中收入的〈番俗六考〉，更有諸番界風俗的考察，如其記載下的達悟人「以石為屋」、「以金為鏢鏃」[128]。光緒三年（一八七七），因日人屢屢進犯鄰海，清廷始派遣恆春知縣周有基赴紅頭嶼勘繪，並將之納入清帝國版圖。

日本據臺初期限制紅頭嶼進出。一八九七年，始有人類學者鳥居龍藏前往研究調查，並在《紅頭嶼土俗調查報告》中以雅美（Yami）稱呼島人。一九〇三年一艘美船班傑明修厄爾號（Benjamin Sewall）觸礁失事，船員漂流為族人救起並交予日人，卻遭致日警後續的逮捕；這起「美國船事件」後，日本政府擴而進駐島上，展開較積極的殖民治理。

夏曼・藍波安的生命書寫，交織著二十世紀上、下半葉，達悟族人反覆與日本、與中華民國政府受創的接觸史，如他曾記述日本人類學家馬淵東一、瀨川孝吉跟隨自己父親入山伐木，〈日本兵〉[129]的夏本・固且喟嘆現代化的矛盾，持續銘寫著日本化、乃至自身被迫漢化的困頓歷程。千禧後的作品如《航海家的臉》，愈見以殖民主義的思考框架，看待存於蘭嶼島上的土地、教育、環境、文明化等問題；如黃淑鈴指出，蘭嶼反核的第一代，論述光譜深受《人間》雜誌如關曉榮等人反帝國、反殖民的影響[130]。

自一九八九年歸島的十四年間，夏曼・藍波安在家中父祖輩的口傳與身教下，重拾達悟傳統生活，潛水獵魚、吟對詩歌、依夜曆祭儀，並築造自己第一艘舟楫（〈黑潮の親子舟〉）。這段重新「成為達悟」的歷程，形成了前期作品的主題。二〇〇三年三月間，夏曼・藍波安頓失其父母和大哥，而大伯也於隔年相繼辭世，至此，「整整一年我與孩子們的母親開始面對沒有前輩們在傳統節慶為我們原初的宇宙觀做儀式的日子。」[131]

二〇〇四年底，他自我放逐從紐西蘭奧克蘭飛往同處南太平洋的拉洛東咖島，隔年二月底，自斐濟返回蘭嶼未久，五月，旋又加入了日本航海家山本良行橫越摩鹿加海峽（Molucca Sea）的航海探險。這趟原屬個人悼念、療傷的旅程，竟而別具生命史與族群史的意義。在航程後一篇短文〈航海的感想〉[132]中，夏曼提到，「航海」原是出身部落灘頭的達悟小孩們，想像未來的夢；另一方面，由印尼蘇拉威西島的錫江市（Makassar）啟程，往北跨過赤道、並向東的航線，正是歷史中南島民族逐日移動的航向，以此航行「重建南島民族由西向東航海的偉大航海史」、「目的也在解構歐洲航海史自**一四九二年哥倫布被美洲大陸發**

127　黃叔璥，《臺海使槎錄》（一七三六）。轉引自余光弘、董森永合著，《雅美族史篇》（南投：臺灣省文獻委員會，一九九八），頁九九。

128　同前注，頁九九。

129　夏曼・藍波安，《海浪的記憶》，頁一五一－五六。

130　黃淑鈴，〈從族群正義到環境論述〉，頁三一。

131　夏曼・藍波安，《大海浮夢》，頁二四〇。

132　夏曼・藍波安，《航海家的臉》，頁九三－九九。

現以來，自居為偉大的航海民族，刻意欺壓南島語族千年的航海史詩。」[133]

相對一九八九年歸返達悟的祖島啟開了前期創作，航海摩鹿加海峽無疑標誌出另個階段的思索。其後的《老海人》、《天空的眼睛》（二〇一二）皆呈現對島嶼未來愈複雜的想像。然而直至二〇一四年，夏曼．藍波安才藉《大海浮夢》一書，完整寫下十年前這段航行的歷程。

這部作家生涯規模最巨、近五百頁的長篇，在許多方面，都帶有總括性的含義。《大海浮夢》承續顯明的自傳性質，以第一人稱口吻，娓娓展開敘述，並兼容諸多論議的成分。四章分別為憶述一九七三年離島前灘頭生活的〈飢餓的童年〉、〈放浪南太平洋〉與〈航海摩鹿加海峽〉，二〇〇六年父執輩相繼辭世後，再次入山伐木造舟的〈尋覓島嶼符碼〉，唯此時兒子藍波安跟隨身旁。論者如邱珮萱曾舉出生命書寫（Life Writing）[134]的概念，析論《大海浮夢》中原住民文學自我書寫的特質，別於西方傳統自傳敘述單一自我的表達，夏曼．藍波安作品往往呈現個人與族群史深刻的交織，邱珮萱通過討論首尾兩章更加指出，夏曼．藍波安所謂「核心的問題是經常『飢餓』」[135]。

誠如篇名所示，「飢餓」構成了作家此時重新看待童年達悟生活的感受[136]。不僅是表面上因自然資源貧瘠所致身體性的飢餓，更深層之意則指向原初豐饒的島嶼，遭逢現代化文明後伴隨而至新的飢餓，是「面對被文明統整的飢餓」[137]、「『飢餓的童年』是原初的豐腴社會的末梢」[138]。另一方面，「飢餓」促使了「移動」正是人類生存本能。

飢餓的童年，因此結束在一九七三年執意離島、移向臺東的機械船上。銜接的〈放浪南太平洋〉與〈航海摩鹿加海峽〉因而也呈現出失去父執輩、及其所表徵原初世界觀的失落，而本能的移動。

二〇〇四年最後一日，降落至拉洛東咖島，夏曼・藍波安在島上的時間借宿在房東布拉特先生家中。布拉特先生是出生島上的玻里尼西亞人，因庫克群島十九世紀晚期受英國殖民的歷史而深受英化。除結識同屬南島民族的當地人，令夏曼・藍波安感興趣的是在陌生的島國尋找「台灣來的船」，鎮日徘徊阿伐洛阿（Avarua）港，遇見來自高雄小琉球的陳船長，及他僱傭的羌族青年船工小平、發仔等人。〈放浪南太平洋〉一章即通過拉洛東咖島反想蘭嶼，並細緻入微地描述來自中國內陸四川成都的青年，為求生計，迢遠前往巴拿馬阿摩葉斯

133 同前注，頁九四。
134 邱珮萱，〈凝視翻轉——夏曼・藍波安重構島嶼符碼的生命書寫〉，《人文社會科學研究》一一卷四期（二〇一七年十二月），頁四七－六二。
135 夏曼・藍波安，《大海浮夢》，頁一三。
136 值得注意的是，夏曼・藍波安曾在《大海浮夢》受訪中，談及魯迅對「飢餓」的刻描：「魯迅的兩地書，《徬徨》，因為那個時候我正在飢餓，看到那個孔乙己的那個狀態，跟我一模一樣，顯然魯迅，這個前輩實在，觀察漢人的社會是如此的細膩，他才是影響我最深的人。」參看「我的身體就是海洋文學」，網路連結：https://www.youtube.com/watch?v=r3rJ85f84YY，二〇一九年十一月五日最後瀏覽。
137 夏曼・藍波安，《大海浮夢》，頁一二四。
138 同前注，頁四六八。

港的漁船上，隨臺灣船長學習遠洋漁獵的船工生活。

拉洛東咖島的身世如同蘭嶼，夏曼・藍波安轉述房東布拉特先生的憶述，他返島定居後，經常在環礁獵魚抓龍蝦；然而一九九五年，法國政府執意於法屬大溪地南方約兩百海里的穆魯羅阿環礁（Moruroa）進行核子試爆，輻射塵汙染了鄰近的南太平洋海域。夏曼・藍波安曾經帶著蘭嶼經驗，參與穆魯羅阿試爆後一九九六年於大溪地舉辦「西元二〇〇〇年廢除第一世界運儲核武、核廢至第三世界」活動，對他來說，核廢料場占據的蘭嶼，與承受核爆汙染的南太平洋諸島，同屬西方帝國殖民擴張下所犧牲的「牲禮祭品」[139]。而事實上，庫克群島（Cook Islands）之命名，即銘刻一七六八年詹姆斯・庫克船長（Captain James Cook）的足跡，其所謂「被殖民的開始」[140]，他反覆重思自哥倫布、麥哲倫等航海探險以降，西方歷史敘事中的中心主義：「一四九二年，哥倫布說是『發現新大陸』，這是人類文明史上最大的謬論，正常人的說法應該說是：**美洲大陸『發現哥倫布』**，其次是，麥哲倫之後的『地理大發現、大航海時代』這是什麼邏輯啊！」[141]

……我們南島民族的祖先在白人還沒有來之前，還不會航海之前，我們早已實現了民族依靠海洋移動的大航海時代，不是在麥哲倫一五二一年被關島查莫洛人發現之後的十六、十七、十八世紀才稱之「大航海時代」，這個史觀就是「中心」惹的禍，就是以「文字」強大自己的西方偽史，或是不包括邊疆民族史的中國史觀，霸權的具象就在字裡行間，「**當自封文明遇見沒有文字文明的民族」的時候，所謂的「文明」在殖民時代盛行的時候，其實它的意義就是真實的「野蠻」**。[142]

藉由黑膚色、形貌、語彙中「母音相同，子音漂流」[143]、海洋文化的習性，夏曼・藍波安在波里尼西亞人身上，一再確證彼此同屬南島語族一系，同時在被殖民和邊緣化的處境中，看見蘭嶼和太平洋諸島的歷史聯繫。在島上期間，他跟隨德國友人前往一所醫院擔任癌症患者的志工。這所醫院是為一九六二至一九九五年間穆魯羅阿核子試爆感染的患者提供醫療支援。其中幾位德國白人，曾是德國於南太平洋島嶼進行核子試爆後，前來從事核汙染監測研究工作的科學家；在友人身上，他思忖另一層「複雜的、身為歐洲白人的原罪」。

在相遇陳船長與羌族船工之際，夏曼對比自己同樣因貧窮展開於臺灣西部的勞動痕跡，為重考大學，從事貨運捆工、受盡閩南籍老闆壓榨歧視；羌族少年則是從巴拿馬展開往阿伐洛阿港第一趟獵魚的航行。

139　同前注，頁一三六－一三七。
140　同前注，頁一三四。
141　同前注，頁一二〇。
142　同前注，頁一二〇－一二一。
143　同前注，頁一五三。

接續的〈航海摩鹿加海峽〉詳記二〇〇五年夏曼・藍波安參與日本航海家山本良行橫越摩鹿加海的過程。他們的船，採以「印尼仿古船」，五月中夏曼・藍波安輾轉飛抵蘇拉威西島的錫江市，為這艘船取以達悟之名「飛拉號」，繪上拼板船的圖騰雕飾，在風帆印上達悟船的眼睛。六月啟程於赤道以南，沿蘇拉威西島西側，往北航行。夏曼・藍波安至印尼最東邊的查亞普拉市（Jayapura）結束航程，返回臺灣。

對他來說，航海是孩提即已浮現的「大海浮夢」，而橫越的航向，亦也是南島民族從馬達加斯加島（Madagascar）向東航行，「南島民族祖先追逐太陽升起的航線之一」[144]。

在船上他被視之以「祭司」的身分，山本先生刻意對印尼人以薩滿（Shaman）翻譯夏曼（Syaman）的名字，並請他以達悟傳統的出海儀式，為船隻祈福。航行期間，蘇拉威西島瀰漫於基督徒與伊斯蘭炸彈客，相互攻擊清真寺和教會的報復事件陰影。相對當地一神信仰間的衝突，夏曼・藍波安反思達悟信仰觀所奠基傳統生活的萬物有靈，「我被他們接受了是因為我們有共同擁有的、廣義的『海神』，而非狹義的一神宗教觀，極端化某神的權威，汙衊化人類日常生活的現實觀。」[145]在文化的差異詮釋與迻譯下，思及被賦予「薩滿」對自身命格的意義。

他以獵到飛拉號的初獲魚，更加證實於印尼船員眼中的「祭司」身分，以歸島後達悟海洋的生活，習於航海長程的日曬。在不同碼頭的停泊間，夏曼・藍波安一次次驗證「吃檳榔，以及數字、單字的相似，說明了『南島語』使用區域是非常廣闊」[146]，然而卻也惑於當地占多數的穆斯林，以及天主教、基督教等一神論彼此強烈的仇恨與排他性；對此，夏曼・藍波安疑問著外來宗教傳播至第三、第四世界的殖民性問題，藉長段論述，寫下個人於文化接觸間深刻的體會：

西方基督宗教傳入西方人所謂的第三世界、第四世界，重點是在「傳入」，簡言之，就是西方價值觀的引進，企圖以西方神學論、神學觀、宇宙觀顛覆、撕裂非西方人的「傳統信仰」。〔……〕**我的觀點是，星球下的人類文明的各自發展、延續，有其在地文明生態的深厚基礎，在西方帝國尚未進行掠奪、殺戮前的世界各地**。〔……〕包括我自己在自己的部落，從小就這樣聽神父的話，讓我們從小被他灌輸，我們的傳統是「罪惡」之源，但我認為，簡單的說，世上各個民族的傳統信仰，就是我們的民族科學的內容，就是貼近土地、海洋的生態環境信仰，是與生活環境結合的人性教義。[147]

在大洋洲的拉洛東咖島上，夏曼・藍波安尋獲一幅以太平洋為中心所繪製的世界地圖，

144 同前注，頁二五二。
145 同前注，頁二八四。
146 同前注，頁三〇六。
147 同前注，頁三〇九－一〇。

在菲律賓南端、印尼北方的摩鹿加海，他以仿古航行重行過南島民族祖先逐日移動的航向，《大海浮夢》寫作始於親族辭世的失落，卻藉此「飢餓」促使的移動，將達悟人之島，帶回了海洋所聯繫起的世界的島嶼。

昔日蘭嶼，在達悟所稱之Ponso no Tao人之島外，另有Mahataw（漂浮在海上）或Di-Hami（北方之島）等繫於海洋的不同稱呼；所謂「北方之島」，即相對菲律賓巴丹島以北的島嶼，而達悟亦有Tao do Teirala「北方的人」等自稱[148]。鹿野忠雄曾已注意到蘭嶼史前文化與菲律賓相似的南島屬性，學者楊政賢進而指出蘭嶼「北方」的語意，「是一種兩地族群遷徙集體意識的投射」[149]，其中蘭嶼的世界觀，以海為中心、並隱含有「南向」的歷史經驗。在考察考古證據如甕棺葬、祖源傳說和口述歷史、物質文化如傳自巴丹的黃金與銀盔，楊政賢論及，即使據稱達悟來自巴丹的說法仍待證據商榷，但兩地的親緣性，同屬其所謂「巴丹文化圈」。蘭嶼和巴丹Ivatan族貿易通婚等交往，中斷於約莫三百年前交易的衝突。楊政賢實地調查兩地藝術表現時，亦留意到相似的飛魚和鬼頭刀母題；差別在於蘭嶼的文化生活圍繞以飛魚，而巴丹Ivatan則以鬼頭刀為主[150]。

田騏嘉由此進一步以「巴丹文化圈」概念，回顧蘭嶼歷史何以成為「帝國文化圈」的從屬，繼而從南島文化成了漢字文化，「以部落為主體的小島轉變為『離島』地區的蘭嶼。」[151]一八七四年，由於牡丹社事件與日衝突，清帝國轉而「開山撫番」，治理臺灣後山，一八七七年恆春知縣周有基將蘭嶼象徵性地納入版圖；另一方面日本則在「番地無主論」下持續進犯鄰島，直至一八九五年展開對臺的殖民時期。巴丹島在一八九八幾年期間，亦處於日本、西班牙與美國勢力的交界，而呈現主權不明的狀態，直至一九〇〇年為美國接收：「一八九五年、一九〇〇年成為蘭嶼與巴丹群島正式從鄰島變成鄰國的轉捩點，使得原本同源共祖的兩個族群，在四個國家的勢力競逐下，各自分屬日本與美國。」[152]事實上，從「巴丹文化圈」轉為「帝國文化圈」的過程，也奠基下今日蘭嶼於臺灣政治地理的從屬關係。

夏曼・藍波安在《大海浮夢》以航海的實踐與書寫「南島民族祖先追逐太陽升起的航線」，某種意義上，致使過去縈迴於作品中蘭嶼與臺灣「小島」對「大島」的矛盾心緒，航向了另一個南向、屬南島民族海洋移動的歷史經驗；即使在其所謂「後傳統」的此刻，相對於「白色島嶼」，仍反覆回到〈尋覓島嶼符碼〉尾聲划行的那一片「**黑色海洋**」：

> 在漆黑的夜色汪洋，他們生前的身影彷彿一直陪著我划船，那種感覺就像自己在二

148 楊政賢，〈島、國之間的「族群」——臺灣蘭嶼Tao與菲律賓巴丹島Ivatan的口傳歷史〉，《南島研究學報》三卷一期（二〇一二），頁三一－三四。

149 同前注，頁四七。

150 楊政賢，〈文化協商與藝術表現的抉擇——台灣蘭嶼與菲律賓巴丹島的比較研究〉，《台灣原住民族研究學報》四卷一期（二〇一四），頁六一－八九。

151 田騏嘉，〈從「巴丹文化圈」到「帝國版圖圈」的蘭嶼〉，《師大台灣史學報》九期（二〇一六年十二月），頁一七六。

152 同前注，頁二〇八。

〇〇五年六月，在航海越過菲律賓南端、印尼北方的摩鹿加海峽一樣，親人們的身影好像就在身邊的感覺，心情十分的舒坦，黑夜，黑色海洋，槳葉插入海，滲入最深的記憶刻痕。[153]

六、新野蠻主義

願野蠻與落伍與我長在。

——夏曼・藍波安，《安洛米恩之死》

回歸，並不意味著對一個烏托邦過去的回返。詹姆斯・克里弗德身處新世紀，回望一九八〇和一九九〇年代全球的「原民現身」與文化復振，並寫下《復返》，重思去殖民化、全球化與原民生成間錯綜的關係，尤舉出文化身分的銜接（articulation）和翻譯等問題。曾經盤據十九世紀後期及至二十世紀的「隧道式史觀」，亦即西方現代性的線性發展觀念，構成了等級社會形態和帝國觀點的世界秩序，如開發與否、傳統與現代、口語或文字等，克里弗德說：「隨著二十世紀結束，原先被現代性進步史觀遮蔽住的其他歷史紛紛從陰影裡浮現了出來。」[154]對克里弗德而言，原民的存續，本身已挑戰著西方主導的文明觀和進步觀；重新檢視過往被視為「沒有歷史的人群」的原住民歷史，更將明瞭文化接觸之際，「現代性的目的論敘事明明白白是個種族中心主義下的產物。」[155]

克里弗德在《復返》起始即列舉相對的各種另類史觀，他援引夏威夷歷史學者麗麗卡拉・肯埃雷海瓦（Lilikalā Kame'eleihiwa）所指出夏威夷人對時間藉身體方位為修辭的指稱，過去以其富含知識稱為「在前面的時間」，未知的未來則是「在後面的時間」；克里弗德進一步闡述，「向後走進未來」之姿令人聯想起班雅明〈歷史哲學論綱〉裡的「歷史天使」。然而與「歷史天使」差別在於，「過去」對夏威夷人並非一片廢墟，不是被「進步」的暴風席捲至未來，尤甚者，「時間不是採取單一、暴烈的方向，而是足智多謀地往返於當前的難題與被記取的過去（remembered past）之間。這是一種實用主義取向，不是目的論或彌賽亞主義取向。過去（透過土地和祖先得到具體化）總是新興（the new）的一個泉源。」[156]

西方線性的歷史時間將原住民的「本源」轉化成「過去」，克里弗德卻反覆強調，回歸本源並非回到過去，而是「在一個擴大的現在（an expanded present）裡轉身，轉身後再回轉」[157]；所謂文化的「傳統」，應被視之為歷史實踐（historical practice），以此連結於不同的時間性，由此「一種統一的史觀將會讓位於互相糾纏的歷史實踐」[158]。

---

153 夏曼・藍波安，《大海浮夢》，頁四六九。
154 詹姆斯・克里弗德，《復返》，頁二九。
155 同前注，頁三〇。
156 同前注，頁三二。
157 同前注，頁三四。

夏曼・藍波安曾如此自陳，「何謂文明？何謂進步？這是我個人一直在對抗的問題。」[159]在回歸達悟生活的歷程中，依潮汐和月球的「夜曆」，重拾相對於現代時間、因循傳統生態觀的歲時祭儀，或其所謂「民族的科學」。他生活和書寫的實踐自復返初始，在與殖民現代性的進步觀形似二元的對峙下，已顯露與傳統相互銜接、**轉身後再回轉**的歷史實踐之姿，譬如以「惡靈」指稱「核能廢料」並欲加以驅逐之。

現代與傳統、文明或野蠻，對蘭嶼戰後這一代達悟人，再不是非此即彼，而是如夏曼《航海家的臉》自序中所謂「游牧在現代性與傳統性」[160]之間的苦惱；他接合自身海洋經驗與哲學家德勒茲（Gilles Deleuze）的游牧（nomadic）思想，顯然是翻譯、挪用詞語一個深具啟發的例子。在《老海人》〈滄海〉一文，他再次憶述成長過程學校老師與神父帶有殖民者的歧視心態，期許族人從「野蠻」轉向「文明」，少年的他，夾處在父母所代表原初的野蠻環境，與進化的文明標準間，「這是兩條平行線，兩個世界的人的想法」[161]，然而有別過去限於進步觀的煩惱，夏曼・藍波安此際提出了自己對文明與野蠻的定義：

> 我的經驗解釋是，這是人類與自然環境的親疏關係：**愈接近自然環境生活的人稱之「野蠻」**（跟生態環境情感濃厚）**愈遠離自然環境生活的人稱之「文明」**（用自然科學解釋生態，沒有情感），信奉西方宗教的一神論者是「文明」（outsiders），泛靈信仰的自然主義者是『野蠻』（insiders）。[162]

達悟夜曆與飛魚信仰構築的生態時序，人與自然的親疏遠近，夏曼・藍波安奠基於身體經驗的野蠻和文明論述，無疑成為反思現代性突出的另類觀點。值得一提的是，他援用華語書寫、表記達悟口語的文本，亦呼應論者所描繪華語語系社群的歷史過程，史書美以臺灣南島語系原住民面對移入的漢人，強調原住民遭遇的定居者殖民主義（settler colonialism）從未終結[163]；如同《航海家的臉》以「原初的相遇」命名寫下的系列：鐵殼船帶來了新物種、傳教士、蘭嶼指揮部、興隆雜貨店、蘭嶼農場、核廢料；而臺灣原住民援用華語語系書寫所表現的口語或混雜特質，既存在反殖民立場[164]，以夏曼・藍波安而言，又帶有重層文化翻譯過程的顛覆性，如他迻譯文明的「outsiders」，野蠻是「insiders」。

「新野蠻主義」，是論者李育霖閱讀夏曼・藍波安時所指出深具啟發性的理論思考。在《擬造新地球》的〈游牧的身體——夏曼・藍波安的虛擬生態學〉，李育霖帶入了瓜達

158 同前注，頁二六。
159 夏曼・藍波安，《安洛米恩之死》，頁二三七。
160 夏曼・藍波安，《航海家的臉》，頁八。
161 夏曼・藍波安，《老海人》，頁一九。
162 同前注，頁一九。
163 史書美，《反離散：華語語系研究論》（臺北：聯經，二〇一七），頁一五。夏曼・藍波安在近作《大海之眼》（二〇一八）中稱呼自己的文學為「殖民地文學」、「海洋殖民島嶼文學」。
164 同前注，頁一七。

希（Félix Guattari）「三維生態學」概念，即面對人類主體、社會關係與環境的考察，生態學關注並非表面上存續或返古，更重要的是，在迎對現代化、資本化問題提出「倫理政治方案」；瓜達希所關注人的主體化（subjectification）生成，亦非指現代性論述中笛卡兒式的認知主體，而指向一個前個人（pre-personal）的存在境域，於此開放自身，與環境各面向交織成生態網絡。[165]

夏曼・藍波安的「回歸」，在李育霖的思考下，因此呈現出獨特的生存倫理與美學意涵，「他截斷一般事物的流動，並在每個斷裂處尋找逃逸的點」[166]；他尤其關注夏曼・藍波安如何以表記聲響和達悟語音，重新發現先於文字與符號系統、同時屬前個人的「口語性」（orality）[167]；通過作家自陳的「游牧的身體」，在「現代性」與「傳統性」之間，重新勾勒組配了一個新的生存領域。從語言到身體的「游牧」，遂都指向一處李育霖所論文本的閾境空間（liminal space）[168]，並不是非此即彼，而是在此持續反覆辯證。

李育霖進而重思原住民主體，並對話史碧娃克的重要論題：「……長久以來在漢人主流文化邊緣且未能發聲的達悟主體可以被看作是史碧娃克（Gayatri G. Spivak）意義下的底層人民（the subaltern）嗎？」[169]作家又如何可能代言之？他將夏曼・藍波安的書寫視為德勒茲與瓜達希論卡夫卡時，所提出的少數文學（minor literature），非指少數族裔語言，而是意指在主流語言中的少數化（minoritizing）使用：「回復或啟動語言內蘊的節奏韻律或重新發現書寫文字的口語性——說明夏曼文學中的此一去領域的少數化運動。」[170]存在領域以至語言的去領域化，或如前所述「在每個斷裂處尋找逃逸的點」，夏曼・藍波安的書寫如此於現代性與殖民主義的侵入馴化下，重新組配「原始」、「野蠻」、「文明」等詞語觀念；由此更將可能描繪成為「達悟主體」、乃至「一個缺席或尚未存在的未來人民」[171]圖像。

在此思考下，李育霖在《擬造新地球》結論，更以夏曼・藍波安對野蠻的另類詮釋，野蠻是親近於自然，銜接瓜達希「野蠻內爆」（barbaric implosion）觀念，提出其對於「新野蠻主義」的期許，一種新主體的樣態：

> 野蠻不再只是文明的對立面，而指向某種原初、內在與身體潛在的特質，或以達悟語更確切的描述：「兇悍」。

165 李育霖，《擬造新地球》，頁一八三－八四、一八六－八七。
166 同前注，頁一八四。
167 同前注，頁一九六－九七。
168 同前注，頁二〇二。
169 同前注，頁二二三。
170 同前注，頁二二一－二二二。
171 同前注，頁二四五。在此也令人聯想起法農所述：「那些拒絕讓自己被禁錮在『過去這座實體化的塔樓』（la Tour substantialisée du Passé）中的黑人和白人，將能夠達成去異化。此外，對其他許多黑人而言，拒絕把當前視為不可改變，去異化才會誕生」（《黑皮膚，白面具》，頁三三二）。

夏曼・藍波安賦予野蠻（或兇悍）一個全新的視野，並蘊含生態學的深刻內涵：一個無法精確選擇、無法判斷善惡，尚未能區分的模糊境域——明／暗、美／醜，現在／過去、內／外、神話／現實、生／死同時並存的寧靜視野。[172]

夏曼・藍波安近年的敘述，曾稱安洛米恩、達卡安、洛馬比克等邊緣人的移動屬「海流文學」[173]，相對臺灣的「主流」，他自己亦是「少數中的少數」、所謂「海流派」[174]。

在二〇一八年《大海之眼：Mata nu Wawa》中，夏曼・藍波安從孩時聆聽驅逐惡靈的傳說揭開序幕，敘述五歲那年Pazons（祭拜祖靈日）後，「在人間消失兩次」的記憶；在祖父所說被魔鬼抱走的幻夢裡，當年的齊格瓦，夢見「一艘有桅杆帆船的外國船」[175]，那艘與達悟造船迥然不同的外國船，帶著他離島、航向陌生的地方。由此展開《大海之眼》前往臺東高中求學，及一九七六至一九八〇年間在臺灣西部城市苦力移動的日子。另一種「在人間消失」[176]。

小說末章回溯「驅逐惡靈運動」後返回祖島。直至二〇〇五年一月當浪跡至南太平洋庫克群島國，在拉洛東咖島Avarua部落的小書店裡，相對《黑色的翅膀》初見那幅學校裡的破碎地圖，夏曼・藍波安終找尋到另一幅「完整的，以太平洋為中心的世界地圖」[177]。

……終於把太平洋的完整容顏，懸掛在我獨立的書房，告訴我的航海家族之魂：「我們的世界完整了」[178]

172 同前注，頁二四八。
173 夏曼・藍波安，《安洛米恩之死》，頁二三八。
174 夏曼・藍波安，《大海浮夢》，頁四一二。
175 夏曼・藍波安，《大海之眼：Mata nu Wawa》（新北市：印刻，二〇一八），頁六二。
176 陳宗暉曾於二〇〇九年的碩士論文研究中，觀察到夏曼・藍波安不太談起自己離島於臺灣「流浪十六年」這段經歷。似乎如是，直到《大海之眼：Mata nu Wawa》，作家才首度以此為小說主題，並繫連上「在人間消失」的童年記憶，及驅逐惡靈的儀式。
177 夏曼・藍波安，《大海之眼：Mata nu Wawa》，頁二六八。
178 同前注，頁二二〇。

結語

二〇一五・花蓮

一、復魅，與二十一世紀臺灣文學

保羅・克利繪成的《新天使》，在班雅明著名的詮釋中，面朝著過去災難的廢墟，冀求拯救、修復，卻為一股風暴「刮向他背對著的未來」[1]之身姿，正是現代歷史觀念形象化的隱喻，而班雅明說：「這場風暴就是我們所稱的進步。」[2]

在這篇〈歷史哲學論綱〉中，班雅明既指出歷史的記載，往往寄予統治者與征服者，因唯有在關口被選中、被救贖之人，才擁有可茲援引的過去，即所謂：「沒有一座文明的豐碑不同時也是一份野蠻暴力的實錄。」[3]更重要的是，他批判法西斯主義、社會民主主義裏挾的進步主義，混淆著人類自身的進步，與時間線性進程的概念，導致在「進步」之名下被視為歷史常態。

相對如斯歷史連續、統一體的空泛和同質性，班雅明更突顯坐落於此時此刻的「當下」，他舉出唯物主義史學之於普遍歷史，愈強調觀念的流動、並包含其「懸置」：「把歷史事件的懸置視為一種拯救的標記。」「它是為了被壓迫的過去而戰鬥的一次革命機會（……）把一個特別的時代從同質的歷史進程中剝離出來，把一種特別的生活從那個時代中剝離出來，把一篇特別的作品從一生的著述中剝離出來。」[4]由此，歷史並非一系列事件的序列呈現，卻是「歷史的星叢」[5]，由當下與過去的時代所共同形成。

詹姆斯・克里弗德置疑主導地位的西方文明觀、現代觀與進步觀，指出現代性的目的論敘事與種族中心主義的關聯性，造成二十世紀無以數計的帝國殖民、戰爭，和種族暴力。他分析一九八〇年代以降，原民現身運動所帶出過往被遮蔽的諸多「另類史觀」，舉出夏威夷人指稱時間「向後走進未來」[6]的意象，回應班雅明批判進步歷史觀念的新天使；唯差別在於，夏威夷人所面對的過去，是具有生造力的社會神話（sociomythic）傳統、而非荒墟，「過去（透過土地和祖先得到具體化）總是新興（the new）的一個泉源。」[7]

詹姆斯・克里弗德所謂的復返（returns），是如同班雅明坐落「擴大的現在」裡的轉身，既非線性、或循環時間的對峙，而是「聽尋諸歷史」[8]、「同時望向兩邊」[9]。他改以歷史的實踐重新看待過去傳統，視傳統為接連不同時間點、一個轉化的源頭，the new。

1 中譯參考班雅明，〈歷史哲學論綱〉，收入張旭東、王斑譯，《啟迪：本雅明文選》，頁三三〇。
2 同前注。
3 同前注，頁三二八。
4 同前注，頁三三六。
5 同前注，頁三三七。英譯文為：“...he grasps the constellation which his own era has formed with a definite earlier one.” Walter Benjamin. *Illuminations*, pp. 263。
6 詹姆斯・克里弗德引用了夏威夷歷史學者麗麗卡拉・肯埃雷海瓦的研究，夏威夷的語言中，將過去稱作「在前面的時間」（Ka wa mamua），未來則是「在後面的時間」（Ka wa mahope），顯現有別於我們的獨特歷史觀。參見《復返》，頁三一。
7 同前注，頁三二一。
8 同前注，頁三五。
9 同前注，頁四五。

之於二十世紀依隨殖民主義占據的文明化論述與啟蒙意識，晚期的臺灣後殖民工程、原住民書寫，乃至生態批評，重新走上了復魅（re-enchantment）的思考路途。夏曼・藍波安以記載蘭嶼達悟神話的《八代灣的神話》，作為復返祖島、重習傳統，進而展開書寫的生命故事，遂深具象徵的意涵。其作品一再指陳遭遇現代化，夾纏著漢化、汙名化等「沒有現代性的苦惱」[10]，從嘗試解構殖民主義歷史所賦予其身文明、野蠻的對立，到寫下「願野蠻與落伍與我長在。」[11]並以溯源性的南太平洋航程，歷練「南島民族由西向東的偉大航海史」[12]。他所謂的「野蠻」，遂指向歷史實踐與生命的潛力，連結著海洋、土地，與身體的游牧勞動，一種轉化的源頭。

本書以「野蠻」為討論焦點，旨在反思話語論述的形構，與當代書寫介入殖民敘事的批判性。所選擇的空間與事件，鑲嵌著各自歷史環節的論題，與相互聯繫的內在性。太魯閣戰爭具現日治前期理蕃政策文明開化的意識形態，霧社事件置疑了殖民現代性，高砂義勇隊既呈顯國族身分的分裂，在南洋戰地的閾限性中，形似鬆動的種族等級，實則更穩固了帝國意識形態，另一方面成為疊加現地族群的新的暴力。蘭嶼則在例外狀態下承載了被犧牲的地位。必須指出的是，更多事件深埋於文獻之中，或為歷史敘事的補注、乃至付之闕如，譬如新城事件、人止關之役（有姚嘉文小說《霧社人止關》）、姊妹原事件（有瓦歷斯・諾幹詩作）、七腳川事件，以及之於不同族群的觀點，其中文明性與傳統性的問題，隱伏的另類史觀，留待後續研究思考展開。

回溯二十世紀臺灣，導因殖民主義帶給接壤地帶若永劫回歸的衝突，但見寫作者援引復魅的書寫，回應曾挾「文明」之名占據的歷史敘事。復魅，於晚近自宗教社會學重新省思西方在遭遇科學、理性的除魅後，何以重又世俗化時，成為人文領域一個重要問題。社會學者顧忠華〈巫術、宗教與科學的世界圖像〉根據韋伯（Max Weber）指出，宗教在朝向理性化的革新時，業曾導引著科學、政治、經濟等現代社會所共享的世界圖像（Weltbild），最終卻被排除為「非理性」；事實上，宗教與科學僅只是奠基於差異的認知邏輯，前者依賴主觀邏輯的解釋模式，而當經驗科學與機械式邏輯的後者占據主導性地位，「科學終究只擁有部份綜合的能力，當它將機械式的世界圖像絕對化時，它變得不再是『啟蒙』（Aufklaerung），反而是『渲染神化』（Verklaerung）了。」[13]從除魅到復魅，攸關的因此總是對其所寄存世界圖像的一再思考。

復魅亦成為從屬者漫長抑制後的發言之姿，如太魯閣戰爭相關文本，重返祖源的迷魅以置疑殖民者文明化論述如霧社，此外，亦見諸引入生態批評觀點的熱帶密林，或蘭嶼海洋。

10 夏曼・藍波安，《航海家的臉》，頁七。
11 夏曼・藍波安，《安洛米恩之死》，頁二三九。
12 夏曼・藍波安，《航海家的臉》，頁九四。
13 顧忠華，〈巫術、宗教與科學的世界圖像——一個宗教社會學的考察〉，《國立政治大學社會學報》二八期（一九九八年十月），頁六五。

這一股席捲的風，在進入新世紀後更形顯著，卑南族作家巴代（一九六二－）以巫覡文化寫作其歷史小說母題，高俊宏在二〇一八年台灣美術雙年展《野根莖》展出經年山林踏查而重繪、糾結著泰雅族大豹社的日治隘勇線遺跡，及地圖闕如若無主的空白區域，吳明益反思生態殖民主義的《苦雨之地》展於二〇一八年台北雙年展《後自然》，二〇一九年由龔卓軍、羅傳樵、王嘉玲策展《妖氣都市——鬼怪文學與當代藝術特展》，在舊時日治臺灣總督府工業研究所、戰後的空軍總司令部，展出了巴代《巫旅》、甘耀明《殺鬼》、佐藤春夫等魂魅為題的作品。

二〇二一年，甘耀明以一九四五年「三叉山事件」為題材的長篇《成為真正的人：minBunun》，透過布農青年的成長故事重構二戰記憶，更經由山難救援，講述了另一種入山的復返溯源之路。二〇二三年，夏曼・藍波安小說《沒有信箱的男人》藉一則達悟初名的神話起始，揭開「外邦人」到來的序幕，自帝國首位人類學者鳥居龍藏登上人之島、至一九〇三年美國船班傑明修厄爾號船難衝突事件後日本殖民體制之進駐，進而重思「沒有文字的民族」如何書寫歷史。

上世紀文明化的祛魅（Disenchantment），若是一未竟的殖民現代性工程，二十一世紀臺灣文學的星叢，則代之以復魅，復返土地、密林、海洋的源頭，而那，或將也是新興的起始。

二、Mata nu Wawa

二〇一五年六月末，走入盛夏的花蓮，顯現似熱帶島嶼如常燦爛的陽光，林樹蓊郁，有蟬噪自沿途林道的肺腑深處嗡鳴。單車沿緩坡騎行至高處，日本時代的花蓮放送局與海岸電臺鄰近，松林掩映間，是一片敞開的草地，綠地盡頭，唯有那幢地圖上標誌的洋樓，兀立著，牆面、柱身，覆滿攀緣植物。

拱廊幽靜，接連著一房房曾為防禦、或起居或灶火的空間。從二層樓的制高望遠，視線可及美崙溪出海的口岸。

之於它以松林名之、靜雅的建築名「松園別館」，興建時實則已進入太平洋戰爭最炙烈約莫一九四二年。這裡因地勢背據美崙山而俯瞰著港口，日治時期成為花蓮軍事指揮中心的「花蓮港兵事部」，同時也做軍官休憩所。據傳日本神風特攻隊踏往征途前夕，曾在此接受天皇所賜的御前酒，雖然未必屬實，但傳聞必定與洋樓的典雅堂皇攸關[14]。

主建築側旁留有一處地下壕塹，留下園內已隱匿而少數的戰爭痕跡，狹仄的石階，通往底處一座幽暗的防空洞。今日，壕洞壁面上展示了戰爭末期日本神風特攻隊的歷史寫真。

14 關於「松園別館」簡史，可參考翁純敏，〈松園別館背景故事〉，網路連結：http://www.pinegarden.com.tw/c2.php，二〇二〇年五月十三日最後瀏覽。

我第一次在這樣迫近的空間裡，近距離地、凝視著特攻隊員最後的臉容，對照圖說的簡短記載。離去後，復沿海濱騎行多時直到日落，才稍消散深藏壕洞裡凜人的氣息。

那趟花蓮行我原來另有目的，是為參加隔天早晨，由海洋文學作家廖鴻基所帶領導覽的賞鯨船班。

廖鴻基（一九五七－）出生於花蓮。其寫作的初始，奠定於三十多歲曾從事海上討海人的生命經歷，自《討海人》（一九九六）、《鯨生鯨世》（一九九七），即呈現有別陸地的海洋與鯨豚世界，帶給論者關於海與陸、邊界與越界的辯證思考。如李育霖便曾就作家書寫的構詞、詞性、語氣分析，指陳其作品在營造海洋的差異空間主題外，更嘗試以文字捕捉、體現海洋相對陸上，感官經驗殊異的知感與情動力[15]。一九九〇年代中期，廖鴻基開始投入鯨豚生態觀察，從事解說員工作，並創設黑潮海洋文教基金會（一九九六）。

二〇一五年，作家出版第二十部作品《大島小島》，猶以隱喻的形式，以海洋「流動」、「海風、海浪從不停止更新海島的氣息和節奏」[16]，再思索島嶼的地理生態、歷史曾經「想像的領土」、族群關係、以至藉由島民敘事，令海島「可大可小」的象徵內涵。六月二十七日早晨，隨新書發表的一趟賞鯨海上觀察行程，在烈陽下自花蓮港啟程、駛往近海。

在廖鴻基的解說、指引下，但見鯨豚追逐船尖浪沫的習性，辨識出飛旋海豚分層的膚色、與飛越海面的旋轉之姿。航船離岸愈遠、愈深入海中，多樣的鯨豚和海中物種浮現而出；廖鴻基介紹每種鯨豚，提示觀察者留意海水的顏色，不同流向、溫差，會導致色澤各異的海潮，而每道海潮，都有屬於它的名字。

當所有人目光都投向海上潛伏的生命時，聽見廖鴻基解說間，略帶感嘆的一席話，大意是：「看看海，也別忘了轉過身回看陸地，在身後即清水斷崖；我們很少有機會在海中央，回看自己所身處的島嶼。」

巍峨的縱谷與斷崖。那也是航海時代，曾經震撼來自西方的探險者，譬如一八八二年英國生物地理學家古里馬（F. H. N. Guillemard）所見的同一片景致[17]，那群山間立霧溪傳說盛產的黃金，正是引致殖民者征伐與拓殖的源頭，賞鯨船離返的花蓮港，既曾帶來太魯閣戰爭的警察部隊，也帶走啟程太平洋戰爭的帝國軍人，其中或許包括無數的臺灣青年。

這部《復魅：臺灣後殖民書寫的野蠻與文明》最初的思考起點和問題意識，對我而言，相當重要的部分即來自那趟航程中，作家所提示「海洋的視野」，如同傅柯所謂的域外思維（la pensée du dehors）：我們如何以源自外在的思考之力，重新省視被陸地內部固著的諸種價值、重新看待島嶼作為接壤地帶的複雜歷史；在其之間，受殖民現代性、與線性歷史敘事所制定的文明等級秩序，透過文學者的書寫，有了重啟思考的空間。

15　請參考李育霖，〈平滑空間——廖鴻基的海洋與鯨豚書寫〉一文，《擬造新地球》，頁一四五－八〇。

16　廖鴻基，《大島小島》（臺北：有鹿文化，二〇一五），頁一一。

17　在討論太魯閣戰爭一章、論及的小說家王威智，曾於《製圖師的預言：十六世紀以來關於花蓮的想像》（二〇一四）寫下古里馬之事。

論述第一部分，論及日治時期兩場至關重要的原住民與殖民者衝突，一九一四年以「文明馴化野蠻」發動的太魯閣理蕃戰爭，唯留有官方檔案的敘事，太魯閣族面臨Gayatri Chakravorty Spivak所提問「從屬者可以發言嗎？」的難題；一九三〇年賽德克族揭起霧社事件，最終遭致滅族式鎮壓，倖存者於隔年復遭遇日人「以蕃制蕃」的屠殺、並被迫移徙川中島，造成的創傷，引起諸多作家借題發揮，其中尤以小說家舞鶴走得最深遠，以川中島餘生碑為題，採川中島餘生與自身的當代觀點，置疑霧社事件的適切性、並疑問「文明才具的屠殺性」、「文明：原始」、「出草：屠殺」等觀念對峙。第二部分，以太平洋戰爭的南洋為焦點，過去研究者關注臺灣原住民徵入的高砂義勇隊認同分裂等問題，從對抗殖民者、到成為志願兵，背後藏存著從非人境遇提升至「國的人類」的心理欲求。然而從屬的高砂義勇隊員、乃至臺籍志願兵，隨日本皇軍來到太平洋上的摩羅泰（Morotai）、帝汶島（Timor）、新幾內亞（New Guinea）等島嶼之後，如陳千武寫道：「沒想到自己會在這樣原始的殖民地，扮演統治者的角色來。」[18]第三部分，則以戰後的蘭嶼，特別是一九八〇年代末以降，以「驅逐蘭嶼惡靈」為名展開的反核能廢料運動，勾勒在未脫去殖民主義所制定的中心與邊陲他者、文明與野蠻結構下，將一再重複的犧牲關係。

這一系列討論，並非僅為複述、或再次指出文明化歷程所銘刻的野蠻實錄，更重要的是勾勒文學者回應的足跡，抑或如同廖鴻基在那趟航行中提示觀者的、如何代以「海洋」的另種視野。在論及的諸多作品中，我看見寫作者不只戮力反轉、解構文明與野蠻階序，這麼多書寫於臺灣後殖民工程中的文本，更嘗試走返密林、海洋的霧迷中，即我所謂之復魅，以拮抗於殖民者帶來的啟蒙現代性思維。

蘭嶼達悟作家夏曼・藍波安在近年小說中，以兒時消失在人間的幻覺、幻見一艘桅杆帆船，聯繫起成長時期、及至一九七〇年代移動至臺灣島西部，從事苦力時遭遇文明化、夾纏漢化的衝擊，「學習被馴化，學習唾棄被汙名化」[19]。也描寫這幻覺的實現，二〇〇五年以仿古航海越過摩羅泰島等，彷彿找尋南太平洋上「失蹤的島嶼」[20]，並恍惚在航程的夢中，聽見來自海中的達悟族語：「我（海洋）帶著你去旅行，你是大海的眼睛。」[21]這部小說名為《大海之眼：Mata nu Wawa》，Mata，是達悟語的眼睛，Wawa，即海洋。

那日上午返航，透過「大海之眼」所見的熱帶島嶼，牽引其後所展開對殖民關係接觸史的思考。前一天無意間走下的壕塹，引領我閱讀文學者對以文明開化為名的戰爭，最深沉的批判。而越過二〇一五那年溽夏，終戰走過了第七十週年，卻仍舊未曾遠離。

18 陳千武，《活著回來》，頁一八六－一八七。
19 夏曼・藍波安，《大海之眼：Mata nu Wawa》，頁二〇六。
20 同前注，頁二六三。
21 同前注，頁二六四。

後記

重讀並修訂完書稿之時，從行遠樓的高處望去，窗玻璃外的暮色盡已沉暗，透亮起的城市霓光像倒映的星叢。視線再回到紙稿，見末篇標注的年分二〇一五，又恍然想著這段書寫經歷長途。花蓮的鯨豚之旅後，同年底，我在一場赴南京的作家交流會上，初識夏曼・藍波安。隔年初夏，以〈野性〉為題，參與另場會議並寫下最初段落。

這部書稿修訂自我的博士論文，書寫之初，確實帶有成書的想像。期間先後在幾個編輯室工作，進度斷斷續續。最終得以完成，最感謝是一路指導陪伴的梅家玲教授。我在梅老師講授「戰爭書寫」與「二十世紀文學」幾門課上，奠定下論述開展的視野，而每回研究室、圖書館的談話景象，念頭或靈光，必然留存於字裡行間。

篇章的構思和起筆，則始自二〇一七年秋天。機遇下，那時我通過一年計畫，擔任哈佛大學費正清中國研究中心侯氏家族獎學金研究員（Hou Family Fellow）。特別感謝期間王德威教授溫煦的關照。在王老師的課堂，遇見來自世界的研究者、創作者；更多日子得以沉浸在古老典雅的哈佛校園中，沉緩步行、求知、思考，直至今日，這些經驗依舊深刻啟發著我。我會記得懷德納圖書館的長桌，燈塔街三二四號，薩默維爾每一天明亮的日暮下，開啟這段思想的旅途。

同時感謝博士學位論文口試委員，梅家玲、王德威、李育霖、朱惠足、劉紀蕙等五位教授，從他們的課堂、著作，乃至細緻的提問，皆為我的書寫指引出更明晰的路。並謝謝總是關心著我的黃英哲教授、李有成教授、小說家施叔青老師。

論著完成後，我開始逐一走過作品所觸及的歷史深處，《風前塵埃》的吉野布教所、七腳川、筑紫橋，或新城天主堂上行至太魯閣峽谷。也初造訪霧社、廬山馬赫坡、合歡山、清流川中島。直到現場，來到小說家舞鶴也曾駐足徘徊的餘生碑前，才切進一些感受何謂「餘生」，又何為過去與現在的「同時性」。

二〇二二年八月底，終於來到閱讀多年的蘭嶼。於黃昏拜訪了夏曼・藍波安寫作、起居的家屋，在隱約聽見海浪的院子裡，像聆聽父祖口傳故事般，與老師聊起長長的話，直至太陽落海，人之島上，閃爍天空的眼睛。環島探訪部落灘頭、岩洞、石板屋、驅逐蘭嶼惡靈現場、滿山羊群的幾日裡，體會夏曼・藍波安老師對我說，文學如同航海，都要存有不移的中心，遵循北極星的指引。

寫作至今，愈願望自己做文學歷史的聆聽者，循島嶼或海洋牽引，通過我的書寫，重述那些曾深深觸動內心的相遇和情事。

本書的出版，要感謝時報文化出版公司胡金倫總編輯的支持，以及匿名審查人所提出無私而珍貴的建議。書的完成，將是接續思路的展開。此外想一提的是，書裡所寫下每個早晨的詞語，都回響有陳建年《餘生》專輯的旋律；其中〈遷徙之路〉並成為舞作《百合・ゆり》一段極美的雙人舞，近兩年書寫之餘，我經常在排練場或劇場觀看這齣取材自南澳部落家族史的作品，因而想起流傳的少女傳說，與所有歷史的遷徙之途。

謝謝身邊的師友們，王鈺婷老師、許晉榮、詹閔旭、林妏霜、蔡林縉、顏訥、陳芳珂；最後要感謝家人們，父親、母親、阿姨楊錦惠女士，和弟弟時雋於這段書寫中的陪伴，以及與我一起永久散步的小余。

二〇一七年秋季薩默維爾——二〇二三年二月臺北行遠樓

參考文獻

外文部分

Benjamin, Walter. *Illuminations: Essays and Reflections*. Ed. Hannah Arendt. Trans. Harry Zohn (New York: Schocken Books, 1969). 本雅明（Walter Benjamin）著，張旭東、王斑譯，《啟迪：本雅明文選》（香港：牛津大學出版社，二〇一二）。

Bhabha, Homi K. *The Location of Culture* (New York: Routledge, 1994).

Jameson, Fredric. "Third-World Literature in the Era of Multinational Capitalism," *Social Text* 15 (Autumn, 1986): 65-88.

Spivak, Gayatri C.. "Can the Subaltern Speak?," in C. Nelson and L. Grossberg (eds.). *Marxism and the Interpretation of Culture* (Urbana: University of Illinois Press, 1988), pp. 271-313. 邱彥彬、李翠芬譯，〈從屬階級能發言嗎？〉，《中外文學》二四卷六期（一九九五年十一月），頁九四－一二三。

Williams, Raymond. *Keywords: A Vocabulary of Culture and Society* (New York: Oxford University Press, 1985).

中文部分

作家作品

大鹿卓著，蔡建鑫譯，〈野蠻人〉，收入王德威、黃英哲主編，《華麗島的冒險》（臺北：麥田，二〇一〇），頁七五－一二二。

巴代，《浪濤》（新北市：印刻，二〇一七）。

——，《暗礁》（新北市：印刻，二〇一五）。

王威智，《我的不肖老父》（新北市：東村，二〇一二）。

瓦歷斯・諾幹，〈Atayal（爭戰一八九六～一九三〇）〉，網址：http://walisnokan.blogspot.com/p/atayal18961930.html，二〇一九年四月十一日最後瀏覽。

——，《伊能再踏查》（臺中：晨星，一九九九）。

——，《城市殘酷》（臺北：南方家園，二〇一三）。

——，《番人之眼》（臺中：晨星，一九九九）。

——，《戰爭殘酷》（新北市：印刻，二〇一四）。

——（柳翱），《永遠的部落：泰雅筆記》（臺中：晨星，一九九〇）。

朱和之，《樂土》（臺北：聯經，二〇一六）。

何英傑，《後山地圖》（劇本）（臺北：秀威，二〇一二）。

——，《後山地圖》（臺北縣：遠景，二〇〇六）。

吳明益，《單車失竊記》（臺北：麥田，二〇一五）。

——，《蝶道》（臺北：二魚文化，二〇〇三）。
吳新榮，〈題霧社暴動畫報〉，收入呂興昌編訂，《吳新榮選集（一）》（臺南：臺南縣文化局，一九九七），頁四〇。
坂口襦子著，蔡建鑫譯，〈番婦羅婆的故事〉，收入王德威、黃英哲主編，《華麗島的冒險》（臺北：麥田，二〇一〇），頁一七六－二〇八。
李永熾，《不屈的山嶽：霧社事件》（臺北：近代中國，一九七七）。
拓拔斯・塔瑪匹瑪，《蘭嶼行醫記》（臺中：晨星，二〇〇二）。
邱若龍，《漫畫・巴萊：台灣第一部霧社事件歷史漫畫》（臺北：遠流，二〇一一）。
施叔青，《三世人》（臺北：時報文化，二〇一〇）。
——，《行過洛津》（臺北：時報文化，二〇〇三）。
——，《風前塵埃》（臺北：時報文化，二〇〇八）。
——，《驅魔》（臺北：聯合文學，二〇〇五）。
夏曼・藍波安，《八代灣的神話》（臺中：晨星，一九九二）。
——，《大海之眼：Mata nu Wawa》（新北市：印刻，二〇一八）。
——，《大海浮夢》（臺北：聯經，二〇一四）。
——，《天空的眼睛》（臺北：聯經，二〇一二）。
——，《安洛米恩之死》（新北市：印刻，二〇一五）。
——，《老海人》（臺北縣：印刻，二〇〇九）。
——，《冷海情深》（臺北：聯合文學，一九九七）。

——，《海浪的記憶》（臺北：聯合文學，二〇〇二）。
——，《航海家的臉》（臺北縣：印刻，二〇〇七）。
——，《黑色的翅膀》（臺北：聯經，二〇〇九）。
高俊宏，《橫斷記：臺灣山林戰爭、帝國與影像》（新北市：遠足文化，二〇一七）。
張深切，《張深切全集〔卷八〕：遍地紅・婚變》（臺北：文經社，一九九八）。
陳千武，《活著回來》（臺中：晨星，一九九九）。
——，《獵女犯：台灣特別志願兵的回憶》（臺中：熱點文化，一九八四）。
陳渠川，《霧社事件》（臺北：地球，一九七七）。
虛谷，〈敵人〉，《臺灣新民報》，一九三二年一月一日，第二一版。
黃春明，《等待一朵花的名字》（臺北：聯合文學，二〇〇九）。
楊南郡、徐如林，《合歡越嶺道：太魯閣戰爭與天險之路》（臺北：農委會林務局，二〇一六）。
——，《尋訪月亮的腳印》（臺中：晨星，二〇一六）。
——，《與子偕行》（臺中：晨星，二〇一六）。
廖鴻基，《大島小島》（臺北：有鹿文化，二〇一五）。
舞鶴，《思索阿邦・卡露斯》（臺北：麥田，二〇〇二）。
——，《餘生》（臺北：麥田，二〇〇〇）。
蔡政良，《從都蘭到新幾內亞》（臺北：玉山社，二〇一一）。
鄧相揚，《風中緋櫻：霧社事件真相及花岡初子的故事》（臺北：玉山社，二〇〇〇）。
——，《霧社事件》（臺北：玉山社，一九九八）。

賴和〔安都生〕，〈南國哀歌〉，《臺灣新民報》，一九三一年四月二十五日、五月二日，第一一版。
鍾肇政，《川中島》（臺北：蘭亭書店，一九八五）。
——，《戰火》（臺北：蘭亭書店，一九八五）。
——，《鍾肇政全集七》（桃園：桃縣文化，二〇〇〇）。
關曉榮，〈一個蘭嶼，能掩埋多少「國家機密」？〉，《人間》二六期（一九八七年十二月），頁九〇—一一一。
——，〈文明，在仄窄的樊籠中潰決……〉，《人間》二〇期（一九八七年六月），頁八六—一〇一。
——，〈被現代醫療福祉遺棄的蘭嶼〉，《人間》三〇期（一九八八年四月），頁一八—三九。
——，〈漢化主義下的蘭嶼教育〉，《人間》二八期（一九八八年二月），頁一二六—四〇。
——，〈觀光暴行下的蘭嶼〉，《人間》二四期（一九八七年十月），頁一二八—四一。
——，《尊嚴與屈辱：國境邊陲・蘭嶼》（三冊）（臺北：時報文化，一九九四）。
——，《蘭嶼報告一九八七—二〇〇七》（臺北：人間，二〇〇七）。

紀錄片、電影

比令・亞布，《霧社・川中島》，二〇一三。
邱若龍，《Gaya：一九三〇年的霧社事件與賽德克族》，一九九八。
胡台麗，《蘭嶼觀點》，一九九三。
財團法人公共電視文化事業基金會，《黃色罐頭與我》，二〇一二，網路連結：https://ourisland.pts.org.tw/content/黃色罐頭與我，二〇一九年七月二十四日最後瀏覽。

湯湘竹，《餘生》，二〇一三。
魏德聖，《賽德克・巴萊》，二〇一一。

報紙

臺灣日日新報，〈佐久間總督負傷〉，《臺灣日日新報》，一九一四年六月三十日，第二版。
臺灣日日新報，〈總督受傷〉，《臺灣日日新報》，一九一四年七月一日，第五版。
臺灣日日新報，〈佐久間伯薨〉，《臺灣日日新報》，一九一五年八月七日，第五版。
臺灣日日新報，〈蕃婦溪流に落ち／行方不明となる〉，《臺灣日日新報》，一九三八年九月二十九日，第七版。

專書

巴特勒，朱迪斯（Butler, Judith）著，何磊譯，《戰爭的框架》（*Frames of War*）（鄭州：河南大學出版社，二〇一六）。
王信，《蘭嶼，再見》（臺北：純文學，一九八五）。
王德威，《歷史與怪獸：歷史，暴力，敘事》（臺北：麥田，二〇一一）。
史書美，《反離散：華語語系研究論》（臺北：聯經，二〇一七）。
平野久美子著，黃耀進譯，《牡丹社事件　靈魂的去向：臺灣與日本雙方為和解做出的努力》（臺北：游擊文化，二〇二一）。
瓦歷斯・諾幹、余光弘，《臺灣原住民史：泰雅族史篇》（南投：臺灣文獻館，二〇〇二）。

白舒榮，《以筆為劍書青史：作家施叔青》（新北市：遠景，二〇一二）。

白睿文（Berry, Michael）主編，《霧社事件：台灣歷史和文化讀本》（臺北：麥田，二〇二〇）。

——著，李美豔、陳湘陽、潘華琴、孔令謙譯，《痛史：現代華語文學與電影的歷史創傷》（*A History of Pain: Trauma in Modern Chinese Literature and Film*）（臺北：麥田，二〇一六）。

朱惠足，《帝國下的權力與親密：殖民地台灣小說中的種族關係》（臺北：麥田，二〇一七）。

何英傑主編，《丹大札記》（臺北：臺大登山社，一九九一）。三版（新北市：印刻，二〇二一）。

余光弘、董森永合著，《雅美族史篇》（南投：臺灣省文獻委員會，一九九八）。

克里弗德，詹姆斯（Clifford, James）著，林徐達、梁永安譯，《復返：二十一世紀成為原住民》（*Returns: Becoming Indigenous in the Twenty-First Century*）（苗栗縣：桂冠，二〇一七）。

——著，Kolas Yotaka譯，《路徑：二十世紀晚期的旅行與翻譯》（*Routes: Travel and Translation in the Late 20th Century*）（苗栗：桂冠，二〇一九）。

吳明益，《臺灣自然寫作選》（臺北：二魚文化，二〇〇三）。

——，《臺灣現代自然書寫的探索一九八〇—二〇〇二：以書寫解放自然Book 1》（新北市：夏日出版，二〇一二）。

李仙得（Le Gendre, Charles W.）著，黃怡譯，《南台灣踏查手記：李仙得台灣紀行》（*Foreign Adventurers and the Aborigines of Southern Taiwan, 1867-1874*）（臺北：前衛，二〇一二）。

李育霖，《擬造新地球：當代臺灣自然書寫》（臺北：國立臺灣大學出版中心，二〇一五）。

李維史陀（Lévi-Strauss, Claude）著，李幼蒸譯，《野性的思維》（*La Pensée sauvage*）（臺北：聯經，一九八九）。

汪宏倫主編，《戰爭與社會：理論、歷史、主體經驗》（臺北：聯經，二〇一四）。

周蕾（Chow, Rey）著、孫紹誼譯，《原初的激情：視覺、性慾、民族誌與中國當代電影》（*Primitive passions: Visuality, Sexuality, Ethnography, and Contemporary Chinese Cinema*）（臺北：遠流，二〇〇一）。

松田京子著，周俊宇譯，《帝國的思考：日本帝國對臺灣原住民的知識支配》（新北市：衛城，二〇一九）。

林芳玫，《永遠在他方：施叔青的「台灣三部曲」》（臺北：開學文化，二〇一七）。

法農，弗朗茲（Fanon, Frantz）著，陳瑞樺譯，《黑皮膚，白面具》（*Peau Noire, Masques Blancs*）（臺北：心靈工坊，二〇〇五）。

邱雅芳，《帝國浮夢：日治時期日人作家的南方想像》（新北市：聯經，二〇一七）。

阿岡本（Agamben, Giorgio）著，薛熙平譯，《例外狀態》（*Stato di eccezione*）（臺北：麥田，二〇一〇）。

——著，吳冠軍譯，《神聖人：至高權力與赤裸生命》（*Homo Sacer: Il potere sovrano e la vita nuda*）（北京：中央編譯，二〇一六）。

胡台麗，《文化展演與台灣原住民》（臺北：聯經，二〇〇三）。

——，《燃燒憂鬱》（臺北：張老師文化，一九九一）。

徐如林，《連峰縱走：楊南郡的傳奇一生》（臺中：晨星，二〇一七）。

柴辻誠太郎，《太魯閣蕃討伐寫真帖》（臺北：臺灣日日新報社，一九一五）。黃育智譯（臺北：南港山文史工作室，二〇一六）。

海老原興（耕平），《霧社討伐寫真帖》（臺北：共進商會，一九三一）。黃育智譯（臺北：南港山文史工作室，二〇一七）。

班雅明，華特（Benjamin, Walter）著，許綺玲譯，《迎向靈光消逝的年代》（臺北：臺灣攝影工作室，一九九八）。

荊子馨（Ching, Leo T. S.）著，鄭力軒譯，《成為「日本人」：殖民地台灣與認同政治》（*Becoming "Japanese": Colonial Taiwan and the Politics of Identity Formation*）（臺北：麥田，二〇〇六）。

高嘉勵，《書寫熱帶島嶼：帝國、旅行與想像》（臺中：晨星，二〇一六）。

高橋哲哉，李依真譯，《犧牲的體系：福島．沖繩》（臺北：聯經，二〇一四）。

康培德，《殖民想像與地方流變：荷蘭東印度公司與臺灣原住民》（臺北：聯經，二〇一六）。

郭明正，《又見真相：賽德克族與霧社事件》（臺北：遠流，二〇一二）。

陳偉智，《伊能嘉矩：臺灣歷史民族誌的展開》（臺北：國立臺灣大學出版中心，二〇一四）。

傅柯，米歇（Foucault, Michel）著，王德威譯，《知識的考掘》（*L'Archéologie du savoir*）（臺北：麥田，一九九三）。

傅科，米歇爾（Foucault, Michel）著，洪維信譯，《外邊思維》（*La pensée du dehors*）（臺北：行人，二〇〇三）。

普拉特，瑪麗．路易斯（Pratt, Mary Louise）著，方傑、方宸譯，《帝國之眼：旅行書寫與文化互化》（*Imperial Eyes: Travel and Transculturation*）（江蘇：譯林出版社，二〇一七）。

森丑之助著，楊南郡譯注，《生蕃行腳：森丑之助的台灣探險》（臺北：遠流，二〇〇〇）。

楊南郡，《合歡越嶺古道調查與整修研究報告》（花蓮：太魯閣國家公園委託調查，一九八六）。

——譯注，《台灣百年花火：清末日初台灣探險踏查實錄》（臺北：玉山社，二〇〇二）。

——譯注，《台灣百年曙光：學術開創時代調查實錄》（臺北：南天，二〇〇五）。

楊翠，《少數說話：台灣原住民女性文學的多重視域》（臺北：玉山社，二〇一八）。

福柯，米歇爾（Foucault, Michel）著，莫偉民譯，《詞與物：人文科學考古學》（*Les mots et les choses: une archéologie des sciences humaines*）（上海：上海三聯書店，二〇〇一）。

劉禾（Liu, Lydia He）著，楊立華等譯，《帝國的話語政治：從近代中西衝突看現代世界秩序的形成》（*The Clash of Empires: The Invention of China in Modern World Making*）（北京：生活・讀書・新知三聯書店，二〇〇九）。

劉亮雅，《後現代與後殖民：解嚴以來台灣小說專論》（臺北：麥田，二〇〇六）。

——，《遲來的後殖民：再論解嚴以來台灣小說》（臺北：國立臺灣大學出版中心，二〇一四）。

劉紀蕙，《心的變異：現代性的精神形式》（臺北：麥田，二〇〇四）。

——，《心之拓樸：一八九五事件後的倫理重構》（臺北：行人文化實驗室，二〇一一）。

蔡明德，《人間現場：八〇年代紀實攝影》（臺北：南方家園，二〇一六）。

戴國煇編著，魏廷朝譯，《臺灣霧社蜂起事件研究與資料（上、下冊）》（臺北縣：國史館，二〇〇二）。

謝世忠，《認同的汙名：臺灣原住民的族群變遷》（臺北：自立晚報社，一九八七）。

薩依德，愛德華（Said, Edward W.）著，王志弘等譯，《東方主義》（*Orientalism*）（新北市：立緒，一九九九）。

魏貽君，《戰後台灣原住民族文學形成的探察》（新北市：印刻，二〇一三）。

藤井志津枝，《理蕃：日本治理台灣的計策》（臺北：文英堂，一九九七）。

專書論文與期刊論文

田騏嘉，〈從「巴丹文化圈」到「帝國版圖圈」的蘭嶼〉，《師大台灣史學報》九期（二〇一六年十二月），頁一七一－二一八。

朱惠足，〈兩個歸島書寫——夏曼・藍波安（蘭嶼）與崎山多美（西表島）〉，《中外文學》三八卷四期（二〇〇九年十二月），頁一三三－六七。

朴美貞（Park, Mijung）、梁明心（Myungsim Yang），〈淺析霍米巴巴的混雜性和基於文化翻譯理論的多元文化翻譯〉，《哲學與文化》四二卷五期（二〇一五年五月），頁五七－七二。

艾森斯塔特（Eisenstadt, Shmuel）著，劉鋒譯，〈野蠻主義與現代性〉（*Barbarism and Modernity*），《二十一世紀》六六期（二〇〇一年八月），頁四－一〇。

吳亦昕，〈從「南洋」照見自己——論陳千武「台灣特別志願兵的回憶」系列小說〉，《新地文學》八期（二〇〇九年六月），頁二七八－九〇。

吳秉聰，〈佐久間左馬太總督之前期理蕃〉，《北市教大社教學報》六期（二〇〇七年十二月），頁七五－一一八。

李亦園，〈Anito的社會功能——雅美族靈魂信仰的社會心理學研究〉，《中央研究院民族學研究所集刊》一〇期（一九六〇年九月），頁四一－五五。

李育霖，〈川中島的歷史——論舞鶴《餘生》中的時間與內蘊倫理〉，《文化研究》一六期（二〇一三年三月），頁七－四六。

李政亮，〈帝國、殖民與展示──以一九〇三年日本勸業博覽會「學術人類館事件」為例〉，《博物館學季刊》二〇卷二期（二〇〇六年四月），頁三一－四六。
沈國威，〈「野蠻」考源〉，《東亞觀念史集刊》三期（二〇一二年十二月），頁三八三－四〇三。
沈曼菱，〈歷史的寄存──施叔青《三世人》中的身／物〉，《文史台灣學報》六期（二〇一三年六月一日），頁一〇一－一二四。
周婉窈，〈「莎勇之鐘」的故事及其周邊波瀾〉，《海行兮的年代：日本殖民統治末期臺灣史論集》（臺北：允晨文化，二〇〇三），頁一三－三一。
──，〈從琉球人船難受害到牡丹社事件──「新」材料與多元詮釋的可能〉，《台灣風物》六五卷二期（二〇一五年六月），頁二三－八九。
──，〈試論戰後台灣關於霧社事件的詮釋〉，《台灣風物》六〇卷三期（二〇一〇年九月），頁一一－五七。
松永正義著，陳明台譯，〈戰爭的記憶──閱讀陳千武〉，《新地文學》八期（二〇〇九年六月），頁二五六－七〇。
林克明、黃惠禎，〈（給）永恆的讀者與寫者──黃春明〈戰士，乾杯！〉三種文本的互文分析〉，《台灣文學學報》一七期（二〇一〇年十二月），頁九九－一三三。
林瑞明，〈論鍾肇政的「高山組曲」──川中島的戰火〉，收入陳萬益主編，《大河之歌：鍾肇政文學國際學術會議論文集》（桃園：桃園縣文化局，二〇〇三），頁一八九－二一四。
近藤正己，〈「殖民地戰爭」與在臺日本軍隊〉，《歷史臺灣》一一期（二〇一六年五月），頁五－三四。

邱珮萱，〈凝視翻轉——夏曼・藍波安重構島嶼符碼的生命書寫〉，《人文社會科學研究》一一卷四期（二〇一七年十二月），頁四七－六二。

邱貴芬，〈紀錄片／奇觀／文化異質——以《蘭嶼觀點》與《私角落》為例〉，《中外文學》三二卷一一期（二〇〇四年四月），頁一一三－四〇。

施叔青，〈走向歷史與地圖重現〉，《東華人文學報》一九期（二〇一一年七月），頁一－一八。

胡台麗，〈民族誌電影之投影——兼述臺灣人類學影像實驗〉，《中央研究院民族學研究所集刊》七一期（一九九一年九月），頁一八三－二〇八。

韋伯（Weber, Max）著，羅久蓉譯，〈學術作為一個志業〉（*Wissenschaft als Beruf*），收入錢永祥編譯，《學術與政治：韋伯選集（I）》（臺北：遠流，一九九一），頁一三一－六七。

夏曼・藍波安，〈達悟驅逐惡靈（反核）省思〉，收入簡鴻模主編，《當達悟遇上基督》（臺北縣：輔仁大學出版社，二〇〇四），頁二二三－三七。

郝譽翔，〈孤獨的救續之地——論夏曼・藍波安的海洋書寫〉，《中國現代文學》一七期（二〇一〇年六月），頁一八一－九八。

張寶云，〈論夏曼・藍波安的散文語言修辭特徵及其效能——以《冷海情深》、《海浪的記憶》為例〉，《人文研究學報》五一卷一期（二〇一七年四月），頁一〇九－二八。

梁一萍，〈缺場原住民——《風前塵埃》中的山蕃消失政治〉，收入簡瑛瑛、廖炳惠主編，《跨國華人書寫・文化藝術再現：施叔青研究論文集》（臺北：師大出版中心，二〇一五），頁三四一－六二。

梅家玲，〈後戰爭（Post-war）〉，收入史書美、梅家玲、廖朝陽、陳東升主編，《台灣理論關鍵詞》（臺北：聯經，二〇一九），頁一五七－六五。

許俊雅，〈記憶與認同——台灣小說的二戰經驗書寫〉，《台灣文學館研究學報》二期（二〇〇六年四月），頁一－三五。

許雅筑，〈傳統與現代——原住民作家夏曼・藍波安的地誌書寫與對話〉，《台灣文學研究學報》六期（二〇〇八年四月），頁一〇三－一二八。

郭力昕，〈人道主義攝影的感性化與政治化——閱讀一九八〇年代關於蘭嶼的兩部紀實攝影經典〉，《文化研究》六期（二〇〇八年三月），頁九－四二。

郭明正，〈電影與族群文化接觸的詮釋議題——以《賽德克・巴萊》為例〉，《台灣原住民族研究學報》三卷四期（二〇一三年十二月），頁一八七－九七。

陳伯軒，〈成為達悟／人——夏曼・藍波安作品中部落技藝實踐與身體知覺開展〉，《台灣文學研究學報》二三期（二〇一六年四月），頁二三三－五六。

陳芷凡，〈戰爭與集體暴力——高砂義勇隊形象的文學再現與建構〉，《台灣文學研究學報》二六期（二〇一八年四月），頁一五七－八四。

陳建忠，〈部落文化重建與文學生產〉，《靜宜人文學報》一八期（二〇〇三年七月），頁一九三－二〇八。

曾秀萍，〈一則弔詭的台灣寓言——《風前塵埃》的灣生書寫、敘事策略與日本情結〉，《台灣文學學報》二六期（二〇一五年六月），頁一五三－八九。

黃冠閔，〈舞鶴——風景餘生〉，《藝術觀點》五二期（二〇一二年十月），頁五－一六。

黃美娥，〈當「舊小說」遇上「官報紙」——以《臺灣日日新報》李逸濤新聞小說〈蠻花記〉為分析場域〉，《台灣文學學報》二〇期（二〇一二年六月），頁一－四五。

黃淑鈴，〈從族群正義到環境論述——達悟反核廢運動者的框架移轉〉，《思與言：人文與社會科學雜誌》五三卷二期（二〇一五年六月），頁七－四八。

黃智慧，〈解讀高砂義勇隊的「大和魂」——兼論台灣後殖民情境的複雜性〉，《台灣原住民族研究學報》一卷四期（二〇一一年冬季號），頁一三九－七四。

楊政賢，〈文化協商與藝術表現的抉擇——台灣蘭嶼與菲律賓巴丹島的比較研究〉，《台灣原住民族研究學報》四卷一期（二〇一四），頁六一－八九。

——，〈島、國之間的「族群」——臺灣蘭嶼 Tao 與菲律賓巴丹島 Ivatan 的口傳歷史〉，《南島研究學報》三卷一期（二〇一二），頁二七－五三。

楊瑞松，〈近代中國國族意識中的「野蠻情結」——以一九〇三年日本大阪人類館事件為核心的探討〉，《新史學》二一卷二期（二〇一〇年六月），頁一〇七－六三。

劉芳祁，〈返復／反覆——魏德聖《賽德克．巴萊》的歷史與再現政治〉，《中外文學》四五卷三期（二〇一六年九月），頁七五－九八。

劉亮雅，〈並非簡單的文明與野蠻之對立——《賽德克．巴萊》裡的歷史再現與認同政治〉，《中外文學》四五卷三期（二〇一六年九月），頁一五－四八。

——，〈辯證復振的可能——舞鶴《餘生》中的歷史記憶、女人與原鄉追尋〉，《中外文學》三三卷一一期（二〇〇四年四月），頁一四一－六三。

鄭勝奕，〈歷史再現的詮釋權——以比令．亞布《霧社．川中島》為討論對象〉，《臺東大學人文學報》三卷二期（二〇一三年十二月），頁二五－五一。

鄭靜穗，〈gaya 精神的展現與彰顯——論鍾肇政霧社事件系列書寫之詮釋觀點〉，《臺北教育大學語文集刊》一五期（二〇〇九年一月），頁一三三－六五。

錢鴻鈞，〈「高山組曲」第二部《戰火》——日本精神與塞達卡精神〉，《台灣文藝》一七九期（二〇〇一年十二月），頁四四－七七。

簡銘宏，〈關於達悟現代文學的疾病書寫——以拓拔斯・塔瑪匹瑪《蘭嶼行醫記》為探討對象〉，《中正漢學研究》二五期（二〇一五年六月），頁一七九－二〇六。

魏貽君，〈後殖民的譯者現身介入——楊南郡的文化翻譯、歷史闡釋及對位敘事〉，《中正漢學研究》二五期（二〇一五年六月），頁二〇七－三一。

顧忠華，〈巫術、宗教與科學的世界圖像——一個宗教社會學的考察〉，《國立政治大學社會學報》二八期（一九九八年十月），頁五七－七九。

學位論文

田騏嘉，《日治時期國家對蘭嶼土地的控制及影響》（臺北：國立臺灣師範大學臺灣史研究所碩士論文，二〇一六）。

吳思翰，《地圖與鏡子：論瓦歷斯・諾幹與夏曼・藍波安的離返路徑與精神圖像》（臺中：靜宜大學台灣文學系碩士論文，二〇一二）。

陳宗暉，《流轉孤島：戰後蘭嶼書寫的遞演》（花蓮：國立東華大學中國語文學系碩士論文，二〇〇九）。

陳泳曆，《通往桃源的路：戰後太魯閣書寫研究》（花蓮：國立東華大學華文文學系碩士論文，二〇一二）。

陳芷凡，《跨界交會與文化「番」譯：海洋視域下台灣原住民記述研究（一八五八－一九一二）》（臺北：國立政治大學中國文學系博士論文，二〇一一）。

鄭安晞，《日治時期蕃地隘勇線的推進與變遷（一八九五－一九二〇）》（臺北：國立政治大學民族學系博士論文，二〇一一）。

駱益新，《論韋伯與盧曼從除魅到復魅的辯證》（臺北：國立政治大學社會學系碩士論文，二〇〇〇）。

研討會論文、訪談與其他

川瀨健一，〈訪魏德聖〉，《中央大學人文學報》六四期（二〇一七年十月），頁一六一－八五。

李時雍，〈度越人間的憂苦——與施叔青談小說《度越》〉，《文訊》三六七期（二〇一六年五月），頁三四－三八。

林育薇，〈漫談「新聞電影」——兼談〈霧社蕃害事件〉〉，《臺灣學通訊》一〇四期（二〇一八年三月），頁二二－二三。

林家安、蔡蕙如，〈《賽德克・巴萊》所說／沒說的台灣原住民：原住民觀點〉，《共誌》三期（二〇一二年一月三十一日），頁一五－二七。

金尚德，〈空間與權力——「合歡山」的文化地景解析〉，「楊南郡先生及其同世代台灣原住民研究與台灣登山史國際研討會」宣讀論文（花蓮：國立東華大學原住民民族學院，二〇一〇年十一月六至七日）。

宮岡真央子，〈時代相隔的兩位學術探險家——森丑之助與楊南郡老師〉，「楊南郡先生及其同世代台灣原住民研究與台灣登山史國際研討會」宣讀論文（花蓮：國立東華大學原住民民族學院，二〇一〇年十一月六至七日）。
笠原政治，〈楊南郡老師與日本統治時期的學者群像〉，「楊南郡先生及其同世代台灣原住民研究與台灣登山史國際研討會」宣讀論文（花蓮：國立東華大學原住民民族學院，二〇一〇年十一月六至七日）。
陳明台、李敏勇、鄭炯明，〈倖存者的死與再生——陳千武文學討論會〉，《新地文學》八期（二〇〇九年六月），頁二三七－五五。
傅琪貽，〈太魯閣抗日事件，如何重建？〉，「二〇一五第八屆台日原住民族研究論壇：太魯閣族抗日戰爭史學術研討會」宣讀論文（花蓮：國立政治大學原住民族研究中心，二〇一五年十月三十至三十一日）。
——，〈高砂義勇隊：祖靈還是英靈（中）〉，《遠望》三五一期（二〇一七年十二月），頁三〇－三九。
——，〈高砂義勇隊：祖靈還是英靈？（上）〉，《遠望》三四九期（二〇一七年十月），頁二七－三五。
——，〈高砂義勇隊——祖靈還是英靈（下）〉，《遠望》三五二期（二〇一八年一月），頁四〇－四一。
楊智景，〈雲霧氤氳文學中的「霧社事件」〉，《聯合文學》二七卷一一期（二〇一一年九月），頁五〇－五五。
葉高華，〈分而治之——日本時代原住民的集團移住〉，《臺灣學通訊》九九期（二〇一七年五月），頁二二－二三。

蔡明燁，〈魏德聖導演專訪〉，《中外文學》四五卷三期（二〇一六年九月），頁二一一－二二一。

蔡政良，〈高砂的翅膀〉，《原教界》六五期（二〇一五年十月），頁六六－六九。

蔡蕙頻，〈館藏太魯閣戰役舊籍介紹〉，《臺灣學通訊》八二期（二〇一四年七月），頁一四－一五。

蔣亞妮，〈棄路，還是無路可走？與高俊宏談歷史的重返〉，《幼獅文藝》七六五期（二〇一七年九月），頁七六－七九。

戴寶村，〈太魯閣戰爭百年回顧〉，《臺灣學通訊》八二期（二〇一四年七月），頁九－一一。

鍾肇政，〈我小說中的原住民經驗〉，《台灣原住民族研究》一卷四期（二〇〇八年十二月），頁一九七－二〇一。

鴻義章，〈東台灣太魯閣事件及太魯閣蕃討伐戰役初探〉，「二〇一五第八屆台日原住民族研究論壇：太魯閣族抗日戰爭史學術研討會」宣讀論文（花蓮：國立政治大學原住民族研究中心，二〇一五年十月三十至三十一日）。

網路資料

王德威，〈小說即物論——吳明益《單車失竊記》及其他〉，網路連結：goo.gl/1jg81h，二〇二〇年六月二十一日最後瀏覽。

王學新，〈《風港營所雜記》之史料價值與解說〉，《臺灣文獻季刊》五四卷三期（二〇〇三年九月），頁三七九－四〇六，網路連結：https://www.th.gov.tw/new_site/05publish/03publishquery/02journal/01download.php?COLLECNUM=401054313，二〇二二年十二月七日最後瀏覽。

行政院蘭嶼核廢料貯存場設置真相調查小組，《核廢料蘭嶼貯存場設置真相調查報告書》，二〇一八，網路連結：https://www.cip.gov.tw/zh-tw/news/data-list/D365AA6AAFF274D1/2D9680BFECBE80B6255BD48DB382DE5F-info.html，二〇二二年十二月九日最後瀏覽。

何英傑，「何英傑談《後山地圖》」，網路連結：https://youtu.be/9zYYYgDgK5c，二〇一九年三月十四日最後瀏覽。

吳俊瑩，〈莫那魯道遺骸歸葬霧社始末〉，「臺灣與海洋亞洲」，網路連結：https://tmantu.wordpress.com/2011/09/02/霧社事件特輯－莫那魯道遺骸歸葬霧社始末一/，二〇二〇年一月三十一日最後瀏覽。

夏曼・藍波安，「我的身體就是海洋文學」，網址：https://www.youtube.com/watch?v=r3rJ85f84YY，二〇一九年十一月五日最後瀏覽。

家明，〈魏德聖訪問　帶根帶土的藝文故事〉，《明報加西網》，二〇一一年十月一日，網路連結：https://web.archive.org/web/20111204084222/http://www.mingpaovan.com/htm/News/20111001/wf1h.htm，二〇二〇年三月十五日最後瀏覽。

翁純敏，〈松園別館背景故事〉，網路連結：http://www.pinegarden.com.tw/c2.php，二〇二〇年五月十三日最後瀏覽。

高俊宏，「棄路——一位創作者的地理政治之用」，亞洲藝術中心臺北一館，二〇一七年七月二十九日至九月二十四日，網路連結：http://www.asiaartcenter.org/asia/portfolio/棄路：一位創作者的地理政治之用/，二〇二二年十二月七日最後瀏覽。

陳淑美，〈被淹沒的島嶼戰史——高砂義勇隊〉，《台灣光華雜誌》，一九九九年三月。網路連結：https://www.taiwan-panorama.com/Articles/Details?Guid=901882c4-fa7c-43b0-9337-d04091ef43d4&CatI

d=1，二〇二〇年四月四日最後瀏覽。

廖彥博，〈頭顱想家了，樂土是原住民的或皇國的？〉，「Openbook閱讀誌」，網路連結：https://www.openbook.org.tw/article/p-240，二〇一九年六月十七日最後瀏覽。

知識叢書 130

復魅：臺灣後殖民書寫的野蠻與文明

Re-enchantment: The Discourse of Barbarism and Civilization in the Postcolonial Writing of Taiwan

作　者—李時雍 Su-Yon Lee
文藝線主編—何秉修
特約編輯—蔡宜真
校　對—李時雍、蔡宜真、胡金倫
責任企畫—陳玉笈
美術設計—倪旻鋒
內頁排版—立全電腦印前排版有限公司

總 編 輯—胡金倫
董 事 長—趙政岷
出 版 者—時報文化出版企業股份有限公司
一〇八〇一九台北市和平西路三段二四〇號七樓
發行專線—(〇二)二三〇六六八四二
讀者服務專線—〇八〇〇二三一七〇五
(〇二)二三〇四七一〇三
讀者服務傳真—(〇二)二三〇四六八五八
郵撥—一九三四四七二四時報文化出版公司
信箱—一〇八九九臺北華江橋郵局第九九信箱

時報悅讀網—www.readingtimes.com.tw
時報文藝／Literature & art臉書—https://www.facebook.com/readingtimesLiterature
法律顧問—理律法律事務所 陳長文律師、李念祖律師
印　刷—家佑印刷有限公司
初版一刷—二〇二三年四月十四日
定　價—新台幣四五〇元
（缺頁或破損的書，請寄回更換）

復魅：臺灣後殖民書寫的野蠻與文明 = Re-enchantment : the discourse of barbarism and civilization in the postcolonial writing of Taiwan / 李時雍作. -- 初版. -- 臺北市：時報文化出版企業股份有限公司, 2023.04
324面; 14.8×21公分. -- (知識叢書 ; 130)

ISBN 978-626-353-413-1(平裝)

1.CST: 後殖民主義 2.CST: 文學評論 3.CST: 臺灣文學

863.2　　111022408

ISBN 978-626-353-413-1(平裝)
Printed in Taiwan